KB188043

젊은 베르테르의 슬픔

클래식 보물창고 32
젊은 베르테르의 슬픔

펴낸날 초판 1쇄 2015년 1월 30일
지은이 요한 볼프강 폰 괴테 | **옮긴이** 함미라
펴낸이 신형건 | **펴낸곳** (주)푸른책들 | **등록** 제321-2008-00155호
주소 서울특별시 서초구 양재천로7길 16 푸르니빌딩 (우)137-891
전화 02-581-0334~5 | **팩스** 02-582-0648
이메일 prooni@prooni.com | **홈페이지** www.prooni.com
카페 cafe.naver.com/prbm | **블로그** blog.naver.com/proonibook

ISBN ISBN 978-89-6170-474-8 04850
* 잘못된 책은 구입한 곳에서 바꾸어 드립니다.

이 도서의 국립중앙도서관 출판시도서목록(CIP)은 서지정보유통지원시스템 홈페이지(http://seoji.nl.go.kr)와
국가자료공동목록시스템(http://www.nl.go.kr/kolisnet)에서 이용하실 수 있습니다.
(CIP제어번호: CIP2014034978)

표지 그림 | 카스파르 다비드 프리드리히 作 '안개 바다 위의 방랑자'(1774)

보물창고는 (주)푸른책들의 유아, 어린이, 청소년, 문학 도서 임프린트입니다.

Die Leiden des jungen Werthers

젊은 베르테르의 슬픔

요한 볼프강 폰 괴테 지음 | 함미라 옮김

보물창고

차례

가련한 베르테르의 사연을 찾을 수 있는 데까지 찾아보고, 또 그것들을 열심히 모아 이제 여러분 앞에 내놓습니다. 그리고 여러분께서 저에게 고마워하시리라는 것, 잘 알고 있습니다. 여러분은 베르테르의 정신과 품성에 경탄과 애정을, 그리고 그의 운명에 눈물을 보이지 않을 수 없을 테니까요.

그리고 지금 베르테르가 그랬던 것과 똑같이 억누를 길 없는 열망을 느끼고 있는 선한 영혼이여, 당신은 베르테르의 고뇌에서 위안을 얻게 될 것입니다. 또한 운명 때문이든 혹은 자신의 잘못 때문이든 정붙일 친구를 찾을 길 없을 때면 이 작은 책을 친구로 삼으시길 바랍니다.

제1부

1771년 5월 4일

떠나오니 실로 기쁘군! 친구여, 사람의 마음이 어떻게 이런 가! 떨어져선 도저히 못 지낼 것 같이 자네를 그토록 좋아하던 내가 아닌가. 그런 내가 자네를 떠나와 이토록 즐겁게 지낼 수 있다니 말일세! 이런 나를 자네는 너그러이 봐주리라 믿네. 자네를 뺀 나머지 사람들과의 관계를 보게. 참으로 운명이 나 같은 인간의 마음을 힘들게 하려고 맺어 놓은 것 같지 않은가? 불쌍한 레오노레만 해도 그렇지! 하지만 내 책임은 아닐세! 그녀의 여동생이 독특한 매력을 지닌 덕분에 내가 편안하게 담소를 나눈 것인데, 그사이 레오노레의 가련한 마음에 나에 대한 열정이 생긴 것이 내 탓은 아니지 않은가! 그렇다고 완벽하게 내 책임이 아니라고 할 수 있을까? 내가 그녀의 마음이 나에게 끌리게 한 건 아니었을까? 딱히 웃을 일도 아닌데, 순진하게 그대로 감정을 드러내는 그녀의 표정에 번번이 웃어 가며 그것을 즐기지는 않았는지! 그러진 않았는지! 아, 이렇게 내가 한 행동에 푸념이나 늘어놓다니 무슨 인간이 이럴꼬! 사랑하는 친구여, 난 말일세, 자네에게 약속하건데 내 버릇을 고치려 하네. 운명이 우리 앞에 던져 놓은 한 줌의 불행을 두고 지금껏 내가 해 왔던 것처럼 그렇게 곱씹지 않을 거란 말이네. 이제부턴 현재를 만끽하려 하네. 그리고 과거의 것들은 내 곁을 흘러가게 그냥 둘 걸세. 확실히 자네 말이 옳았네, 친애하는 친구여. 과거를 돌이켜 불행을 추억하는 데 그토록 열심히 상상력을 동원하여 몰두하는 대신, 차라리 다가오는 현재를 덤덤히 감내하는 데 전념한다면, 인간들이 겪는 고통은 한결 줄어들 거라던 말 말일세. 인간이, 인간이 왜 이렇게 생겨 먹었는지는 신만이 아시겠지.

어머니께는 내가 어머니가 말씀하신 일을 될 수 있는 대로 유리하게 처리할 것이고, 일이 끝나는 대로 즉각 소식을 드릴 거라고 전해 드리면 좋겠네. 숙모님과 말씀을 나눠 보았는데 고향에서 사람들이 이야기하던 그런 나쁜 여자와는 거리가 먼 분이란 걸 알았네. 그분은 누구 못지않게 선량한 마음씨에 활달하고 격정적인 분이시라네. 숙모님이 유산 지분을 나눠 주지 않고 붙잡고 계셔서 어머니께서 불만이 많으시다는 말씀을 드렸지. 그랬더니 숙모님은 나름의 이유와 일이 그렇게 된 연유, 그리고 몇 가지 조건을 말씀하셨다네. 그 조건들만 갖춘다면 모든 걸 다 내어 줄 용의뿐 아니라 우리가 요구한 것보다 더 많은 걸 줄 수도 있다고 하시더군. 아무튼 지금은 이 문제에 관해 아무것도 쓰고 싶지 않네. 어머니에겐 모든 일이 다 잘될 거라는 말씀만 드려주게. 그리고 친구여! 사소한 일이지만 이번 일을 겪으면서 깨달은 것이 있다네. 어쩌면 오해와 타성이 간계와 악의보다 이 세상에 더 많은 골칫거리를 낳을 수도 있다는 깨달음 말일세. 적어도 간계와 악의는 오해와 타성처럼 흔하지 않으니까.

그건 그렇고 이곳에서 나는 아주 잘 지내고 있다네. 이렇게 천국 같은 곳에 있으니 외로움은 내 마음을 달래는 귀한 향유가 되고, 이 청춘의 계절은 쉬이 두려움에 떠는 내 가슴을 온갖 풍요로움으로 따뜻하게 감싸 준다네. 나무 하나하나, 덤불 하나하나가 그대로 하나의 꽃다발이라네. 마음 같아선 한 마리 풍뎅이가 되어 향기의 바다를 떠돌아다니며 그 속에서 필요한 모든 자양분을 찾았으면 싶네.

도시 자체만 놓고 보면 눈에 거슬리는 것투성이네. 그에 반해 도시 주변의 자연은 말할 수 없이 아름다워. 지금은 작고하고 안 계신 M백작의 마음을 움직여 정원을 짓게 만든 것도 바로 이 도시 주변의 아름다운 자연 풍광이었지. 아름답기 그지없는 다양한 자연 풍광을 담은 언덕들이 서로 엇갈려 만나며 너무나도 멋진 골짜기를 이루고 있는데, M백작의 정원은 그 언덕 중 한 곳에 자리 잡은 공원 같은 곳이라네. 정원은 소박하다네. 하지만 정원에 들어서는 순간 '학식 있는 원예가'가 아닌, 이곳의 풍광을 몸소 향유하려는 민감한 가슴이 설계도를 그렸다는 걸 곧바로 느낄 수 있지. 다 쓰러져 가는 정자이긴 하지만, 백작이 가장 좋아했던 곳이기도 하고, 나 역시도 좋아하는 그 정자에서 고인을 생각하며 벌써 몇 번이나 눈물을 흘렸는지 모른다네. 곧 내가 이 정원의 주인이 되겠지. 며칠 전부터이긴 하지만, 정원사도 나를 마음에 들어 한다네. 그러는 게 그 사람한테 해될 건 없겠지.

5월 10일

놀랍도록 명쾌한 기운이 내 온 영혼을 사로잡았다네. 요즈음 마음껏 누리고 있는 이 달콤한 봄날 아침들처럼 말일세. 나는 이렇게 홀로 이곳에서의 삶을 즐기고 있다네. 이곳은 나 같은 영혼의 소유자를 위해 만들어진 곳 같네. 어찌나 행복하고, 또 어찌나 감정의 기복 없이 고요하게 지내는지, 나의 예술이 이 틈바구니에서 괴로워하고 있다네. 그림이 그려지지 않아! 선 하나도 그릴 수가 없다네. 하지만 지금 이 순간보다 내가 더 위대한 화가였던 적은 지금껏 단 한 번도 없었다네. 나를 둘러싼 정겨운 골짜기에서 물안개가 피어오를 때면, 또 하늘 높이 뜬 해가 숲의 어두운 표면을 뚫지 못하여 그대로 숲 위에 멈추어 서고, 몇 줄기 햇살만이 숲 속 성지로 기어들 때면, 나는 흘러드는 실개천 옆에서 무성하게 자라난 키 큰 풀들 사이에 눕는다네. 그러면 땅에 바싹 붙어 있는 수천 가지 가지각색의 풀들이 색다르게 다가오지. 날고 기는 온갖 벌레들, 그 헤아릴 수 없이 무수한 형상들이 풀 줄기 사이에서 작은 세계를 이루며 북적이는 것이 더더욱 가슴속 깊은 곳을 울리며, 자신의 형상을 따라 우리를 지으신 전

지전능하신 분의 존재와 우리를 영원한 환희 가운데 두둥실 떠다니게 지켜 주시는 지극히 자애로우신 분의 숨결이 느껴진다네. 친구여, 시야에 땅거미가 내려앉고 나를 둘러싼 세상과 하늘이 내 사랑하는 이처럼 나의 영혼 속에 완전히 침잠할 때면 나는 종종 그리움에 겨워 이렇게 생각하곤 한다네. '아, 이것들을 다시 표현해 낼 수 있다면, 나의 내면에 이토록 충만하고, 이토록 따스하게 살아 있는 것을 종이에 옮겨 숨결을 불어넣을 수 있다면, 그리하여 그것이 내 영혼의 거울이 되게 할 수 있다면! 나의 영혼이 무한하신 하느님의 거울이듯이—'

하지만 친구여, 이런 생각만으로도 나는 녹초가 되어 그 모든 현상이 지닌 장엄함의 위력 앞에 굴복하고 만다네.

5월 12일

사람을 홀리는 정령이 이 일대를 떠돌고 있는 건지, 아니면 내가 가슴속에 따뜻한 하늘나라에 대한 환상을 품어, 나를 둘러싼 모든 것이 낙원처럼 보이게 되어서 그런 건지는 나도 잘 모르겠네. 이곳 바로 앞에 분수가 하나 있는데 내가 이 분수에 매료되고 말았거든. 멜루지네(†반인반어의 바다요정. 인간인 백작과 결혼했다가 백작이 그녀의 정체를 알게 되자 다시 그를 떠났다. 독일 민담에서는 그녀의 자매들과 함께 샘터로 추방당했다고 전해진다. —이하 † 표시 편집자 주)와 그녀의 자매들이 그랬던 것처럼 말일세. 작은 언덕을 따라 내려가다 보면, 전면에 둥근 아치가 나타나는

데, 거기서 대략 스무 계단 정도 내려가면 그 아래쪽 대리석 틈새에서 샘물이 맑고 투명하게 솟아오르는 게 보인다네. 샘 위쪽을 빙 둘러 가장자리를 장식하고 있는 나직한 담장, 광장 주변을 뒤덮은 높은 나무들, 그곳에 감도는 시원한 기운, 이 모든 것에 한결같이 사람을 매혹하고 전율케 하는 무엇인가가 깃들어 있다네. 나는 단 하루도 거르지 않고 이곳에 나와 한 시간 정도 앉아 있네. 그러고 있노라면, 시내에 사는 소녀들이 샘터로 와서 물을 길어가지. 물을 긷는 것만큼 순수한 일이 또 어디 있겠나. 예전엔 제아무리 왕의 딸들이라도 몸소 행했던 가장 긴요한 일이기도 했지. 그곳에 앉아 있으면 나를 둘러싼 주변으로 가부장적인 시대의 모습들이 아주 생생하게 살아나곤 한다네. 우리 '조상님'들이 샘물가에서 인연을 만나 청혼하는 모습, 또 우물과 샘물을 에워싸고 떠도는 어진 정령들의 모습까지. 아, 이런 기분을 공감하지 못하는 사람은 여름날의 힘겨운 도보 여행 끝에 피곤이 싹 가시는 시원한 샘물 맛을 단 한 번도 맛보지 못한 사람일 걸세.

5월 13일

나에게 책을 보내 줘야 하냐고 물었나? 여보게, 제발 부탁인데 행여나 그런 일로 나를 부담스럽게 하지 말아 주게. 이제 더는 가르침도, 또 격려나 자극도 받고 싶지 않다네. 내 심장이 이렇게 차고 넘치도록 저 혼자 알아서 열심히 뛰니, 오히려 지금 내게 필요한 건 자장가라네. 그리고 자장가라면 나한테 있는 〈호메로스〉만으로도 충분하다네. 솟구쳐 오르는 피를 이 자장가로 잠재웠던 적이 어디 한두 번이던가. 자네, 내 가슴처럼 이렇게 변덕스럽고 참을성이 없는 가슴은 보지 못했을 걸세. 이거야 자네에게 굳이 말할 필요도 없겠지만! 고민에서 방탕으로, 또 달콤한 우수에서 곧바로 치명적인 열정으로 건너뛰는 나를 보느라 힘들어했던 게 어디 한두 번이었던가! 나 역시도 내 마음을 보면 마치 병든 어린아이처럼 생각되어 뭘 하려 하든 그냥 내버려 두는 걸. 이 얘기는 다른 데에선 하지 말아 주게. 이런 나의 행동을 곱지 않게 볼 사람들도 있으니.

5월 15일

이곳에 사는 신분이 낮은 사람들은 벌써 나를 알아보고 또 나를 좋아한다네. 아이들은 특히 더 그렇고. 그새 우울한 일도 겪었다네. 처음 신분이 낮은 이들과 함께하게 되었을 때였네. 나는 이것저것 상냥하게 물어보았지. 그랬더니 그걸 두고 몇몇 사람이 내가 그들을 조롱하려 한다고 생각한 거야. 그래서 나를 몹시 박대하는 걸세. 그 일로 화가 난 건 아니라네. 다만 내가 전부터 종종 보고 느꼈던 것을 아주 생생하게 느끼게 되었다고나 할까. 소수의 신분에 속하는 사람들은 평범한 서민들과 늘 냉정하게 거리를 유지한다는 것일세. 마치 서민들을 가까이하면 손해를 본다는 듯이 말이야. 그리고 스스로를 낮추는 척하며 불쌍한 백성들에게 그만큼 더 자신들의 교만함을 드러내 보이려는 경박한 족속들과 역겨운 익살꾼 같은 부류가 그들의 뒤를 잇지.

우리가 동등하지 않다는 것, 또 동등할 수도 없다는 것, 나도 잘 아네. 하지만 존경을 받으려면 소위 천민이라고 하는 낮은 신분의 사람들과 거리를 둬야 할 필요가 있다고 생각하는 자들은 적에게 질 것이 두려워 적을 피해 숨어 있는 비겁자와 똑같은 비난을 받아 마땅하다고 나는 생각하네.

최근에 샘터에 갔다가 어린 하녀 한 명을 보았다네. 소녀는 계단 맨 아래에 물동이를 세워 놓고는 혹시 물동이 이는 걸 도와줄 동무가 오지 않을까 두리번거리고 있었네. 나는 계단을 내려가 소녀를 보며 물었네. "내가 도와줄까요, 아가씨?" 소녀는 온 얼굴을 새빨갛게 물들이며 말했다네. "아, 아닙니다, 나리." 그러고는 —주저 없이— 똬리를 바로잡아 머리에 얹더군. 그래서 나는 소녀가 물동이를 이는 걸 도와주었지. 소녀는 고마워하며 계단을 올라갔다네.

5월 17일

두루두루 여러 사람들을 사귀게 되었지만 아직 말벗이 될 만한 사람은 찾지 못했네. 나에게 사람을 끌어들이는 면이 있는지 잘은 모르겠네만, 너무나도 많은 사람들이 나를 좋아하고 따른다네. 그래서 긴 인생길에서 우리가 함께 갈 길이 너무나도 짧다는 생각을 할 때마다 늘 마음이 아프다네. 이곳 사람들이 어떤

지 궁금하다고? 그렇다면 이 말밖에 해 줄 말이 없네. "다른 곳과 똑같아!" 사람 사는 곳이야 한결같지. 대부분의 사람들이 먹고 살기 위해 가장 많은 시간을 쓰고, 얼마 안 되지만 자유롭게 쓸 수 있도록 남겨진 시간조차 갖은 수단을 동원하여 그 자유 시간에서 벗어나려고 마음을 졸이지 않는가. 아, 인간의 운명이란, 참!

하지만 선량한 사람들임엔 틀림없네! 나는 이따금 내 자신의 위치를 잊고, 그들과 함께 인간에게 허용된 즐거움, 이를 테면 잘 차린 식탁에 둘러앉아 솔직하고 담백하게 농담을 나누거나, 산책을 하거나, 춤출 만한 상황에선 흥겹게 춤도 추는 즐거움을 누리곤 한다네. 그럴 때마다 나는 아주 좋은 기운을 받지. 다만, 그런 상황에서도 반드시 떠오르는 생각이 있다네. 내 속엔 그런 것들과는 다른 너무나도 많은 힘들이 잠자고 있다는 것, 이 힘들이 하나도 사용되지 못한 채 곰팡이가 슬어 버렸다는 것일세. 그러니 나는 그 힘들을 조심스럽게 숨겨 둘 수밖에 없다는 거지. 이 생각을 하니 심장이 조여 오는군! 하지만 어쩌겠나! 오해를 받는 건 우리 같은 사람의 운명인 것을.

아, 내 어릴 적 여자 친구는 지금 저 세상으로 떠나고 없지. 아, 한때 그토록 친숙하게 지내던 사람이었는데! 내 스스로에게 이렇게 타일러야겠지.

"어리석기는! 이승에서 찾을 수 없는 것을 찾고 있으니."

하지만 나에겐 그녀가 있었고, 나는 그녀의 심장을 느꼈었지. 그리고 위대한 영혼도. 그 위대한 영혼 속에서 의 나는 있는 그대로의 나보다 훨씬 큰 인물 같아 보였다네. 내가 될 수 있는 모든 것이 되었으니까. 세상에, 그땐 내 영혼의 모든 힘을 하나도 남기지 않고 썼지. 그땐 자연을 감싸 안던 순간, 내 가슴이 느끼던 그 놀라운 느낌을 그녀 앞에서 아낌없이 펼쳐 보였었는데. 그녀와 나의 만남은 지극히 섬세한 감성, 무례하다 싶을 정도로 변화를 주어도 전부 독창성의 소인을 찍어 줄 만큼 예리하기 그지없는 오성(五性)이 씨실과 날실이 되어 엮인 직조물이 아니던가? 그런데 지금, 그녀가 앞서 지나온 그 세월이 그녀를 나보다 먼저 무덤으로 이끌고 갔네그려. 나는 절대로 그녀를 잊지 못할 걸세. 그녀의 흔들림 없는 의지와 지상에서 보기 힘든 그 넓은 아량을 결코 잊지 못할 걸세.

　며칠 전 V라는 젊은 친구를 만났네. 개방적인 성격에 아주 복스러운 인상을 지닌 청년이었지. 갓 학업을 마친 친구였지만 그렇게 영리한 것 같지는 않더군. 정작 본인은 다른 사람들보다 아는 게 더 많다고 생각하는 것 같았지만. 여러모로 보아 공부는 열심히 한 친구라는 걸 알 수 있었네. 한마디로 상당한 지식을 소유하고 있었다네. 그 친구, 내가 그림을 많이 그리고 희랍어도 할 줄 안다는 말을 듣고 —두 가지 다 이곳에선 희귀한 경우이긴 하지.— 나에게 조언을 구하며 아는 지식을 많이도 풀어놓더군. 바퇴(Cahrles Batteux, 1713-1780)에서 우드(Robert Wood, 1716-1771), 드필(Roger de Piles, 1635-1709)에서 빙켈만(Johann Joachim Winkelmann, 1717-1768)까지 말일세. 그리고 줄처(Johann Georg Sulzer, 1720-1779)(†이상 여기서 언급된 인물들은 모두 당대를 대표하는 문학 이론의 체계를 세운 문예 평론가들.) 이론의 제1부를 통독했고 하이네의 고대연구논문의 초고도 갖고 있다고 했네. 나는 그가 말하는 대로 그냥 두었다네.

그리고 또 한 사람, 아주 점잖은 분을 알게 되었는데 영주의 녹을 받는 법무관이라네. 성격이 개방적이고 솔직하다네. 사람들이 말하길, 법무관이 그의 아홉 아이들에게 둘러싸여 있는 모습은 보는 것만으로도 그렇게 즐거울 수가 없다고 하더군. 특히 그의 첫째 딸에 관해선 다들 입에 침이 마를 정도였지. 그분이 집으로 오라고 해서, 가능한 가까운 시일 내에 방문할까 하네. 그분은 이곳에서 반 시간쯤 떨어진 곳에 있는 영주의 수렵용 별장에 살고 있는데 부인과 사별한 후에 영주에게 허락을 얻어 그리로 옮겨 간 거라네. 이곳 시내의 관사에 계속 머무르기엔 슬픔이 너무 컸던 게지.

그 외에 꼴사나운 괴짜들도 몇 명 만났는데, 걸리적거리기만 할 뿐, 모든 면에서 참기 힘든 인간들이었다네. 그중 그들이 표한 우정의 표시는 가장 참기 힘들었고.

잘 지내시게! 이 편지는 자네 마음에 들 걸세. 내 심정의 토로가 아니라 완전히 사실에 근거한 이야기들이니까.

5월 22일

인간의 삶이 한낱 꿈에 불과하다는 건 이미 많은 사람들이 느끼는 것이지. 나 역시도 늘 이런 정념에 끌려 다니고 있네. 인간이 활동하고 탐구하는 힘이 제한된 틀 속에 갇혀 있다는 것, 또 인간의 활동이 전부 욕구 충족을 위해 이루어지며, 이렇게 충족시키려는 욕구가 궁극적으로는 다시금 하찮은 생존 연장에 목표를 둔 것임을 볼 때, 치열하게 내닫던 탐구 행위가 어느 지점을 넘어서면 진정되는 현상들은 사실 인간들이 벽과 벽 사이에 갇혀 있으며, 탐구 행위란 그 벽마다 다채로운 형상과 밝게 빛나는 경치를 그려 넣는 것과 같으므로 그것이 진정되는 것은 하나의 공상에 잠긴 체념이리라는 생각을 하곤 한다네. 이 모든 것으로 인해, 빌헬름, 나는 잠자코 입을 다물고, 나의 내면으로 되돌아간다네. 그리고 거기서 하나의 세계를 찾아낸다네. 이 세계는 이번에도 구체적이고 활력 있는 힘의 세계라기보다는 개념적이고 어두운 욕망의 세계이기는 하네. 그곳에선 모든 것이 나의 감각 앞에서 헤엄치지. 그러면 나는 미소를 지으며 그렇게 꿈을 꾸듯 그 세계 속으로 빠져든다네.

아이들은 원하는 게 있어도 자기가 왜 그걸 원하는지 잘 모르지. 이 점에 있어선 학식 있는 학교 선생님들과 가정 교사들 모두 일치된 의견을 보인다네. 그런데 어른들도 말일세, 이 대지 위에서 제대로 걸음을 가누지 못한 채 어디에서 와서 어디로 가는지 알지 못하기로는 아이들과 마찬가지 아닌가. 진정한 목적에 따라 행동하는 경우는 거의 없고 당근과 채찍으로 다스려지는 것도 마찬가지지. 아무도 기꺼운 마음으로 이 사실을 믿으려 하지 않을 걸세. 하지만 나에겐 그것이 분명한 사실로 여겨진다네.

내가 이렇게 자네에게 거리낌 없이 털어놓는 것은 자네가 무슨 말을 할지 다 알기 때문이야. 자네는 이렇게 말하겠지. 이리 저리 인형을 끌고 다니며 옷을 입혔다 벗겼다 하는 어린아이, 엄마가 사탕 과자를 숨겨 둔 서랍 주위를 조심스럽게 맴돌다가 마침내 원하던 것을 손에 넣고는 볼이 터지도록 과자를 먹어 치우며 "더 먹어야지! 정말 꿀맛이다!"라며 외치는 어린아이, 그런 어린아이들처럼 현재를 살아가는 자야말로 세상에서 가장 복 있는 자라고. 그리고 자신의 보잘것없는 일에, 혹은 자신이 열정을 쏟은 일에 아주 으리으리한 명분을 덧입히고, 그것이 인류의 안녕과 복지로 이어지는 거대한 작업이었노라고 쓰는 사람들 역시도 복되다고 말하겠지. 그럴 수 있는 자에게 복이 있기를!

하지만 그 모든 것이 무엇을 향해 나아가는지 겸허한 자세로 인식한 자, 그의 눈에는 서민들 한 사람, 한 사람이 규모는 작지만 각자의 정원을 얼마나 예쁘게, 낙원으로 가꿀 줄 아는지가 보이고, 그 다음엔 무거운 짐에 눌린 불행한 이들 역시 숨이 차 헉헉거리면서도 얼마나 끈기 있게 자신의 길을 나아가는지도, 그리고 단 일 분이라도 더 이승의 햇빛을 보는데 관심을 갖는 건 모두가 다 똑같다는 것도 눈에 들어오지. 아암! 그런 자는 말없이 잠잠하고 스스로 자신의 세계를 만든다네. 그리고 행복한 사람이기도 하지. 또한 그 역시 인간이니까 앞에서처럼 벽들에 갇혀 있다고 할 수 있겠지. 그러나 이런 사람은 늘 자유의 달콤한 감정을 가슴에 품고 살며, 자신이 원할 때면 언제든 이 감옥을 떠날 수 있는 사람이라네.

5월 26일

　내가 정착하는 방식은 예전부터 잘 알고 있을 걸세. 나는 어딘가 나에게 친근하게 다가오는 곳이면, 그곳의 작은 오두막을 숙소로 정하여, 모든 걸 절제하며 묵다 오곤 하지. 이곳에서도 내 마음을 끄는 쾌적한 장소를 만났지 뭔가.

　시내에서 대략 한 시간쯤 떨어진 곳에 발하임[1]이라고 하는 곳이 있네. 언덕 위에 자리한 위치가 자못 흥미진진하다네. 언덕 위에 있는 마을로 이어지는 오솔길을 따라 걷노라면, 골짜기 전체가 한 눈에 내려다보이지. 나이에 비해 친절하고 활달한 마음씨 좋은 여관집 여주인이 포도주와 맥주, 커피를 따라주지. 그리고 무엇보다 마음에 드는 건 두 그루의 보리수나무인데, 드넓게 쭉쭉 뻗은 가지가 교회 앞 작은 광장을 뒤덮고 있다네. 이 광장을 빙 둘러 농가와 곡물 창고, 뜨락들이 자리 잡고 있고. 이렇게 친숙하고 낯익은 곳은 쉽사리 찾기 힘들 걸세. 그래서 나는 여관의 탁자와 의자를 그리로 내오게 하여, 거기서 커피를 마시며 〈호메로스〉를 읽는다네.

　어느 화창한 오후, 우연히 보리수 그늘 아래에 처음 갔는데 그날따라 그 작은 광장이 너무나도 고적하게 느껴졌다네. 모두들 들에 나가고, 대략 네 살쯤 되어 보이는 한 남자아이만 땅바닥에 주저앉아 있었네. 그런데 그 아이는 제 두 발 사이에 앉은, 아마도 생후 6개월쯤 된 듯한 어린아이를 양팔로 받혀 주고 있

---

1) 독자 여러분께선 이곳에서 언급된 장소들을 애써 찾지 마십시오. 편지 원문에서 언급한 장소의 실제 이름들은 부득이하게 변경하였음을 알려 드립니다.

었다네. 소파 등받이를 대듯이 말일세. 대굴대굴 경쾌하게 돌아가는 눈동자가 눈에 들어오지 않을 만큼 아이가 정말로 얌전하게 앉아 있더군. 그 광경을 보자니 나는 마음이 즐거워졌고, 그래서 맞은편에 세워져 있는 쟁기 위에 앉아 형제의 모습을 흥겹게 그려 나갔다네. 그리고 바로 곁에 있는 울타리와, 곡물 창고의 광문과 부서진 마차 바퀴 몇 개도 전부 있는 순서 그대로 차례차례 덧붙여 그렸다네. 한 시간이 지난 뒤, 나는 내 나름의 생각을 전혀 더하지 않았는데도, 배치가 아주 좋은 흥미로운 그림을 완성했다는 걸 알 수 있었지. 이 일로 나는 앞으론 오로지 자연에 기대어 그림을 그리리라는 다짐을 더욱 굳건히 하게 되었다네.

자연은 그 자체만으로 끝없이 풍요롭고, 그 자체만으로 위대한 예술가를 만들어 내지. (예술) 규칙의 장점에 관해선 많은 걸 말할 수 있을 걸세. 대략 시민 사회를 칭송하는 말을 할 때와 같다고나 할까. 규범과 미풍양속을 본받은 사람이 결단코 참기 힘든 이웃 노릇을 하거나, 놀랄 만한 악인이 될 수 없듯이 규칙에 따라 교양을 쌓은 사람은 절대로 몰취미하거나 질 낮은 면모를 드러내는 법이 없지. 하지만 내가 하고 싶은 말은 이런 장점에 반해 어떤 규칙이든 규칙은 전부 자연스럽게 우러나오는 진정한 감정과 표현을 파괴해 버린다는 것일세. 자네는 말하겠지. "그 말은 너무 가혹하지 않은가! 규칙은 단지 제한을 가하고 무성하게 웃자란 덩굴손과 같은 것들을 잘라 낼 뿐이라네."라고. 착한 친구여, 한 가지 비유를 들어 보지. 사랑을 비유로 들어 보겠네.

젊은이가 여인에게 마음이 빼앗기면 하루 24시간을 온통 그 여인에 대한 생각으로 보내지. 그리고 곧바로 자기가 여인에게 푹 빠졌다는 걸 표현하기 위해 자신이 지닌 모든 능력과 재력을 허비하곤 하지. 그런데 그때 공직에 몸담고 있는 고루한 속물이 다가와 그에게 이렇게 말을 하는 거야.

"똑똑한 젊은이, 사랑하는 거야 인간다운 일이지. 다만 인간적으로 사랑할 필요가 있네. 시간을 배분해서 일부는 일하는 것에, 그리고 남는 시간은 자네의 여인에게 바치게. 그리고 생활에 필요한 것을 충당하고 남는 것에서 여인의 선물을 사는 건 말리고 싶지 않네. 단, 선물은 아주 가끔씩만 하게나. 이를테면 생일과 성명축일 같은 날 말일세."

이 말을 잘 따른다면, 그는 쓸모 있는 젊은이가 되는 거지. 그런 젊은이라면 내가 직접 나서서 만나는 영주마다 그를 관리직에 앉히라고 권할 걸세. 다만 그걸로 사랑은 끝난 거지. 그 젊은이가 예술가라면 그걸로 예술은 끝난 거라네. 아, 친구들이여! 어찌하여 천재성이 분출되어 거대한 홍수를 이루고, 그리하여 그대들의 영혼이 놀라 떠는 일이 이다지도 드물단 말인가. 친애하는 친구들이여, 그건 침착한 사람들이 강기슭 이편과 저편에 살기 때문에 그런 것 아니겠나. 그들은 자기네 정원에 있는 정자와 튤립 화단, 채소밭이 (그 홍수에) 황폐해질 것 같으면, 곧 제방을 쌓고 물길을 돌려 위협적으로 다가올 위험을 막는 사람들이니 말일세.

5월 27일

보니까 내가 기분이 들뜨고, 비유로 든 이야기들과 장광설에
빠져서, 그 아이들의 이야기를 마저 한다는 걸 잊었더군. 어제
쓴 편지에 단편적으로 내비친 것처럼 화가의 감흥에 푹 빠져 나
는 아마 두 시간은 족히 그 쟁기 위에 앉아 있었던 것 같네. 어
느새 저녁 무렵이 되었고, 바구니를 팔에 건 한 젊은 아낙네가
그때까지 내내 꼼짝 않고 앉아있던 아이들을 향해 다가오며 이
렇게 외쳤다네.

"필립스, 기특하기도 하지."

아낙네가 내게 인사를 건네기에 나도 감사 인사를 하며 자리
에서 일어나 그 아낙에게 다가갔네. 그리고 아낙네에게 "아이들
의 어머니이십니까?"라고 물어보았지. 그녀는 그렇다고 대답하
고는 큰 아이에게 빵 반쪽을 떼어 주었다네. 그런 다음 작은 아
이를 들어 올려 어머니의 사랑을 담뿍 담아 뽀뽀를 해주었지. 그
러곤 이렇게 말하더군.

"우리 필립스한테 막내를 맡기고, 저는 맏이와 함께 흰 빵과
설탕, 죽을 끓일 법랑 냄비를 사러 시내에 갔다 왔답니다."

나는 덮개가 떨어져 나간 바구니 안에 아이 엄마가 말한 것이
전부 담긴 것을 보았다네.

"우리 한스에게 —막내의 이름이 한스였다네.— 저녁으로 죽
을 끓여 주려고요. 천방지축인 큰 녀석이 어제 눌은 죽을 두고
필립스와 다투다가 죽 냄비를 망가뜨렸거든요."

나는 맏아들에 관해서 물어보았네. 아들 녀석은 지금 밭에

서 거위들을 쫓아다니는 중이라는 아낙의 말이 떨어지기 무섭게, 녀석이 툭 튀어나와선 둘째에게 개암나무 회초리 한 개를 가져다주는 걸세. 나는 계속해서 그 아낙네와 이야기를 나누었고, 그녀가 학교 선생의 딸이라는 것과 그녀의 남편이 사촌이 물려준 유산을 가지러 스위스로 여행을 떠났다는 걸 알게 되었지. "그 사람들이 우리 집 양반에게 그 사실을 속였거든요."라고 부인이 말하더군.

"게다가 그이가 보낸 편지에 답장도 하지 않았지요. 그래서 그이가 직접 그리로 간 것이랍니다. 그이에게 아무 일도 일어나지 않았길. 무소식이 희소식이라잖아요."

그 아낙네에게 붙잡히면 빠져나오기 힘들겠다 싶었다네. 그래서 아이들에게 각각 1크로이처씩 나눠 주고, 막내 아이를 위해선 다음에 시내에 가면 아이가 스프에 곁들여 먹을 질 좋은 빵을 사는 데 쓰라며 여인에게 1크로이처를 건네주었지. 그런 다음 서로 작별을 고했다네.

친구여, 자네에게 말해 두겠는데 나는 감수성이 벅차올라 더 이상 주체하기 힘들어질 때 이런 사람들을 보면 속 시끄러운 온갖 것이 전부 잦아들곤 한다네. 행복한 마음으로 평온함 속에서 자신이 처한 협소한 범주의 생활을 꿋꿋이 해 나가며 하루, 또 하루를 근근이 버티며 사는 사람들, 그리고 낙엽이 떨어지는 것을 보면 겨울이 오리라는 것 외엔 아무 생각도 하지 않는 그런 사람들을 보면 말일세.

그날 이후로 나는 자주 밖으로 나왔고, 아이들은 나와 아주 친숙해졌다네. 내가 커피를 마시면 아이들은 설탕을 얻어먹었고, 저녁이 되어 버터 바른 빵과 발효한 우유를 마실 때면 나와 함께 나눠 먹었다네. 아이들은 한번도 빠지지 않고 일요일이 되면 나에게서 1크로이처씩 받았는데 저녁 예배를 마친 뒤 그곳에 가지 못할 때면, 여관 여주인에게 아이들에게 나눠줄 돈을 맡기곤 한다네.

아이들은 나를 믿고 온갖 이야기를 들려주네. 그리고 동네에 사는 다른 많은 아이들이 한데 모여들 때면, 특히나 그 집 아이들이 질세라 흥분하여 자기들이 원하는 걸 천진난만하게 마구 쏟아 놓는데 나는 그 모습을 기뻐하며 즐기곤 한다네.

아이들의 어머니가 "아이들이 선생님을 너무 방해하는 것 같네요."라며 걱정하는 걸 말리는 게 고역이긴 하지만.

6월 16일

왜 편지를 쓰지 않느냐고? 그렇게 묻는 걸 보니, 자네도 배운 사람은 배운 사람이로군 그래. 그냥 잘 지내고 있을 거라고 생각하시게. 그런데, 한 마디만 하자면, 나와 마음이 잘 맞는 한 여인을 알게 되었다네. 나와 마음이 잘— 나도 잘 모르겠네.

내가 어떻게 그토록 사랑스러운 여인 중 한 사람을 알게 되었는지 지금으로선 제대로 들려주기가 쉽지 않을 것 같네. 지금은 그저 기쁘고 행복하네. 그러니 기록관처럼 사실을 그대로 옮겨 적기란 더더욱 힘들지.

천사 같은 여인이라! 그것 참! 누구나 자기 사람한테는 그렇게 말하지! 그렇지 않은가? 그녀가 얼마나 완벽한지, 왜 완벽한지 자네에게 말로 다 하진 못하겠네. 그저 그녀가 나의 모든 마음을 사로잡았다, 그 말이면 족하지 않겠나.

그녀는 너무나도 이성적이면서도 그렇게 소박할 수가 없고, 너무나도 단호하면서도 그렇게 어질 수가 없다네. 그리고 진실한 생활 태도와 행동, 아울러 침착한 정신력까지 겸비하였다네.

내가 그녀에 관해 이야기해 보았자 전부 쓸데없는 잡설이요, 귀에 거슬리는 추상적인 개념일 뿐이어서 그녀 자체가 품고 있는 특징을 하나도 표현해 낼 수 없다네.

다음에, 아니지, 다음이 아니라 지금 당장 이야기하지. 지금 하지 않으면 앞으론 절대 이 이야기를 하지 못할 것 같으니. 우리끼리 이야기네만, 이 편지를 쓰기 시작한 뒤로 이미 세 번이나 펜을 내려놓고 말을 타고 나가려 했다네. 하지만 이른 아침엔 나가지 않으리라 맹세했지. 그러고도 1초가 멀다하고 창가로 가서 해가 어디쯤 떠 있나 살펴보았다네.

나는 도저히 참을 수가 없었네. 그녀를 만나러 가지 않을 수 없었어. 지금은 빌헬름, 이렇게 다시 돌아와 야식으로 버터 바른 빵을 먹으며 자네에게 편지를 쓰려 하고 있다네. 그녀가 사랑스럽고 생기 넘치는 여덟 명의 동생들에게 동그랗게 둘러싸여 있는 모습을 보노라면 내 마음이 얼마나 환희로 넘쳐나는지!

이런 식으로 계속 말을 하다간, 자네 편에선 아무리 들어도 처음 들을 때와 마찬가지로 무슨 소리인지 전혀 알 수 없을 걸세. 그러니까 잘 듣게. 내 억지로라도 자세히 말해 볼 테니.

최근의 편지에서 내가 S라는 법무관을 알게 되었다는 것과 그가 나에게 조만간 그의 은신처에, 아니 그보다는 오히려 그의 작은 왕국이라고 할 만한 곳에 들러 달라고 청했다는 이야기를 썼었지. 나는 그 말을 대수롭지 않게 생각했다네. 그렇게 생각했으니, 그곳에 가는 일도, 그곳에 숨겨져 있는 보물을 발견하는 우연도 경험하지 못했건 게지.

그런데 우리 젊은 친구들이 그 법무관이 사는 시골에서 무도회를 열기로 한 거라네. 나도 가겠노라고 흔쾌히 수락했지. 나는 이곳에 사는, 참하고 예쁘지만 그 외엔 별로 내세울 것이 없는 아가씨에게 무도회에 함께 가자고 청하였다네. 그리고 내가 마차를 대절하여 나의 춤 상대인 아가씨, 그리고 그녀의 숙모라는 분과 무도회가 열리는 곳으로 함께 가기로 하고 도중에 샤를로테 S양을 태우고 가기로 했다네.

"아름다운 여인을 만나게 되실 거예요."

나의 파트너가 이렇게 말하더군. 우리 세 사람이 개간이 잘된 넓은 숲을 지나 영주의 사냥용 별장으로 가고 있을 때였네.

"사랑에 빠지지 않도록 조심하세요."

그녀의 숙모가 한마디 더 거들더군.

"왜 그러십니까?"

내가 말했지.

"그녀는 이미 약혼한 몸이거든요."

숙모라는 여인이 대답했지.

"아주 점잖은 남자 분과 말이에요. 그분은 부친이 돌아가신 후 뒷일을 해결하고, 또 어엿한 직장도 알아볼 겸 길을 떠났답니다."

그 이야기를 듣고도 나는 그 말이 크게 중요하게 와 닿진 않았다네.

우리 일행이 그녀가 사는 곳 안마당의 대문 앞에 다다랐을 땐 서산 너머로 해가 지기까지 아직 15분이나 남은 시각이었다네. 날씨가 몹시 후텁지근했지. 그리고 지평선을 둘러싸고 습기를 머금은 회백색의 구름과 함께 금방이라도 폭풍우가 몰려올 것 같았던 터라 함께한 여인들은 불안해하며 우려를 표했다네. 나 역시도 우리의 축연이 타격을 입을지도 모르겠다는 예감이 들기 시작했지만, 이른바 기상학이 어쩌고 하며 여인들을 속여 두려움을 떨쳐 주려 했다네.

내가 마차에서 내리자 하녀 한 명이 대문께로 오더니, "로테 아가씨께서 곧 나오실 겁니다."라고 말하며 잠깐만 기다려 달라고 청하였다네. 나는 마당을 가로질러 수려한 외관을 지닌 건물을 향해 걸어갔네. 건물 앞에 놓여 있는 계단을 올라가 현관문으로 들어서자, 내가 보았던 것 중에 가장 매혹적인 장면이 연극의 한 장면처럼 펼쳐졌다네. 현관홀에 두 살부터 열한 살쯤 되어 보이는 여섯 아이들이 아름다운 중키의 아가씨를 둘러싸고 옹기종기 모여 있었네. 그 아가씨는 팔과 가슴 부분에 분홍색 리본을 단 소박한 흰 드레스를 입고 있었지. 그녀는 검정 빵을 들고 주변에 몰려 있는 아이들에게 나이와 먹성에 맞추어 빵을 한 조각씩 나눠 주었다네. 그리고 미처 빵을 다 자르기도 전에 벌써부터 아이들이 조그만 손을 높이 뻗고는 "고맙습니다."라고 외치는데 어쩌면 그렇게 꾸밈없이 해맑던지. 이제 빵을 받아 든 아이들은 만족해하며 뛰어나갔고, 성격이 조용한 녀석들은 의젓하게 홀에서 나와 대문으로 향했다네. 로테가 타고 갈 마차와 낯선 사람들을 보려고 말일세.

"용서를 구합니다."

그녀가 말했네.

"이렇게 수고스럽게 집 안까지 들어오시게 하고, 다른 여자분들까지 기다리시게 해서요. 제가 없는 동안 집안이 잘 돌아가도록 일 처리를 하다 보니 아이들에게 저녁 빵을 나눠 주는 걸 잊어버렸답니다. 게다가 아이들이 저 말고는 다른 누구도 빵을 잘라 주는 걸 원치 않아서요."

나는 예의상 별로 중요하지도 않은 인사치레의 말만 건네었을 뿐, 그녀의 체격과 음색, 몸가짐에 온 마음을 빼앗기고 말았다네. 그리고 그녀가 장갑과 부채를 가지러 방으로 들어가자 그제야 놀란 가슴을 쓸어내릴 수 있었네. 조금 떨어진 곳에서 아이들이 곁눈질로 나를 쳐다보았다네. 그래서 나는 그중 가장 복스러운 얼굴을 한 막내에게로 걸어갔지. 녀석이 주춤거리며 뒤로 물러서는데 바로 그 순간, 로테가 현관문을 나오며 말했네.

"루이스, 사촌 어른께 인사 드려야지."

그러자 녀석은 아주 격의 없이 손을 내밀어 악수를 청했다네. 나는 그 작은 아이가 콧물을 줄줄 흘리는데도 개의치 않고 진심으로 아이에게 뽀뽀를 하지 않을 수 없었네.

"사촌이라고요?"

나는 그녀에게 손을 내밀며 말했네.

"제가 당신과 친척이 되는 행운을 누릴 자격이 있다고 생각하시는 겁니까?"

"아!"

그녀가 가볍게 미소를 지으며 말하더군.

"우리 집은 아주 먼 친척까지 사촌이라고 합니다. 그러니 사촌 자격을 운운하시면 제가 애석하지요."

마차로 걸어가는 동안 그녀는 열한 살가량 되어 보이는, 그녀 다음으로 가장 나이가 많은 여동생 소피에게 아이들을 잘 돌보고, 말을 타고 산책을 나가신 아버지께서 돌아오시면 대신 인사를 전하라며 일을 맡겼다네. 그리고 꼬마들에겐 소피가 로테 자신은 아니지만, 그래도 소피의 말을 잘 따르라고 말했지. 그러자 몇몇 아이들 역시 그렇게 하겠노라고 철석같이 약속을 했다네. 하지만 대략 여섯 살 쯤 된, 똑똑해 보이는 금발머리 여자아이가 이렇게 말하는 걸세.

"그래도 소피 언니는 로테 언니가 아니야! 로테 언니, 우린 언니가 더 좋단 말이야."

남자아이들 중 제일 위의 두 녀석이 몰래 마차 뒤에 올라탔다네. 그리고 내가 그냥 두라며 부탁하자, 그녀는 두 동생에게 장난치지 않고 제자리에 잘 있으면 숲 바로 앞에 도착할 때까지 함께 마차를 타고 가도 된다며 허락해 주었지.

제대로 자리를 잡고 앉자마자, 여자들은 서로 인사를 나눈 다음, 옷에 관해, 특히 모자에 관해 번갈아 촌평을 했고 만나게 될 사람들에 관해서도 그에 못지않게 일일이 훑고 지나갔다네. 로테가 마부를 세워 동생들을 마차에서 내리게 하자, 동생들은 다시 한 번 누나의 손등에 키스를 하겠다고 성화였다네. 둘 중 더 큰 아이는 열다섯 살의 나이에 맞게 아주 부드럽게 손등에 키스를 한 반면, 동생은 아주 거칠고 제멋대로였지. 그녀는 동생들에게 다시 인사를 건넸고 그런 다음 우리는 계속 마차를 달렸네.

숙모라는 여인이 자신이 최근에 로테에게 보내준 책을 다 읽었는지 묻더군. "아니요."라고 로테가 말했네.

"책이 제 마음에 들지 않았어요. 다시 가져가셔도 돼요. 그전의 책도 나을 건 없었어요."

나는 무슨 책인지 물어보았지. 그리고 그녀가 ……2)라고 대답하는 것을 듣고는 깜짝 놀랐다네. 나는 그녀가 말한 모든 것에서 상당한 개성을 느꼈고 그녀가 한마디, 한마디 말할 때마다 그녀의 표정에서 광선처럼 뿜어져 나오는 정신의 빛과 새로운 매력이 나타나는 걸 보았다네. 게다가 내가 자신을 이해하고 있다는 걸 느껴서인지 그녀의 표정은 점점 더 환해졌고 즐거워하는 것 같았네. 그녀는 이렇게 말했지.

"제가 지금보다 좀 더 어렸을 때는요. 소설만큼 좋아한 것도

2) 편지에 수록된 이 대목은 누구에게도 불만의 소지를 주지 않기 위해 부득이하게 내용 수록을 자제하였습니다. 물론 일개 여인과 불안정한 한 젊은이의 판단에 부담을 느낄 작가 분들은 별로 없겠지만 말입니다.

없었어요. 일요일이면 구석진 곳에 앉아 온 마음으로 〈미스 제니〉의 행복과 불행에 동참하면서 얼마나 기뻐했는지 아무도 모를 거예요. 그리고 아직도 그런 류의 소설에 매력을 느낀다는 것 역시 부인하진 않겠어요. 하지만 지금은 책을 가까이할 겨를조차 거의 없어서 책은 제 취향에 꼭 맞아야 한답니다. 그리고 저에게 가장 좋은 작가는 제가 경험한 세계를 다시 보여 주는 그런 작품, 제 주변을 둘러싼 환경과 비슷한 환경을 접할 수 있는 그런 작품, 그리고 줄거리가 제 자신의 가정생활처럼 그렇게 흥미진진하고 정답게 다가오는 그런 작품을 쓴 작가랍니다. 물론 제 가정생활이 낙원과 같다는 말씀은 아니에요. 하지만 전체적으로 보자면, 말로 다할 수 없을 정도로 넘쳐나는 행복의 원천이지요."

나는 이 말을 듣고 감동을 받았지만 드러내지 않으려고 애를 썼다네. 물론 그건 오래가지 못했지. 그녀가 지나가는 말로 ……3)의 〈웨이크필드의 시골 목사〉에 관해 아주 솔직하게 이야기하는 걸 들었거든. 나는 그 말에 곧바로 자제력을 잃고 그녀에게 말하지 않고는 배길 수 없는 것들을 전부 쏟아 냈다네. 얼마 뒤, 로테가 다른 사람들을 상대로 대화를 돌리자 그제야 나는 다른 두 여인이 그 시간 내내 눈을 동그랗게 뜬 채로 마치 그 자리에 없는 것처럼 그렇게 그곳에 앉아 있었다는 걸 알아차렸다네. 숙모라는 분은 비웃듯이 몇 번이나 코를 찡긋거리며 나를 쳐다

---

3) 여기서도 작가 고유의 성명을 생략하였습니다. 로테의 갈채에 동참하는 사람이 이 대목을 읽는다면, 이 대목에서 남모를 뿌듯함을 느낄 것입니다. 그렇지 않은 사람은 이 대목을 굳이 알아야 할 필요가 없겠지요.

보았지만 그러든 말든 나는 신경도 쓰이지 않았지.

대화는 이제 춤의 즐거움으로 옮겨 갔네. 로테가 말했네.

"춤에 대한 열정이 잘못이라지만, 그래도 저는 여러분께 고백하고 싶네요, 춤보다 더 즐거운 건 모르겠다고요. 머릿속이 복잡할 때면 저는 음정이 잘 맞지는 않지만, 피아노로 콩트르당스(*대무 혹은 대무곡. 여기선 대무곡. 17세기 무렵에 영국의 전원에서 시작되어 유행한 춤곡. ─이하 * 표시 옮긴이 주)를 쳐요. 그러고나면 모든 것이 다시 좋아지거든요."

이렇게 대화를 나누는 동안, 그녀의 검은 눈동자를 얼마나 즐거워하며 바라보았던지, 또 생동하는 입술과 생기 넘치는 촉촉한 뺨에 얼마나 온 마음을 빼앗겼던지, 그녀가 하는 말들에 담긴 그 장엄한 뜻에 얼마나 푹 빠졌던지, 나는 그녀가 하는 말에 미처 귀를 기울이지 못한 적도 여러 번 있었다네. 자넨 나를 잘 아니까, 어떤 상태였을지 상상이 갈 걸세. 한 마디로 파티가 열리는 별장 앞에 마차가 조용히 멈춰 섰을 때 나는 마치 몽유병 환자처럼 마차에서 내렸고, 그렇게 어둠이 깃드는 세상 속을 꿈속인 양 헤매느라 불 밝힌 무도장에서 우리가 있는 아래쪽으로 울려 퍼지는 음악 소리엔 거의 주의를 기울이지도 못하였다네.

숙모와 로테의 파트너인 아우드란과 무슨 'N.N.'이라고 하는 ─세상에 모든 이름을 전부 기억하는 사람이 어디 있겠나.─ 두 명의 신사가 마차 문간에서 두 숙녀 분에게 환영의 인사를 건넨 다음 각자의 파트너를 차지했고, 나는 나의 파트너를 이끌고 위로 올라갔다네.

우리는 서로의 주위를 빙글빙글 휘감아 돌며 미뉴에트를 췄다네. 나는 차례차례 상대를 바꿔 가며 춤을 청하였지. 어지간한 사람은 다 그렇게 했지만, 춤을 다 소화해 내지 못하는 사람들은 여인들에게 춤을 청하지도, 또 춤을 끝내지도 못했다네. 로테와 그녀의 파트너가 영국풍의 춤(*여기서는 프랑스 춤곡인 미뉴에트와 비교하여 콩트르당스가 영국 춤곡인 점을 강조하기 위해 콩트르당스 대신 영국풍의 춤이라고 표현하였다.)을 시작했다네. 그녀가 우리 대열에서 우리와 함께 원을 돌기 시작했을 때 내가 얼마나 좋아했을지 내 기분을 자네도 느꼈으면 좋겠군. 그녀가 춤추는 걸 봤어야 하는데. 들어 보게, 그녀는 온 마음을 다해, 그리고 온 영혼을 다 바쳐 춤을 춘다네. 원래부터 오로지 춤이 전부였던 것처럼, 춤 외에는 아무것도 생각하지 않고 아무것도 느끼지 않는 듯, 온몸이 조화롭게 움직였다네. 그래서인가 그 순간만큼은 확실히 그녀의 앞에 있는 모든 것들이 전부 사라지는 듯 보였네.

내가 두 번째 콩트르당스는 나와 함께 추자고 청하자, 그녀는 세 번째 때 수락하겠다고 했지. 그러고는 세상에서 가장 애교스럽고 솔직한 태도로 확인해 두려는 듯 말했다네. 자기는 독일풍의 춤(*18세기에 오스트리아와 독일 바이에른 지방에서 발생한 3/4 박자의 경쾌한 춤곡, 또는 춤으로 왈츠를 말한다.)을 진심으로 좋아한다고 말일세. 그리고 이어서 이렇게 말했네.

"이곳에서 독일풍의 춤은 원래 짝이 된 파트너와 함께 추는 것이 유행이에요. 그런데 제 파트너는 왈츠를 잘 추지 못해요. 그러니 제가 그분께 이 노고를 덜어 드리면 그분은 저에게 고마워하실 거예요. 선생님의 파트너 역시 왈츠를 잘 추지 못하고 또 좋아하지도 않는답니다. 영국 춤을 출 때 보니까 선생님은 왈츠를 잘 추시더군요. 이제 저와 독일풍의 춤을 추길 원하신다면, 제 파트너 분께 가셔서 부탁해 보세요. 저는 당신의 숙녀 분께 가볼게요."

나는 곧이어 그녀에게 악수로 화답했고 나의 부탁을 받아 그녀의 파트너는 우리가 춤을 추는 동안 나의 파트너와 담소를 나누는 것으로 일이 정리가 되었다네.

춤이 시작되었고 우리는 한동안 팔을 감는 여러 동작을 즐겼다네. 그녀는 정말이지 너무나도 매혹적이고 금방이라도 날아갈 듯 가볍게 움직였다네. 이제 왈츠 차례가 되어 우리는 마치 천체가 움직이듯 서로의 주위를 빙글빙글 돌며 춤을 추었다네. 그런데 처음에는 왈츠를 출 줄 아는 사람들이 거의 없었기 때문에 뒤죽박죽 조금 혼란스러웠다네. 우리는 사람들이 저절로 잠잠해질 때까지 기다리며 현명하게 대처했지. 잠시 후 왈츠에 서툰 사람들이 춤을 포기하고 플로어를 떠나자 우리는 왈츠 가락에 맞추어 춤을 추었고, 우리 이외에 아우드란과 그의 파트너, 그 한 쌍만이 꿋꿋이 왈츠를 소화해 냈다네. 지금껏 춤이 그렇게 부드럽게 잘 춰진 적은 단 한 번도 없었다네. 나는 녹초가 되었지. 세상에서 가장 사랑스러운 피조물을 내 팔에 안고 주변의 모든 것이 휙휙 지나갈 정도로 번개처럼 날아다녔거든. 빌헬름, 솔직히 말하자면, 나는 내가 사랑하고 또 내 여자라고 주장하고 싶은 여인이 나 아닌 다른 남자와 절대로 춤을 추게 두지 않으리라 맹세했다네. 설령 그것 때문에 내가 신세를 그르칠 수밖에 없다 할지라도 말이네. 자넨 나를 잘 이해할 걸세.

숨을 고르기 위해 우리는 걸어서 홀을 몇 바퀴 돌았다네. 그런 다음 그녀는 자리에 앉았지. 나는 펀치(*오색 술. 럼주·설탕·레몬·차·물 등 다섯 가지 재료를 섞어 만든 음료.)에서 몰래 건져둔, 이제 몇 조각 남아 있지 않은 레몬을 원기 회복을 위해 설탕과 함께 그녀에게 가져다주었다네. 레몬은 탁월한 효과를 발휘했네. 다만 내가 그녀의 옆자리에 앉은 여자에게 체면상 어쩔 수 없이 권한 레몬을 그 여자가 한 조각씩 펀치 잔에서 건져 먹을 땐 가슴을 바늘로 찌르듯 마음이 아팠지.

세 번째 영국 춤에서 우리는 두 번째 쌍이 되었다네. 우리는 순서를 다 마칠 때까지 대열을 따라 춤을 췄다네. 그리고 나는 —내가 얼마나 기뻐했는지는 신만이 아실 걸세.— 그녀와 팔을 마주 잡는 것과 솔직하고 순수하기 그지없는 즐거움이 고스란히 드러나 있는 그녀의 눈동자에 온통 마음이 쏠려 있었지. 그런데 우리가 어떤 부인을 지나칠 때였네. 이젠 그렇게 젊다고 할 수 없는 얼굴인데, 귀여운 표정 때문에 눈에 띄었던 부인이었지. 부인이 미소 띤 얼굴로 로테를 바라보며 위협하듯 손가락을 치켜 올렸네. 그러고는 지나가면서 두 번이나 아주 의미심장하게 '알베르트'라는 이름을 되뇌는 것이었네.

"알베르트가 누구죠? 이렇게 묻는 게 실례가 되지 않는다면 말입니다."

나는 로테에게 물었네.

그녀가 막 대답을 하려는 순간, 우리는 대형 8자를 그리기 위해 떨어져야 했네. 우리가 서로 마주 보며 스쳐 지나는데, 그녀의 이마에서 뭔가 깊은 생각에 잠긴 듯한 기색이 비쳤다네.

"제가 당신께 거짓말을 해서 뭐하겠어요."

그녀가 프로메네이드 포지션(*포크댄스의 포지션 중 하나. 남성의 오른쪽과 여성의 왼쪽이 접촉하고, 그 반대쪽이 'V' 모양으로 열린 자세.)을 위해 나에게 손을 건네며 말하더군.

"알베르트는 점잖은 사람이에요. 그이와 저는 약혼한 것과 다름없답니다!"

연회장으로 오는 도중에 마차에 동승했던 여인들이 나에게 들려주었던 말이었기에 새로울 것이 전혀 없었는데도 그 사실은 너무나도 새롭게 다가왔네. 그땐 그 사실을, 이렇게 짧은 순간에 소중해진 사람과 연결 지어 생각하지 못했으니까. 나는 정신을 못 차릴 정도로 혼란에 빠졌다네. 그래서 엉뚱한 쌍들 사이에 끼어들어 모든 걸 뒤죽박죽으로 만들었지. 그러자 로테가 사태 수습을 위해 서둘러 파트너들 사이에 끼어 있던 나를 끌어냈다네.

아직 춤이 다 끝나지 않았는데 우리가 이미 아까 전부터 보았던 지평선에서 번쩍이는 번갯불이, 그러니까 내가 주제넘게 계속해서 마른번개라고 주장했던 번갯불이 점점 더 강렬하게 번쩍이기 시작하더니, 뒤이어 음악 소리를 뒤덮어 버릴 만큼 큰 소리로 천둥이 쳤다네. 여자들이 대열에서 뛰쳐나갔고 뒤이어 파트너들이 저마다 자신의 여인들을 뒤따라갔다네. 무도장 전체에 혼란이 벌어졌고 음악이 멈추었지.

즐거울 때 불행이나 어떤 끔찍한 일이 찾아와 우리를 놀라게 하면, 그것이 우리에게 주는 인상이 평소보다 훨씬 더 강렬하게 느껴지는 건 자연스러운 일이지. 이런 현상은 한편으로는 너무나도 활기찼던 즐거움과의 대비 때문이고, 다른 한편으로는, 이것이 더 큰 이유이기도 한데, 우리의 의식이 일단 그런 즐거움을 느끼는 감각을 향해 활짝 열린 상태에선 그만큼 더 빠른 속도로 그 인상을 받아들이게 되기 때문이지. 많은 여인들의 얼굴이 갑자기 기묘하게 일그러지는 걸 보자 그런 생각이 들었다네. 그래도 그중 가장 영리한 여인은 구석으로 가서 등을 창에 대고 귀를 막더군. 다른 한 여인은 그녀의 앞에 무릎을 꿇고 그녀의 품에 머리를 묻었지. 세 번째 여인은 두 사람 사이에 끼어들어 눈물을 뚝뚝 흘리며 여동생을 감싸 주었다네. 몇몇은 집에 가겠다고 하고, 몇몇은 뭘 해야 할지 몰라 어쩔 줄 모른 채 두려움에 떨며 하늘에 대고 기도만 했다네. 그 틈을 타 아름답고 가련한 여인들의 입술을 훔치기에 바쁜 우리 젊은 녀석들의 몰염치한 행동을 제지할 정신도 없이 말이네. 신사들 몇은 조용히 파이프담배나 피우겠다며 아래층으로 내려갔고, 나머지 사람들은 안주인이 마침 아주 현명하게 덧창과 커튼이 달린 방이 있다며 그 방으로 우리를 안내하겠다고 하자, 마다하지 않고 받아들였다네. 그런데 우리 일행이 방에 다다르기 무섭게 로테가 분주하게 움직이며 의자를 둥그렇게 놓더군. 그러곤 사람들을 자리에 앉게 하고 게임을 하자고 제안하지 뭔가.

나는 많은 사람들이 뭔가 외설스런 게임을 기대하며 입을 삐죽이 내밀곤 기지개를 켜는 걸 보았다네.

"숫자 놀이를 할 거예요."

그녀가 말했네.

"이제 잘 들으세요! 제가 오른쪽에서 왼쪽으로 둥글게 원을 그리며 걸어갈 거예요. 그러면 여러분도 원을 따라 각자 자기 순서에 맞는 숫자를 세요. 그런데 이 숫자 세기는 들불이 번지듯 순식간에 돌아가야 한답니다. 그래서 멈칫하여 지체하거나, 순서를 헷갈린 사람은 따귀를 맞게 되는 겁니다. 그렇게 천까지 세는 거예요."

그러자 이제 재미있는 볼거리가 펼쳐졌다네. 그녀가 팔을 쭉 뻗고 원을 돌자, 첫 번째 남자가 "일!"이라고 숫자를 세기 시작했고, 이웃하여 앉은 사람이 "이!", "삼!", 이런 식으로 계속 숫자를 세어 나갔네. 그녀는 아까보다 더 빨리 걷기 시작했고 점점 더 속도를 내며 원을 돌았다네. 그러자 한 사람이 숫자를 잘못 헤아렸고 그래서 찰싹, 따귀를 맞았지. 그리고 그 뒤를 잇는 사람도 또 웃다가 찰싹! 속도는 점점 더 빨라졌고. 나도 두 번이나 따귀를 맞았는데, 다른 사람들을 때릴 때보다 내가 맞은 따귀가 더 센 것 같다는 생각에 나는 마음속으로 기뻤다네. 사방에서 웃고 열광하는 바람에 게임은 천까지 세기도 전에 끝이 나고 말았지. 친한 사람들은 끼리끼리 옆으로 자리를 옮겼고 그사이 뇌우가 그쳤더군. 나는 로테를 따라 무도회장으로 들어갔네. 가는 도중에 그녀가 말하더군.

"사람들이 따귀 때문에 날씨도, 다른 모든 것도 잊었어요!"

나는 그녀의 말에 아무 대답도 할 수 없었네. 뒤이어 그녀는 이렇게 말했다네.

"저야말로 겁쟁이 중의 겁쟁이거든요. 다른 사람들에게 용기를 불어넣어 주려고 진심을 다해 노력하다 보니, 저도 용기를 얻게 되었어요."

우리는 창가로 갔다네. 원뢰 소리가 들리더니, 장대비가 주룩주룩 쏟아져 대지를 적셨고 온 사방에 따뜻한 기운이 충만한 가운데 생기를 불러일으키는 향기가 우리를 향해 피어올랐다네. 그녀는 팔꿈치로 몸을 지탱하고 서서 그 지역 일대를 뚫어질듯 바라보았네. 하늘을 보고는 나를 올려다보는데 나는 그녀의 두 눈에 눈물이 가득 고인 것을 보았다네. 그녀가 나의 손에 손을 얹고 말했네.

"클로프슈톡!"(*프리드리히 고트립 클로프슈톡, 1724–1803. 독일의 시인. 1771년에 발표한 서정시 〈송시〉를 통해 조국과 사랑, 우정, 신앙을 노래하여 서정 시인으로서의 재능을 발휘, 괴테를 비롯하여 횔덜린, 릴케 등에게 큰 영향을 미쳤다.)

나는 그녀가 이 한마디의 구호로 나에게 쏟아부어 준 감정의 물결에 푹 잠겨 버리고 말았다네. 나는 참을 수가 없어서 그녀의 손등을 향해 몸을 숙이고 더할 수 없는 기쁨에 가득 차 눈물을 흘리며 그녀의 손등에 키스를 했다네. 그리고 다시금 그녀의 두 눈을 바라보았다네. 고귀한 클로프슈톡이여! 당신은 이 눈길 속에 깃든 당신에 대한 숭배의 마음을 보셨어야 합니다. 당신의 신성한 이름이 지금껏 너무나도 빈번히 숭배의 마음 없이 모독적으로 불렸습니다. 저는 앞으로 다시는 그런 식으로 당신의 이름이 불리는 것을 듣고 싶지 않습니다.

6월 19일

지난번에 어디까지 이야기를 했는지는 잘 모르겠네만, 분명한 건 내가 잠자리에 든 것이 밤 2시였다는 것, 그리고 내가 편지 대신 자네를 앞에 두고 떠들었다면 아마 다음 날까지 자네를 붙잡아 두었을지도 모른다는 것이네.

우리가 무도회에서 돌아오는 길에 벌어진 일을 아직 이야기하지 않았네만, 오늘도 그 이야기를 할 만한 날은 아닌 것 같군.

해돋이가 장관이었네. 물방울이 뚝뚝 듣는 숲과 생기를 되찾은 들판이 사방에 펼쳐져 있었다네! 함께했던 여인네들은 꾸벅꾸벅 졸고 있었지. 그녀가 나도 여인네들과 함께 눈을 좀 붙이지 않겠냐고 묻더군. 자기 때문이라면 개의치 않아도 된다고 하면서 말이네.

"당신이 이렇게 눈을 뜨고 있는 걸 보고 있으니, 그럴 일은 없을 것 같군요."

나는 그녀를 똑바로 바라보며 말했네. 그녀의 집 정문에 도착할 때까지 우리 둘은 졸지 않고 잘 견뎠다네. 하녀가 나와 조용히 대문을 열어 주었네. 그러고는 그녀가 아버지와 동생들에 관해 묻자 모두들 잘 지냈고 아직 다들 자고 있다고 확인해 주었지. 나는 그날 중으로 또 만나리라는 다짐을 받고 그녀와 헤어졌다네.
그리고 내가 한 약속을 지켰다네. 그때 이후로도 해와 달과 별은
저마다 경영할 일을 차분히 수행했지만 나는 낮인지 밤인지 분간
을 못했다네. 나를 둘러싼 온 세상이 사라져 버린 것만 같아.

6월 21일

요즘 나는 얼마나 행복한 나날을 살고 있는지, 하루하루가 마
치 하느님이 성인들에게 주려고 아껴 두신 나날들 같다네. 앞으
로 나에게 어떤 일이 펼쳐질지는 나도 모르겠네. 하지만 이젠
기쁨을, 삶의 가장 순수한 기쁨을 누린 적이 없노라는 말은 하
면 안 될 것 같네. 자네도 나의 발하임을 잘 알고 있을 걸세. 이
젠 그곳이 집처럼 느껴질 정도로 완전히 자리를 잡았다네. 그곳
에서 로테의 집까진 불과 반 시간 거리라네. 그곳에 있으면 나는
온전히 나 자신을 자각할 수 있고 또 인간에게 주어진 모든 행복
을 느낄 수 있다네.

발하임을 내 산책 코스의 목적지로 골랐을 때에는 그곳이 그
렇게 천국과 가까운 곳일 줄 생각이나 했겠는가! 먼 데까지 이리
저리 걸어서 산책을 하다 보면 어떤 때는 산에서, 또 어떤 때는
하천을 넘어 평지에 다다르는데, 그러면 그곳에서 얼마나 자주
그 사냥용 별장을 바라보는지 모른다네. 이제 그곳은 나의 모든
소망을 품은 곳이 되었으니까.

친애하는 빌헬름, 나는 인간의 내면에 널리 퍼져있는 욕구,

즉 새로운 것을 발견하길 원하고 또 세상 곳곳을 이리저리 돌아다니고자 하는 욕구에 대해 여러모로 생각해 보았다네. 그다음엔 다시금 내면적인 충동, 다시 말해 자발적으로 자기 자신에게 제한을 가하고 관례의 궤도를 따라 움직이며 좌로도 우로도 치우치지 않고 오직 자신의 목표를 향해 나아가려는 충동에 관해서 숙고해 보았지.

이곳으로 와 언덕배기에서 아름다운 골짜기를 바라보던 순간, 그리고 나를 둘러싼 모든 것이 내 마음을 움직이던 순간, 그 순간은 지금도 경이로울 뿐이라네.

'저기 저 숲 좀 봐! 아, 저 숲 그림자 속에 섞여 들 수 있다면! 저기 저 뾰족한 산봉우리 좀 봐! 저곳에 서서 저기 멀리 떨어진 곳까지 전부 굽어볼 수 있다면! 겹겹이 이어진 언덕과 친밀한 골짜기들, 아, 나를 잊고 그 속에 푹 잠겨 들 수 있다면!'

나는 서둘러 그리로 갔네! 그리고 다시 돌아왔지. 내가 바라던 것은 아무것도 찾지 못한 채로 말이네. 아, 미래라는 것도 그 먼 곳과 다름없겠지! 우리의 영혼 앞에서 조용히 쉬고 있다가 어슴푸레 모습을 드러내는 거대한 전체, 그 거대한 전체 속에서 우리의 감각은 우리의 눈처럼 흐릿하고 불분명하여 앞을 잘 보지 못하지. 그래서 우리는 아! 우리의 전 존재를 바치리라, 유일하고 위대하며 장엄한 감정의 온갖 환희로 나를 가득 차게 하리라, 동경하는 마음을 품게 되는 걸세. 하지만 아, 서둘러 그곳으로 달려가 이제 그곳이 이곳이 되면, 모든 것은 여전히 전과 달라진 게 없어. 우리는 여전히 우리의 가난 속에, 우리의 한정된 환경

가운데 있게 된단 말이네. 그리고 우리의 영혼은 사라져 버린 청량제를 아쉬워하겠지.

불안정하게 돌아다니던 방랑자도 종국엔 이와 같이 다시 자신의 고향을 그리워하게 되지. 그리고 오두막같이 작은 그의 집에서 부인을 가슴에 품고 아이들에게 둘러싸여 있을 때, 그리고 그들을 부양하기 위해 일을 할 때, 그 속에서 지극한 환희를 발견하게 되지. 저 광활하고 황량한 세상에서 그토록 찾아다녀도 찾지 못했던 환희를.

그래서 나는 아침마다 해가 솟아오를 때면 나의 밭하임으로 간다네. 그리고 그곳에 있는 여관 앞마당에서 내 손으로 직접 설탕 완두를 꺾은 다음, 콩깍지 사이에 있는 실같이 질긴 줄기를 제거하며 막간을 이용하여 나의 〈호메로스〉를 읽는다네. 그런 다음 작은 부엌에 들어가 내 손으로 냄비를 고르고 버터를 잘라 냄비에 두른 다음, 달군 냄비 위에 다듬어 놓은 콩깍지를 얹고 뚜껑을 덮지. 그리고는 그 옆에 자리를 잡고 앉아 가끔씩 이리저리 냄비를 돌리면서 흔들어 주지. 그럴 때마다 나는 저 호사스럽고 오만불손한 페넬로페의 청혼자들이 어떻게 소와 돼지를 도살하여 부위별로 잘라 내고 불에 구웠는지 그 모습이 생생하게 느껴진다네. 가부장적인 삶의 특징들만큼 잔잔하면서도 참된 느낌으로 나를 가득 채워 준 것은 아무것도 없었다네. 다행인 것은 내가 이 가부장적인 삶의 특징들을 거드름 피우지 않고 내 생활 방식에 녹아들게 했다는 것이지.

내 가슴이 자신이 직접 키운 양배추를 식탁에 올리는 사람의 그 단순하고 천진난만한 기쁨을 느낄 수 있어서 나는 얼마나 좋은지 모른다네. 그리고 이제는 양배추에서 그치지 않고 좋았던 모든 나날들, 즉 그 사람이 양배추를 심었던 그 아름다운 아침과 그것에 물을 주던 정겨운 저녁들, 그리고 그것이 쑥쑥 자라는 걸 보며 그가 느꼈던 그 모든 기쁨의 순간들까지 함께 누리고 있다네.

6월 29일

엊그제 이곳 시내에 사는 의사가 법무관네에 왔다가 마침 내가 마당에서 로테의 동생들 사이에 있는 걸 보았다네. 아이들 중 몇은 나를 올라타고 여기저기 기어 다녔고 또 다른 아이들은 나에게 장난을 쳤지. 그래서 내가 녀석들을 간질여 주었는데 녀석들이 죽어라 소리를 질러 대더군. 그 의사는 아주 '곧이곧대로 해야 하는 꼭두각시' 같은 사람이었네. 사람과 대화를 나누면서 옷소매를 접어 포개는가 하면, 목에서 배꼽까지 주름이 잡힌 옷깃을 잡아당겨 바로잡더군. 그런 사람이었으니 나의 모습을 보고 점잖은 사람이 체통 없이 군다고 생각했겠지. 그 사람이 코를 찡긋거리는 걸 보고 그걸 알 수 있었네. 하지만 나는 그러거나 말거나 신경 쓰지 않았고 그 사람이 매우 이성적인 문제들을 꼬치꼬치 캐며 논하기에 그냥 그대로 두었다네. 그러고는 아이들이 무너뜨렸던 카드 하우스(*카드를 한 장 한 장 세우고 눕혀 집 모양처럼 탑을 쌓는 것.)를 다시 쌓아 주었지. 그 뒤로 그는 시내 여기저기를 돌아다니며 가는 곳마다 법무관 집 아이들이 가득이나 버릇이 없는데 베르테르라는 작자가 애들을 완전히 버려 놨다고 불평을 토로했다네.

맞네, 친애하는 빌헬름, 이 지상에서 내 마음에 가장 가까운 건 바로 아이들일세. 그런 마음으로 아이들을 바라보노라면, 사소한 것들에서 모든 미덕의 싹과 또 언젠가 그 아이들이 필요로 하게 될 모든 힘의 싹이 보이고, 또 고집스러운 면모에선 앞으로 확고부동하고 굳세게 형성될 성격의 모든 면면이 보인다네. 그런가 하면 제멋대로 구는 모습에선 장차 그 아이가 위험한 세상살이를 잘 넘기게 해 줄 선량한 유머와 경쾌함을 보곤 한다네. 그 모습들이 전부 얼마나 흠결 없이 순진하고 빈 곳 하나 없이 완전한지! 나는 거듭거듭 저 인류의 스승께서 말씀하신 금언, "너희가 돌이켜 어린아이들과 같게 되지 아니하면 (결단코 천국에 들어가지 못하리라)!"이라는 말씀을 곱씹게 된다네. 그러니 이제 친구여, 어린아이들은 우리와 동등한 존재이고, 또 우리가 우리의 본보기로 삼아야 할 존재라네. 그런데 우리는 어린아이들을 하인 부리듯 취급하지. 아이들은 의지를 가져선 안 된다고 말하며! 우리가 의지를 갖고 있지 않아서 그러는 건가? 그런 특권은 무엇에서 기인한 것이란 말인가? 우리가 더 나이가 많고 더 세상 무서운 줄 알기 때문인가?

"좋으신 하느님, 당신의 눈에는 나이 든 어린이와 나이 어린 어린이, 그 이상도 그 이하도 없습니다. 그리고 당신이 누구를 더 기뻐하시는지, 당신의 아들께선 이미 오래전에 그것을 알려 주셨습니다. 그런데 인간들은 그를 믿는다 하면서도 그의 말에 귀를 기울이지 않습니다. 이것은 새삼스러울 것도 없는 일이지요. 그러고는 어린아이들을 자기 방식에 따라 빚어내려고 합니다. 그리고—"

잘 있게, 빌헬름. 이것에 관해선 더 이상 수다를 늘어놓고 싶지 않네그려.

7월 1일

로테가 아픈 사람에게 어떤 존재일지, 나는 내 자신이 병상에서 먹지도 못하고 죽어 가는 많은 사람들보다 더한 고통에 시달리는 가련한 심정인지라 그걸 잘 느낄 수 있다네. 그녀는 시내에 살고 있는 한 독실한 부인 댁에서 며칠 동안을 보낼 거라네. 의사의 소견에 따르면 부인이 이제 임종 때가 다가왔다고 하네. 그런데 부인이 그 마지막 시간 동안 로테가 곁에 있어 주기를 바란 거라네.

지난주에 로테와 함께 성(聖)…에 사는 목사님 댁을 방문할 기회가 있었다네. 성…은 시내에서 남쪽으로 한 시간 정도 떨어진 산악 지대에 있는 작은 마을이라네. 우리는 4시 무렵 그곳에 도착했다네. 로테는 둘째 여동생도 함께 데리고 갔었네. 우리 일행이 키 큰 두 그루의 호두나무가 그늘을 드리우고 있는 목사관 마당에 들어서자, 선하게 보이는 노인이 현관문 앞의 긴 의자에 앉아 있는 게 보이더군. 그런데 로테를 보자 노인은 마치 죽었다 살아난 사람처럼 지팡이 짚는 것도 잊은 채 로테를 향해 걸어왔다네. 로테는 얼른 그에게로 달려가서 자리에 앉으며 그를 억지로 자리에 앉게 했다네. 그러고는 이런저런 부친의 인사말을 전했고 늦은 나이에 얻은 노인의 막내둥이를 가슴에 꼭 안아 주었네. 꼬질꼬질하고 지저분한, 아주 어린 사내 녀석이었지. 반쯤 귀가 먼 노인네가 알아들을 수 있도록 로테가 목소리를 높여 열심히 이야기하던 모습을 자네도 봤어야 했는데. 그녀는 젊고 튼튼하던 사람들이 생각지도 않게 죽음을 맞이한 이야기와, 칼스바트(*보헤미아 지방의 유명한 온천지.)의 뛰어난 점에 관해 이야기했고, 오는 여름에 그곳으로 가기로 한 노인의 결정에 대해 잘한 일이라며 칭찬을 아끼지 않았다네. 그리고 지난번 봤을 때보다 훨씬 보기 좋고 활기차 보인다는 말도 했지. 자네가 그녀의 그런 모습을 봤어야 하는 건데. 그사이 나는 그 노(老)목사의 부인께 예를 갖춰 인사를 했다네. 노 목사는 완전히 생기를 되찾았는지, 내가 우리에게 기분 좋게 그늘을 드리워 주는 아름다운 호두나무에 대해 호의를 표하자, 힘들어 하는 기색을 보이면서도 호두나무에 얽힌 이야기를 꺼내 놓기 시작했다네.

노 목사가 말했다네.

"저기 더 오래된 놈은 누가 심었는지 모르네. 어떤 사람들은 이 목사님이 심었다고 하고, 또 어떤 사람들은 저 목사님이 심었다고 하며 의견이 분분하지. 하지만 그 뒤쪽에 있는 더 어린 나무는 우리 집사람과 나이가 같아. 시월이면 쉰 살이 되지. 장인어른께서 아침에 저 나무를 심었는데 저녁 무렵에 아내가 태어났거든. 장인어른은 내 선임으로 재직하셨던 분이라네. 그러니 그분이 저 나무를 얼마나 사랑하셨는지는 말로 다 할 수 없지. 나 역시도 그분 못지않게 저 나무를 사랑하고. 이십칠 년 전, 내가 가난한 신학생 신분으로 이곳 마당에 첫발을 내디뎠을 때 나의 아내가 저 나무 아래 들보 위에 앉아서 뜨개질을 하고 있었거든."

로테가 노 목사에게 딸에 관해 묻자, 슈미트씨와 함께 들에서 일하는 일꾼들에게 갔다고 하더군. 그리고 노 목사는 하던 이야기를 계속 이어서 했다네. 그의 선임이 그를 좋아하게 되었는데, 나중에 선임 목사의 딸까지 합세하여 그를 좋아하게 되었다는 이야기, 그리고 그가 처음엔 그의 보좌사제가 되었다가 나중에 그의 뒤를 이어 후임사제가 된 이야기도 들려주었지. 이야기는 오래지 않아 끝이 났다네. 목사의 딸이 아까 말했던 그 슈미트씨라는 사람과 함께 정원을 가로질러 노 목사가 있는 곳으로 왔기 때문이었네. 그녀는 진심으로 따뜻하게 로테를 반겨 주었다네. 그녀가 나에게 비호감이었다고 말할 수는 없을 것 같네. 그녀는 민첩하고 건강하게 잘 성장한 갈색머리 여인으로, 시골에서 잠시 기분 좋게 담소를 나누기엔 손색이 없는 인물이었지. 그러나 그녀의 연인인 슈미트씨는 섬세하고 조용한 사람이라는 게 금방 드러났다네. 로테가 계속하여 우리의 대화에 그를 끌어들이려고 했지만, 그 사람은 끼어들려고 하지 않았지. 그리고 나를 가장 슬프게 한 건 말일세. 내가 그만 그의 얼굴 표정에서 그가 우리의 대화에 끼어들지 못한 것이 이해력이 제한되어서 그런 것이 아니라, 옹고집에다 우울한 기질 때문이라는 걸 얼핏 알아차렸다는 것일세. 이후 이어진 일은 유감스럽게도 이런 깨달음을 분명히 해 주었을 뿐이었네. 산책길에 프리데리케가 로테와, 또 나와 번갈아가며 함께 걸어갔는데, 그렇잖아도 갈색 빛을 띤 그의 안색이 눈에 띄게 어두워지는 걸세. 나중에 로테가 내 옷소매를 잡아당기며 프리데리케에게 과하게 친절한 행동은 하지 말라고 충고할 정도로 말이네. 사람들이 서로를 괴롭히는 것보다 나를 넌더리나게 하는 일은 없지. 그중에서도 특히 기쁜 일을 위해서라면 가장 열린 태도를 취할 수 있는, 인생의 가장 꽃다운 시절을 사는 젊은이들이 서로 찌푸린 얼굴로 그 귀한 나날들을 망쳐 버리고, 그렇게 낭비한 시간들을 돌이킬 길이 없다는 것을 뒤늦게야 깨닫게 될 때가 가장 끔찍하다네. 그 일로 나는 화가 나 있었다네. 그래서 저녁 무렵 목사관으로 다시 돌아와 식탁에 앉았을 때, 잘게 썬 빵을 우유에 담가 먹으며 대화가 이 세상의 기쁨과 고통에 대한 토론으로 옮겨 가자, 나는 그것을 빌미로 우울한 기질에 반대하는 일장 연설을 하지 않을 수 없었다네.

"우리 인간은 자주 불평불만을 토로합니다."

이렇게 연설이 시작되었지.

"좋은 날들은 적어도 너무 적은데, 나쁜 날들은 많아도 너무 많다고 말입니다. 그러나 나는 이 말이 대체로 정당하지 않다고 생각합니다. 하느님께서 우리를 위해 날마다 준비해주시는 선을 우리가 언제나 마음을 열고 누리다 보면, 우리는 악이 닥쳐와도 또한 그 악을 견뎌낼 수 있는 힘을 충분히 갖게 될 것입니다."

"하지만 우리는 우리의 마음 하나 제대로 통제하지 못하는 걸요."

목사의 부인이 끼어들었네.

"우리 인간이 얼마나 육신의 조종을 받고 있는데요! 기분이 좋지 않으면 어딜 봐도 전부 못마땅하게 보이지요."

나는 그녀의 말이 맞다고 시인하였네. 그러곤 아까 하던 이야기를 계속했네.

"그러니까 우리, 그것을 일종의 병으로 보고 그걸 치료할 수단은 없는 건지 논의해 봅시다!"

"일리 있는 말인 걸요."

로테가 말했네.

"최소한 저는 많은 것들이 우리가 어떻게 하느냐에 달려있다는 사실 정도는 알고 있어요. 저만 보아도 알 수 있어요. 제가 뭔가에 화가 나 있고, 또 그것 때문에 스스로를 들볶을 때면, 벌떡 일어나 정원을 이리저리 오가며 콩트르당스 몇 곡을 부른답니다. 그러고나면 화가 말끔히 풀려 사라지거든요."

"내가 말하려던 것이 바로 그것입니다."

내가 끼어들어서 말했지.

"우울한 기질은 완전히 게으름과 같습니다. 우리는 천성적으로 게으름을 피우는 경향이 있으니까요. 그래도 한번 그것을 떨치고 나갈 힘을 갖게 되면, 모든 일이 상쾌하게 술술 풀려나갈 겁니다. 그러면 우리는 우리의 일 속에서 진정한 즐거움을 발견하게 될 거고요."

프리데리케는 아주 주의 깊게 내 말을 듣고 있었네. 그런데 그 젊은 목사가 우리는 자기 자신을 다스리는 주인이 아니며, 그중에서도 감정을 지배하는 것이 가장 힘들다며 이의를 제기하더군.

"여기서 문제 삼고자 하는 것은 불쾌한 감정입니다."

내가 말했지.

"누구든 불쾌한 감정에선 벗어나고자 하지요. 하지만 스스로 그 감정에서 벗어나려고 시도하기 전까진 자신이 얼마나 그 감정에서 멀리 벗어날 수 있는지 아무도 모르지요. 확실한 건 아픈 사람은 의사란 의사에게 전부 찾아가 묻고, 자신이 바라는 건강을 얻기 위해 엄청난 것을 포기하기도 하며, 쓰디 쓴 약물도 마다하지 않는다는 겁니다."

나는 진솔한 성격의 노 목사가 우리의 대화에 끼어들려고 아까부터 귀를 기울이며 애를 쓰고 있는 걸 눈치 챘던 터라, 그를 향해 목소리를 높여 말하였다네.

"사람들은 세상에 너무나도 많은 죄악이 있다며 그것에 반대하는 설교를 합니다."

내가 말했네.

"하지만 나는 지금껏 강대상(*교회에서 설교를 하는 대.)에서 우울한 기질에 반대하며 설교하는 걸 들어 본 적이 한 번도 없습니다."[4]

"그건 도시의 목사들이나 할 일이지."

노 목사가 말했네.

"농부들은 우울증 따위는 없으니까. 그러나 가끔 그런 설교를

---

4) 지금은 '라바터'의 설교집에서 이 부분에 적절한 설교를 찾을 수 있습니다. 특히 그중에서도 요나서에 관한 설교가 여기에 해당합니다.

하는 것도 해로울 건 없을 것 같네. 적어도 목사의 부인이나 법무관 같은 분을 위해선 말일세."

모여 있던 사람들은 모두들 웃음을 터트렸고, 노 목사는 격하게 따라 웃다가 사레가 걸리고 말았다네. 그 바람에 우리의 대화도 잠시 중단되었지만, 곧이어 젊은 목사가 다시 말꼬리를 잡고 늘어졌네.

"당신은 우울한 기질을 죄악이라고 말씀하셨는데, 제가 보기에 그 말씀은 과장된 말씀 같군요."

"결코 그렇지 않습니다."라며 나는 이렇게 대답했네.

"만약 사람들이 자기 자신과 더불어 자신과 가장 가까운 사람들을 괴롭히는 것을 악덕이라고 명명한다면 말입니다. 서로를 행복하게 하지 않는 것으로는 성에 안차는 걸까요? 굳이 각자가 자신의 마음을 위로하기 위해 가끔씩 가져도 되는 즐거움마저 서로에게서 빼앗아 버려야 하는 겁니까? 그렇다면 어디 우울증에 걸린 사람인데, 그런 와중에 그것을 숨기고, 주변의 친구들을 성가시게 하지 않고 그것을 혼자서 감당할 정도로 품성이 좋은 사람이 있다면, 거명해 보십시오. 오히려 우울증이란 자신의 존엄성이 떨어지는 것에 대한 내적 불만, 즉 자기 자신을 마음에 들어 하지 않는 상태가 아닐까요. 이런 상태는 언제나 어리석은 허영심이 부추긴 질투심과 연관되어 있지 않을까요? 행복한 사람들을 보면, 우리가 그들을 행복하게 만든 것도 아닌데, 그 모습을 견디질 못하지 않습니까!"

로테가 흥분하여 이야기하고 있는 나를 보며 빙그레 미소를 지었다네. 그리고 프리데리케의 눈에 눈물방울이 맺힌 것을 보자 나는 이야기에 박차를 가하였다네.

"누군가의 마음에서 스스로 움을 틔운 소박한 기쁨들을 빼앗으려고 그 사람의 마음에 압력을 가하는 사람들은 화를 당할 겁니다! 질투에 찬 우리네 폭군이 일단 한번 흥을 깨어 버린 즐거움은 세상의 그 어떤 선물이나 그 어떤 호의로도 대체할 수 없습니다. 단 한순간도 말입니다."

이 순간 나는 가슴이 뿌듯하게 벅차오르는 느낌이 들었네. 그리고 과거의 수많은 기억들이 한꺼번에 마음을 파고들며, 두 눈에서 눈물이 흘러내렸다네.

"우리는 다음과 같은 사실을 매일 되새겨야 할 겁니다."

나는 소리 높여 말하였네.

"네가 너의 친구들에게 해줄 수 있는 것은 친구들의 기쁨과 행복을 함께 누리며, 친구들이 자신의 행복과 기쁨을 키우도록 해 주는 것 이외에는 아무것도 없다, 라는 사실 말입니다. 그들이 불안한 열정으로 인해 내적으로 고통스러워하고, 걱정과 근심으로 마음이 갈가리 찢기듯 힘들어할 때, 당신이 물약을 준다 한들 그 내면의 고통을 완화시킬 수 있겠습니까?

또 당신으로 인해 꽃다운 시절을 망쳐버린 여인에게 끔찍한 병마가 엄습하였을 때, 그리하여 이제 그녀가 가련하고 지친 육신을 병상에 눕힌 채 아무 감정도 없는 눈으로 멍하니 하늘을 바라보고 있고, 죽음을 알리는 진땀만이 그녀의 이마에 맺혔다 마르길 반복할 때, 당신이 그녀의 침대 앞에 서 있다고 가정해 봅시다. 당신은 당신의 능력을 모조리 동원한다 해도 아무것도 할 수 없다는 걸 내면 깊이 느끼며, 저주받은 사람처럼 우두커니 서서 두려움과 싸우며, 마음속으론 생명의 불이 꺼져 가는 그 여인에게 한 줄기 생명의 불꽃, 한 방울의 보약이라도 부어줄 수 있다면 모든 걸 다 바치리라 생각하게 될 겁니다."

이 말을 하다 보니 내가 겪었던 그 비슷한 장면에 대한 기억이 압도적인 기세로 엄습해 왔다네. 나는 손수건을 눈가에 대며 그 자리를 빠져나왔네. 나를 향해 "이제 그만 돌아가죠." 라고 외치는 로테의 목소리에 나는 겨우 정신을 가다듬을 수 있었다네. 돌아오는 길에 그녀가 나에게 매사에 너무 열렬하게 참여한다나, 그러면서 그러다 몸이 상할지도 모른다며 어찌나 귀가 따갑게 말을 하던지. 나한테 건강에 유념해야 한다고도 했다네! 오, 천사여! 당신을 보아서라도 내가 살아야겠소!

7월 6일

그녀는 여전히 죽음을 앞두고 있는 친구를 돌보고 있다네. 그녀는 늘 한결같고, 그녀의 눈길이 닿은 곳마다 고통이 줄어들고 행복하게 만들어 주는, 항상 남을 돕기를 좋아하는 사랑스러운 사람이라네. 어제 저녁에 로테가 친구인 마리안네와 꼬마 여동생 말헨을 데리고 산책을 나갔다네. 나는 이 사실을 미리 알고 있던 터라 중간에 세 사람과 만나 함께 걸었다네. 삼십분 가량 산책로를 걸은 뒤 우리는 다시 시내로 향하여 샘터에 다다랐다네. 내가 그토록 소중히 여기던 그 샘터 말일세. 그러나 이제 이 샘터는 로테가 샘터의 그 작은 담에 걸터앉는 순간, 이전보다 천배는 더 소중해졌다네. 나는 샘 주변을 둘러보았네. 아, 그러자 너무나도 외로운 마음으로 보냈던 시간들이 눈앞에 되살아났다네.

"사랑하는 우물이여,"

나는 말하였네.

"그때 이후로 시원한 네 곁에서 쉬어 보지도 못했구나. 서둘러 지나가느라 너에게 눈길 한번 주지 못할 때도 많았지."

아래를 보니 말헨이 물을 한 잔 떠서 아주 바삐 올라오고 있더군. 나는 로테를 바라보았지. 그러자 내가 그녀에게 품고 있는 모든 감정이 고스란히 느껴졌다네. 그사이 말헨이 물이 든 유리잔을 들고 도착하였다네. 마리안네가 말헨이 손에 든 유리잔을 잡으려 하자, 말헨이 귀여운 표정으로 "안 돼!"라며 소리치지 뭔가. "안 돼. 로테언니, 언니가 먼저 마셔야 해!"라며 말일세. 나는 그렇게 소리치는 아이의 진심과 착한 마음씨에 얼마나 매료되었던지 내 마음을 표현할 길이 없어 그저 아이를 번쩍 들어 올리고 열렬하게 쪽쪽쪽 뽀뽀를 해 주는 수밖에 없었다네. 그러자 곧바로 아이가 비명을 지르며 울기 시작했지.

"그렇게 하시면 안 되죠." 라며 로테가 말했다네! 당혹스럽더군.

"이리 와, 말헨."

로테가 아이의 손을 잡고 계단을 내려가면서 말했다네.

"얼른 가서 저기 깨끗한 샘물에다 씻자, 얼른. 그러면 아무

일도 없을 거야."

나는 서 있던 자리에 그대로 우두커니 서서 꼬마를 지켜보았네. 녀석은 조그만 손에 물을 축여, 엄청나게 열심히 볼을 문질러 댔다네. 그 기적의 샘물에 온갖 불결한 것들이 모두 씻겨 내려가고, 그래서 보기 싫은 수염이 나는 창피한 일을 미리 없앨 수 있다고 굳게 믿으며 말일세. 로테가 "그만하면 됐어."라고 말하여도, 아이는 쉬지 않고 열심히 씻어 댔다네. 여러 번 씻어내는 게 상책이라는 듯이 말일세. 빌헬름, 내 자네에게 말할 수 있을 것 같네. 지금껏 내가 이보다 더한 존경심을 갖고 세례식에 참여했던 적은 결코 없었다고. 그래서 나는 로테가 올라오자, 그녀의 앞에 기꺼이 무릎이라도 꿇고 싶은 심정이었다네. 마치 한 민족의 죄를 축성하여 사하여 준 예언자 앞에 무릎을 꿇듯이 말이네.

그날 저녁, 나는 기쁜 마음에 낮의 그 사건을 한 사내에게 이야기하지 않을 수 없었다네. 분별력이 있는 사람이라서 평소 그 사람의 사람 보는 안목을 신뢰해 왔기 때문이지. 하지만, 내가 무슨 말을 들었는지 아나. 그 사람이 그러더군. 그건 로테가 아주 잘못한 거라고. 아이들에게 그런 걸 사실로 믿도록 속여선 안 된다나. 그리고 그와 같은 행동은 무수한 오류와 미신을 낳는 단초를 제공한다며, 일찌감치 아이들이 그런 것에 빠지지 않도록 보호해야 한다고 했다네.

그 말을 듣자 나는 그 남자가 여드레 전에 세례를 받은 것이 생각났다네. 그래서 나는 그 사람의 말은 그냥 흘려보내고, 속으로 다음과 같은 진리의 말씀에 충실하기로 했네.

: 우리는 하느님께서 우리와 함께 하실 때처럼 아이들과 함께 해야 한다. 그분이 우리를 가장 행복하게 해 주실 때는 우리를 즐거운 망상 가운데 비틀거리도록 두실 때이다.

7월 8일

어린아이가 따로 없군! 어린아이처럼 그렇게 눈길을 받고 싶어 안달이라니! 정말이지 영락없는 어린애로세! 우리는 걸어서 발하임으로 향하였고, 여자들은 마차를 타고 갔다네. 그리고 내가 믿기엔 우리가 산책하는 동안 로테의 검은 눈동자 속에서— 이거 원 영락없는 팔불출이로군. 하지만 너그러이 봐주게나. 자네도 한 번 보아야 하는데. 그 검은 눈동자 말이네. 짧게 말하겠네. 졸려서 눈이 자꾸만 감겨 오니.

들어보게. 여인네들이 마차에 올라탔네. 그리고 마차 주위로 저 W라는 젊은이와 젤슈타트, 아우드란, 그리고 내가 서 있었다네. 그때였네. 마차 문을 넘겨다보며 여자들이 우리 남자들과 수다를 떨게 되었다네. 물론 남자들은 유쾌하고, 아주 짓궂게 대응하였지. 나는 로테의 눈을 찾았네! 아, 그녀의 두 눈이 이 사람에게서 저 사람에게로 옮겨갔다네! 하지만 나에겐! 나! 나에게는! 온전히 그녀에게만 집중하며 서 있는 나에겐 단 한 번의 눈길조차 오지 않았다네! 내 마음은 수천 번이나 그녀에게 잘 가요, 라고 인사를 했다네. 그러나 그녀는 나를 보지 않았지! 마차가 지나갔고 내 눈엔 눈물방울이 맺혔다네. 나는 그녀의 뒷모습을 바라보았네! 그런데 로테의 머리 장식이 마차 문밖으로 기울어지는 것이 보이더니, 그녀가 몸을 돌려 뒤를 돌아보는 것이었네. 아! 나를 보려는 것이었을까? 친구여! 내 마음은 반신반의하며 떠돌고 있다네. 이렇게 하니 마음에 위로가 되는군. 어쩌면 날 보려고 그녀가 돌아보았을지도 몰라. 아니면 아마도—

잘 자게나! 아, 나는 어쩌면 이렇게 어린아이 같단 말인가!

7월 10일

사람들과의 모임에서 그녀에 관한 이야기가 나오면, 내가 얼마나 어리석은 인상을 주는지 자네가 한 번 보아야 하네. 그러다가 이제 누군가 그녀가 마음에 드냐고 나한테 묻기라도 하지, 그러면— '맘에 드냐'라니! 나는 그 말이 죽도록 싫네. 로테를 맘에 들어 하는 사람에게 로테는 그 사람의 모든 지각과 감정을 풍만케 채워 주는 존재인데, 맘에 드냐는 말이 웬 말인가! 마음에 드냐니! 최근에 어떤 남자가 묻더군. 오시안(*Ossian. 3세기경 아일랜드에 생존한 것으로 알려진 전설적 시인. 스코틀랜드의 작가 맥퍼슨이 오시안이 쓴 것으로 전해지는 고대 켈트족 전사들의 사랑과 전투 이야기를 번역, 개작하여 헤르더와 괴테에게 영향을 주었다고 한다.)이 마음에 드냐고.

7월 11일

M부인의 상태가 매우 위독하다네. 나는 로테와 고통을 함께 하였기에 부인을 살려 달라고 기도하였다네. 로테가 친구네에 있었기 때문에 나는 로테를 좀처럼 보질 못하였다네. 그런데 오늘 아침 로테가 나에게 놀라운 이야기를 들려주었다네. 부인의 남편인 M노인은 인색하고 욕심 사나운 좀생이라서, 자기 부인을 평생 동안 다그치며 생활비를 제한해서 주었다네. 그래도 부인은 늘 어려움을 이기며 살림살이를 해왔지. 그런데 며칠 전, 의사가 그녀에게 마지막 순간이 다가왔다고 말을 하자, 부인이 남편을 불러오라고 했는데, 그때 로테가 그 방에 있었다네. 그리고 부인은 남편에게 이야기를 털어놓았다네.

"당신한테 고백할 일이 있어요. 내가 죽고 난 뒤에 혼란을 불러일으키고 노여움을 살까 걱정되어서요. 지금껏 나는 집안 살림을 도맡아 해 왔어요. 할 수 있는 한 정갈하게, 또 절약하면서 말이죠. 그러니 다른 사람은 몰라도 당신만은 나를 용서해 줘야 해요. 내가 지난 삼십 년간 당신을 속여 왔다는 걸요. 결혼 초기에 당신은 식비와 그 외의 집안 살림에 필요한 비용을 쥐꼬리만큼 정했지요. 나중에 살림살이가 더 늘어나고, 장사 규모도 더 커졌는데, 상황에 맞추어 그때 당신은 나에게 주던 일주일치 생활비를 더 늘려도 되었건만, 꿈쩍도 하지 않았지요. 그건 결론적으로 누구보다 당신이 더 잘 알 거예요. 생활비가 가장 많이 들어갈 시기에 당신이 나에게 7굴덴으로 일주일 살림을 하라고 요구했던 것을요. 나는 그 요구를 한마디 이의도 없이 받아들였고, 매주 부족한 부분은 현금매상분에서 빼어 썼지요. 부인이 돈 통을 건드리리라고 생각하는 사람은 아무도 없었기 때문이었죠. 낭비하며 쓴 것은 한 푼도 없었어요. 이 사실을 털어놓지 않고 마음 편히 영면에 들 수도 있었겠지요. 하지만 내 뒤를 이어 살림살이를 꾸려야 할 여자가 속수무책인 채 어쩔 줄 몰라 할까 봐, 그리고 당신이 그 여자에게 첫째 부인은 그 돈으로 살림을 잘 꾸려갔다고 우길까 봐, 그래서 털어놓는 거예요."

나는 로테와 함께, 인간의 판단력이란 믿을 수 없는 속임수라는 이야기를 하였다네. 소비 규모로 볼 때 대략 두 배는 더 많아 보이는데, 7굴덴으로 살림살이를 해결한다면, 틀림없이 뒤에 다른 주머니를 차고 있을 거라고 의심하지 않았다니 말일세. 하기야 내가 알았던 사람들 중에도 자신의 집에 '멈추지 않는 예언자의 기름 단지'(*성경 〈열왕기하〉 편에서 예언자 엘리야가 자신을 대접한 가난한 과부를 보고 기름 단지와 밀가루 통에서 기름과 밀가루가 떨어지지 않도록 한 사건.)가 있다고 믿어 의심치 않는 사람들이 있었지.

7월 13일

아니, 내가 착각한 게 아니라니까! 나는 그녀의 검은 눈동자 속에서 그녀가 진심으로 나에게, 그리고 나의 운명에 관심을 갖고 있다는 걸 읽었네. 그래, 그게 느껴진다니까. 그 부분에 있어서 나는 내 마음을 믿네. 그녀가 —오, 내가 이래도 될까, 이 말로 천국을 표현할 수 있을까.— 나를 사랑하고 있다고.

그리고 자만일지, 아니면 진실한 관계를 느꼈기 때문인지는 모르겠네만, 나는 내게 두려움을 느끼게 하는 그 사람, 로테의 마음속에 자리 잡고 있는 그 사람을 잘 알지 못하네. 그런데도 그녀가 온정과 사랑을 듬뿍 담아 그녀의 예비 신랑에 관해 이야기할 때면, 나는 내 자신이 모든 명예와 체면을 잃은 사람, 그리고 결투에 쓸 칼마저 빼앗긴 사람처럼 느껴진다네.

7월 16일

아, 어쩌다 내 손가락이 그녀의 손가락을 스칠 때, 식탁 아래에서 그녀와 나의 발이 스칠 때, 그럴 때면 어찌나 세차게 피가 온몸의 혈관을 타고 도는지, 나는 불에 덴 것처럼 화들짝 뒤로 몸을 빼다가도, 알 수 없는 은밀한 힘에 이끌려 다시 앞으로 다가간다네. 그러면 내 온몸의 감각이 살아나 현기증이 날 정도라네. 아, 그러나 순수하고, 순진한 영혼을 지닌 그녀는 그 미미한 친밀감이 나에게 얼마나 고통을 주는지 전혀 못 느낀다네. 대화를 하면서 그녀가 내 손 위에 그녀의 손을 얹거나, 이야기에 관심을 기울이며 나에게 가까이 다가와, 천상의 숨결처럼 그녀의 입에서 나온 숨결이 내 입술에 닿을 때면, 나는 번개라도 맞은 양 그대로 쓰러질 것만 같다네. 그리고 빌헬름, 언젠가 내가 이 하늘 같은 그녀의 사람이 되고, 그녀의 신뢰를 받을 수 있는 때가 온다면— 내가 무슨 말을 하려는지 자넨 알걸세. 아닐세, 내 마음이 그 정도로 타락한 건 아니라네. 멍청한 것이지! 멍청해도 지나치게 멍청한 것이지! 이것이 바로 타락이 아닐까?

나에게 그녀는 성스러운 존재라네. 그녀와 있는 곳에선 모든 욕망이 침묵한다네. 그녀의 곁에 있을 때면 나는 내가 어떤 사람인지 도무지 알 수가 없다네. 마음이 내 온 신경을 뒤집어 놓는 것 같다고 할까. 그녀가 천사와 같은 힘으로 피아노를 칠 때, 그녀에게서 흘러나오는 멜로디는 그렇게 간결하고 이지적일 수가 없네. 그녀가 가장 좋아하는 곡의 첫 소절만 쳐도 피아노 소리는 그녀의 몸에서 흘러나오는 노래가 되어, 나를 모든 고통과 혼란, 시름에서 벗어나게 해 준다네.

내가 보기에 옛 음악의 마력을 논한 말은 한마디도 그냥 나온 말이 없는 것 같네. 그 꾸밈없는 곡조가 나를 이토록 휘어잡는 걸 보니 말이야. 그리고 로테는 그런 곡조를 언제 쳐야하는지도 아는 것 같다네. 요즘 들어선 내가 내 머리에 총을 쏘고 싶은 심정이 들 때 자주 그 곡을 치지. 그러면 내 마음에 드리워진 칠흑 같은 어둠이 걷히고, 얽히고설켜 있던 것들이 풀어진다네. 그러고나면 나는 다시 좀 더 자유로이 숨통을 틔고 숨을 쉬게 된다네.

7월 18일

우리 마음에 사랑이 없다면 세상이 무슨 의미가 있을까. 제아무리 '마법의 등불'(*그림을 그려 넣은 얇은 천이나 종이를 앞에 두고 촛불과 같은 불을 비추어 일종의 슬라이드 쇼를 펼칠 수 있게 사용되던 기계. 환등(幻燈).)이라도 불빛이 없으면 무슨 소용이 있단 말인가. 작은 램프지만 그걸 집어넣어야 하얀 벽에 온갖 다채로운 그림들이 나타나지 않는가! 물론 그뿐이라 해도, 그러니까 한낱 지나가는 그림자에 불과하다 해도, 애송이 사내아이들처럼 그 앞에 서서 그 경이로운 현상에 매료될 때, 그런 순간순간이 늘 우리의 행복이 되어 주지 않나.

오늘은 로테에게 갈 수 없었네. 빠질 수 없는 모임에 발목이 잡혔다네. 어쩔 도리가 없었지. 나는 오늘 하루 동안 로테와 가까이 있다가 온 사람을 곁에 두고 싶어, 하인 녀석 한 명을 로테네 집에 보냈다네. 내가 얼마나 조바심을 내며 하인 녀석이 돌아오기를 기다렸는지, 그 녀석을 다시 보았을 때 얼마나 기뻐했는지, 자넨 모를 걸세. 부끄러움을 모르는 성격이었다면, 그 녀석의 목덜미를 부여잡고 뽀뽀라도 했을 걸세.

'형광석'이라는 것이 있는데, 햇빛에 두면 직사광선을 빨아들여 밤중에도 한동안 빛이 난다고 하더군. 그 하인 녀석이 나에겐 꼭 그랬다네. 녀석의 얼굴, 녀석의 뺨, 녀석의 곱슬머리, 녀석의 외투에 그녀의 눈길이 스쳤다는 기분이 들자, 그 모든 것이 나에게 그토록 성스럽고, 그토록 소중할 수가 없었다네. 그 순간 같아선 천만금을 준다 해도 하인 녀석을 내어줄 수 없을 것 같았네. 그 아이와 함께 있다는 것이 정말 기분 좋았다네. 그럴 리야 없겠지만, 자네 이 일을 비웃고 있는 건 아니겠지, 빌헬름. 우리를 이렇게 기분이 좋아지게 만드는데, 이런 것이 망상일까?

7월 19일

"그녀를 만날 거다!"

아침에 잠에서 깨어나, 아주 활기찬 기분으로 아름다운 태양을 바라볼 때, 나는 이렇게 외친다네. 오늘은 그녀를 만나게 될 거야! 그것 하나면, 더도 덜도 바라는 것 없이 하루 종일 흡족하다네. 모든 것이 이 기대감에 얽혀 휩쓸려 가니까 말일세.

7월 20일

내가 공사를 모시고 ……으로 가는 것이 좋겠다는 자네의 제안에 아직은 협조할 생각이 없네. 어디에 종속되는 걸 그다지 좋아하지 않아서 말이야. 더군다나 그 공사라는 사람, 불친절한 위인이라는 걸 우리 모두 알고 있지 않나. 나의 어머니께서 내가 일하기를 고대하신다고 자네가 말했지. 그 말을 듣고 나는 웃고 말았다네. 그렇다면 지금 내가 아무 일도 하지 않는다는 말인가? 내가 완두콩을 세나, 까치콩(*콩과의 덩굴성 여러해살이 풀인 편두(扁豆)를 일컫는 말.)을 세나, 근본적으로 일하는 건 매한가지 아니겠나? 세상사란 결국 보잘것없는 허섭스레기에 불과한 법. 그러니 자기 자신의 열정이 아니라 다른 사람을 위하여 돈이나 명예, 혹은 그 외의 다른 것을 얻고자 죽도록 일하는 사람들은 예나 지금이나 바보일 뿐이지.

7월 24일

자네는 내가 그림 그리기를 게을리 하지 않는 것이 아주 중요하다고 말했지만, 자네와 달리 나는 오히려 그림에 관한 건 전부 그냥 덮어 두고 싶은 심정이라네. 자네에게 말해 두는데, 그때 이후로 그림은 거의 그리지 않았다네. 지금껏 이렇게 행복해 본 적은 한번도 없었지. 작은 돌멩이 하나, 가느다란 풀 한 포기에 이르기까지 자연에 대한 나의 감수성 또한 이렇게 풍성하고 깊었던 적이 없었다네. 그런데 —어떻게 표현해야 할지 잘 모르겠네.— 나는 지금 내 영혼 앞에서 헤엄치며 흔들리는 바람에 윤곽선 하나 제대로 잡아내지 못할 정도로 표현력이 약해졌다네. 하지만 상상컨대 내게 점토나 밀랍 같은 것이 있다면, 아마도 얘기는 달라질 것 같네. 이런 상태가 오래 간다면 점토라도 집어 들고 이리저리 빚겠지. 점토로 빚은 과자를 내놓더라도 말이야.

세 번이나 로테의 초상화를 그려 보려고 했는데, 세 번 다 우스꽝스러운 결과만 보고 매번 짜증만 늘었다네. 불과 얼마 전엔 운이 좋았는지 아주 비슷하게 그렸었기에 더더욱 그랬지. 그래서 그 다음엔 그녀의 실루엣을 그리고, 그걸로 만족할 수밖에 없었네.

7월 26일

그녀를 자주 보지 않겠노라, 벌써 몇 번이나 다짐했는지 모른다네. 하지만 뉘라서 그걸 지킬 수 있단 말인가! 나는 매일같이 유혹에 굴복하고는 엄숙하게 서약한다네. 내일은 한 번 떨어져 있어 보리라, 하고. 그런데 아침이 오면 또다시 거부할 수 없는 이유를 찾아낸다네. 그리고 미처 정신을 차리기도 전에 벌써 그녀에게 가 있다네. 예를 들면 저녁 때 그녀가 "내일도 오실 거죠?"라고 말을 했거나 ―이러는데 누가 그녀를 멀리 하겠나?― 아니면, 날씨가 너무 좋다며 발하임으로 간다네. 그곳에 있으면 그녀와는 불과 반 시간 거리에 있는 셈이 아닌가! 그녀와 아주 가까운 대기권에 있으니, 휘익! 눈 깜짝할 사이에 나는 이미 그곳에 가 있는 거라네.

우리 할머니께서 자석 산에 관한 동화를 들려주셨지. 가까이 다가오는 배에서 철로 된 모든 것을 앗아가 버리는 산 이야기라네. 못이란 못은 모두 그 자석 산으로 날아가고, 가련하고 불쌍한 뱃사람들은 난파당하여 여기저기 부서져 내리는 널빤지들 사이에서 최후를 맞고 만다지.

7월 30일

알베르트가 도착했네. 그리고 나는 떠날 걸세. 어느 모로 보나 나보다 더 우위에 둘 각오를 해야 할 정도로 최상의 사람이고, 고상하기 그지없는 사람이라 할지라도, 그토록 많은 완벽함을 갖춘 사람을 직접 눈앞에 두고 본다는 건 견디기 힘들 것 같네. 완벽할 테면 하라지! 이쯤에서 끝내지.

빌헬름, 아무튼 약혼자가 돌아왔네. 점잖고 행실이 좋은 신사라 누구나 좋아하지 않을 수 없는 사람인 모양일세. 다행히 그 사람을 맞이하는 자리엔 나가지 않았다네! 아마 그 자리에 있었더라면, 나는 찢어지는 가슴을 부여잡고 괴로워했을 지도 모르네. 또한 그 사람은 아주 신중한 사람이기도 해서 내가 있는 자리에선 아직 단 한 번도 로테에게 키스를 하지 않았다네. 하느님의 은총이 그에게 임하시길! 그가 로테를 존중하는 모습 때문에 나는 그를 좋아할 수밖에 없어. 그도 나를 친절하게 대한다네. 추측컨대, 그건 그 사람 본인의 감정이라기보다는 로테의 작품인 것 같네. 그런 면에선 여자들이 섬세하니까 말일세. 그리고 그렇게 하는 것이 당연하기도 하지. 두 남자를 서로 사이좋게 지내게 할 수 있으면 여자 입장에서야 언제든 나쁠 게 없지. 그런 일은 아주 드물겠지만 말이네.

그렇긴 해도 나는 알베르트에게 경의를 표하지 않을 수 없다네. 침착해 보이는 그의 외면적인 모습은 어쩔 수 없이 드러나는 내 불안한 성격과 아주 생생하게 대조를 이룬다네. 그는 인정이 많고, 로테가 자신에게 얼마나 중요한 사람인지도 잘 알고 있다네. 또 거의 짜증을 내는 법도 없는 것 같았네. 자네도 알다시피 인간이 지닌 다른 그 어떤 죄악보다도 내가 싫어하는 죄악이 짜증내는 것 아니던가.

그는 나를 지각 있는 사람이라고 여긴다네. 그래서 내가 로테에게 애착을 갖고 그녀의 행동 하나하나마다 온정을 담아 기뻐하는 모습이 그에게 승리감을 고취시키고, 그럴수록 그녀에 대한 사랑이 점점 더 커지는 것 같더군. 소소한 질투심 때문에 알베르트가 남이 안보는 데서 더러 그녀를 괴롭히는지 어떤지 그건 잘 모르겠네만, 적어도 내가 그의 입장이라면, 나는 틀림없이 질투심 때문에 숨이 넘어가고 말았을 걸세.

그건 아무래도 상관없으이. 어쨌든 로테와 함께 있을 때 내가 느끼던 기쁨은 이제 사라지고 말 것을! 이것을 우둔함이라 불러야 하나, 아니면 눈이 멀었다고 해야 하나? 무엇이라 부른들 그게 무슨 소용이 있으랴! 보이는 것 자체가 모든 걸 설명하는 것을! 알베르트가 오기 전부터 나는 알고 있었지, 지금 내가 알고 있는 것을, 내가 로테에게 그 어떤 권리도 행사할 수 없다는 것을 말이네. 그래서 아무런 권리도 —이 말은 그토록 사랑스러운 여인에 대해 열망하는 마음을 품지 않는 것이 가능하다면, 그렇다면 그럴 거라는 말이야.— 행사하지 않으려고. 그리하여 지금 나는 자기가 아끼는 소녀를 다른 사람이 진짜로 와서 빼앗아 간다는 이유로, 눈을 쟁반만 하게 뜨고, 버릇없이 구는 아이처럼 골이 잔뜩 난 얼굴을 하고 있다네.

나는 이를 앙다물고 비참한 내 신세를 조롱할 걸세. 그리고 나에게 단념해야 한다고, 이젠 달리 어쩔 도리가 없으니까 그래야 한다고 말하는 자를 두 배, 아니 세 배는 더 조롱해 줄 걸세. 그런 자들을 다 떨어낼 거란 말일세! 나는 숲속을 이리저리 배회하다 로테의 집에 다다르고 만다네. 그러면 알베르트가 정원에 있는 정자 아래에서 그녀와 함께 앉아 있는 걸 보지. 그 모습에 나는 더 이상 어찌하질 못하고, 그저 제멋대로 행동하며 어리석게 군다네. 그러곤 갖은 너스레를 떨며 당혹스러우리만치 시시

한 말들을 마구 늘어놓기 시작한다네. 오늘은 로테의 입에서 이런 말이 다 나왔다네.

"제발, 부탁드려요! 어젯밤처럼 그런 소란스러운 격론은 삼가 주세요! 그렇게 지나치게 즐거워하실 때면, 무서워 보이기까지 한단 말이에요."

우리끼리 이야기네만, 나는 때를 기다리고 있다가, 알베르트가 일을 해야 할 때면, 바람처럼 휘리릭! 집을 나선다네. 그리고 그녀가 혼자인 걸 보면 언제나, 기분이 그렇게 좋을 수 없다네.

8월 8일

친애하는 빌헬름, 부디 오해 없기를! 내가 나에게 단념해야 한다고 말하는 자들을 다 떨어낼 거라고 쓴 건 분명 자네를 겨냥하여 한 말이 아니었다네. 자네가 그들과 비슷한 생각을 하리라고는 정말이지 생각지도 못했네. 하지만 원칙적으로 보면 자네 말이 옳아! 그런데 다만 한 가지, 친구여, 세상에 '이것 아니면 저것'인 일은 아주 드물다는 걸세. 매부리코와 납작코들 간에도 차등이 있는 것처럼, 감정과 행동 방식에도 실로 다양한 차이가 있는 법이라네.

그러니 자네가 내세운 모든 논거를 인정하면서도, 내가 '이것 아니면 저것'의 사이에서 살아남을 길을 모색한다고 해서 자네가 나를 나쁘게 받아들이진 않으리라 생각하네.

자네는 이렇게 말하지. 로테에게 희망을 걸든지, 아니면 관

두라고. 좋네! 희망을 걸 거라면, 끝까지 여세를 몰아 내가 소망하는 바를 성취할 방법을 모색하고, 반대의 경우라면, 경고하는데, 나에게 있는 모든 힘을 소진시킬 비참한 감정에서 벗어날 길을 모색하라고. 친구여, 자네의 말은 아마도 이런 뜻이었겠지. 허나— 말이야 쉽지.

자네, 지지한 병으로 인해 쉬지 않고 점진적으로 생명을 잃어가는 불행한 사람의 이야기를 하면서, 그 사람에게 스스로 비수를 꽂아 단번에 고통을 끝장내라고 요구할 수 있겠는가? 질병이 그의 힘을 갉아먹음과 동시에 그에게서 질병의 고통에서 벗어날 용기 또한 앗아가는 건 아닐까?

자네는 유사한 비유를 들어 이렇게 대답할 수도 있을 걸세. 망설이고 주저하느라 목숨을 위태롭게 하기보다는, 팔 한쪽을 내어놓는 것이 더 낫다고 말일세. 나는 잘 모르겠네. 그러니 우리 비유를 들어 서로 물어뜯는 일일랑 하지 마세. 이 이야기는 이만하면 충분한 것 같네. 그래, 빌헬름, 나는 잠시 잠깐이나마 모든 것을 떨쳐 버릴 정도로 용기가 솟구쳐 오를 때가 있다네. 그리고 그럴 때, 만약 내가 가야할 곳이 어디인지 알기만 한다면, 내 기꺼이 그리로 갔을 걸세.

8월 10일

내가 이렇게 바보 같지만 않다면, 나는 지금 최고로 행복한 생활을 누릴 수 있을 걸세. 내가 지금 처한 환경처럼 이렇게 사람의 마음을 기쁘게 하기에 좋은 환경에서 지낸다는 것이 쉽지는 않으니까 말일세. 아, 그러니 행복은 오직 마음에 달린 것이 확실한 것 같네! 친절한 가족의 한 구성원이 되어, 그리고 그 가족의 어르신에겐 아들처럼, 또 그 집의 아이들에겐 아버지처럼, 그리고 로테에게도 사랑을 받고 있으니. 그리고 지금은 저 성실한 알베르트까지 말일세. 그 사람은 변덕스럽고 무례한 행동으로 내가 행복해하는 것을 방해하는 법도 없고, 나를 로테 다음으로 세상에서 가장 사랑하는 친구로 여기며 진심 어린 우정으로 나를 감싸준다네. 빌헬름, 알베르트와 나는 단둘이 산책길에 나서면 로테에 관해 주거니 받거니 이야기를 하는데, 그 이야기를 들으며 서로서로 즐거워한다네. 우리 둘의 관계보다 더 우스꽝스러운 관계가 이 세상에 또 있을까 싶네. 그런데도 이 우스꽝스러운 관계를 생각할 때면 눈물이 나곤 한다네.

그가 품행이 반듯하셨던 로테의 어머니에 관해 이런 이야기를 하더군. 로테의 어머니께서 임종하실 때 로테에게 집안일과 아이들을 맡기며, 그에게는 로테를 잘 보살펴 달라고 당부하고 가셨다는 거야. 그 시간 이후로 로테는 완전히 다른 사람으로 거듭나, 집안을 돌보고, 정말로 어머니가 된 듯 진지하게 아이들을 보살폈다는군. 또한 단 한순간도 애정 없이 행동하거나 일하지 않고 허투루 시간을 보내는 법이 없었는데, 그러면서도 쾌활하고 경쾌한 면모를 하나도 잃지 않았다고 하네. 그 이야기를 듣고 나는 그의 곁을 떠나, 길가에 핀 꽃을 꺾어 정성스럽게 꽃다발을 만들었지. 그러고는 흘러가는 강물 속에 꽃다발을 던지고,

물결을 따라 조용히 일렁이며 흘러가는 꽃다발을 눈으로 뒤따라 갔다네.

내가 이 이야기를 했나 모르겠군. 알베르트가 이곳을 떠나지 않았다는 것, 그리고 그가 궁정에서 좋은 평가를 받아 궁정관직을 얻게 되어, 이제 수준 있는 살림을 살 만큼의 녹(祿)을 받게 되었다는 것 말일세. 나는 알베르트처럼 유능하고 부지런하게 일 처리를 하는 사람을 거의 본 적이 없다네.

8월 12일

알베르트는 이 세상에서 가장 선량한 사람임이 확실하네. 어제 그와 엄청난 격론을 벌였다네. 어저께 내가 불현듯 말을 타고 산속에 들어가고 싶은 기분에 —지금도 산속에서 편지를 쓰고 있는 거라네.— 사로잡히지 않았겠나. 그래서 작별인사를 하려고 그를 찾아갔었네. 그런데 방안을 이리저리 오가다 보니, 그의 권총들이 눈에 띄었다네. 그래서 내가 말했지.

"저 권총을 좀 빌려주시겠습니까? 내가 여행하는 동안 만요."

"그러시든지요, 총알을 장전하는 수고가 번거롭지 않다면 말입니다. 난 그저 장식용으로 걸어 두었을 뿐이니까요."

그가 대답했네. 나는 걸어 둔 여러 자루의 총들 가운데 한 자루를 끄집어 내렸네. 그러고나자 알베르트는 계속하여 말하였다네.

"나는 조심한다고 했는데, 내 생각대로 좋게 끝나지 못했습니다. 그 뒤로 그 물건이라면 손도 대고 싶지 않더군요."

　나는 무슨 사연인지 호기심이 동했지. 그런데 그가 말하더군.

　"한 3개월 전쯤 시골에 있는 친구 집에 머무른 적이 있었습니다. 당시 나는 장전하지 않은 휴대용 권총 두 자루를 지니고 있었고, 그래서인가 뒤척이지 않고 잠을 잘 잤지요. 그러던 어느 비오는 날 오후였어요. 그때 나는 아주 무료해하며 자리에 앉아 있었는데, 어떡하다 그런 생각을 떠올렸는지는 나도 모르겠지만, 이런 생각이 들었습니다. '이곳에 강도가 쳐들어 올지도 몰라. 권총이 필요할 수도 있겠군. 그리고 또—' 어떤 마음인지 당신도 알겠죠? 나는 총기 청소를 한 다음 장전을 해 두라며 하인에게 총을 주었지요. 그런데 그 하인이라는 자가 하녀들과 시시덕거리며 장난을 치다가, 하녀들을 놀라게 하고 싶었던 모양입니다. 그러는 와중에 어찌된 영문인지 모르겠는데 그만 총이 발사되고 말았지요. 그때 총기 안에는 아직 꽂을대(*총포에 화약을 재거나 총열 안을 청소할 때 쓰는 쇠꼬챙이.)가 꽂혀 있었고, 그 바람에 꽂을대가 곁에 있던 하녀의 오른손 엄지손가락으로 날아가 통통한 엄지의 첫 마디를 으스러뜨리고 말았지요. 결국 나는 원망 서린 말을 듣는 데서 그치지 않고 치료 비용까지 지불해야 했지요. 그래서 그때 이후로는 어떤 총이든 총에 장전을 해두지 않습니다. 조심한들 그게 무슨 소용이 있답니까! 위험이란 녀석은 늘 새로운 모습을 하고 도사리고 있으니 말입니다. 그렇긴 하지만—"

　이젠 자네도 내가 이 사람을 무척이나 좋아한다는 걸 알고 있겠지. 하지만 그건 어디까지나 이 '그렇긴 하지만'이라는 말을 붙이기 전까지일세. 일반적인 명제는 어떤 명제이든 예외가 있다는 건 자명한 일이지. 그래서인가, 이 사람은 늘 자신의 말을 정당화한다네. 만약 자신이 뭔가 경솔하거나, 일반적이고, 사실에 못 미치는 어떤 말을 했다는 생각이 들면, 그는 멈추지 않고 그 말에 모종의 제한을 가하고, 수정하는가 하면, 더하거나 빼서 나중엔 그 요지가 무엇이었는지 알지 못하게 될 때도 있다네. 그리고 이런 동기에서 그는 이번에도 아주 심각하게 자신의 주제를 파고들며 장광설을 늘어놓더군. 그래서 나는 결국 그의 말에 더 이상 귀를 기울이지 않게 되었다네. 그러고 있자니 기발한 착상이 떠오르더군. 나는 불현듯이 놀란 사람처럼 자리에서 벌떡 일어나 총구를 내 오른쪽 눈 위, 이마에 대고 눌렀네.

"아니, 이게 무슨 짓입니까?"

알베르트가 총을 잡아 내리며 말했네.

"총알이 장전되어 있는 것도 아닌데 뭘요."

내가 말했네.

"그래도 그렇지요! 이게 무슨 짓이란 말입니까?"

그가 참지 못하고 일격을 가하더군.

"사람이 얼마나 어리석으면 자신을 쏠 수 있는지 나는 상상도 못하겠습니다. 생각만 해도 혐오감이 이는군요."

"당신과 같은 사람들은 말입니다."라며 나는 큰 소리로 말했다네.

"어떤 일에 관해 이야기를 하면, 이 점은 어리석고, 이 점은 현명하며, 이 점은 좋고, 또 이 점은 나쁘다, 라는 말을 꼭 해야 하지요! 하지만 그렇게 한들 그것이 무슨 의미가 있습니까? 그렇게 해서 어떤 행동과 내면의 관련성이 파악되던가요? 왜 그런 행동이 나왔고, 왜 그런 행동을 할 수밖에 없었는지 그 원인을 확연히 펼쳐 보일 수 있습니까? 그렇게 할 수 있었다면, 그렇게 성급하게 판단을 내리는 일도 없었겠지요."

"당신도 내 말을 인정할 겁니다. 어떤 행동의 경우엔 그것이 어떤 동기에서 나온 것이든 죄악을 범했다는 사실은 그대로 남아 있다는 것을요."

알베르트가 말했다네.

나는 어깨를 으쓱이며 그가 한 말을 인정하였지. 그러곤 이렇게 말했네.

"하지만, 알베르트, 그 경우에도 몇 가지 예외는 있습니다. 절도 행위가 죄악이라는 건 '참'입니다. 그러나 자신과 자신의 식솔들을 아사(餓死)의 위협에서 구해 내고자 도둑질로 내몰린 사람이 있다면, 그는 동정을 받아야 할까요, 처벌을 받아야 할까요? 어떤 남편이 정절을 지키지 않은 부인과 그녀를 유혹한 비열한 남자에 대해 마땅히 끓어오른 분노를 삭이지 못하여 그들의 목숨을 앗았다면, 그 남편에게 돌을 던질 자, 누가 있을까요? 또 환희에 찬 시간을 보내며 억누를 길 없는 사랑의 기쁨에 분별력을 잃은 처녀에게는요? 제아무리 엄격한 법률이라도, 제아무리 냉정하고 융통성 없는 학자라도 마음이 움직여 그들을 처벌하는 것을 반대할 겁니다."

"그건 완전히 다른 문제입니다."라며 알베르트가 비난하더군.

"열정에 사로잡힌 사람을 보면 분별력을 상실하여 술에 취한 사람이나 미친 사람처럼 간주되곤 하니까요."

"아, 당신들 이성적인 사람들이란 참!"

나는 피식 웃으며 큰 소리로 이렇게 말했다네.

"열정이라 했습니까! 술에 취했다고요! 광기라고 했습니까! 그래서 당신들, 도덕군자들은 그렇게 무심하게 서서, 아무런 관여도 하지 않고, 술 취한 사람을 책망하고, 터무니없는 미친 짓을 하는 사람을 보면 역겨워하며 그냥 그들을 지나쳐 가는 거로군요, 마치 바리새인들처럼 말입니다! 그리고 바리새인들처럼 하느님께 감사하겠지요. 신께서 당신들을 그런 부류의 인간처럼 만들지 않으신 걸 말입니다. 나는 술에 취한 적이 한두 번이 아닙니다. 그리고 나의 열정은 결코 광기와 거리가 멀다고 할 수도 없지요. 그러나 나는 이 두 가지 면에 대해 후회해 본 적은 없습니다. 예로부터 위대한 어떤 일, 뭔가 불가능해 보이는 어떤 일을 행한 비범한 사람들을 두고 사람들이 한결같이 목에 핏대를 세우며 술 취한 주정뱅이에 제정신이 아닌 미치광이라 칭했던 것을 내 스스로 터득하였으니까요.

그러나 평범한 우리네 삶에서도 어떤 사람이 자유롭고 고결하며 예기치 않은 어떤 행동을 하는데, 그렇게 하고 있는 그 사람을 향해 '저 사람 단단히 취했군. 저런 어리석은 사람이 있나.'라고 목청을 높이는 걸 듣는 일 또한 참기 힘들지요. 당신들 감정이 메마른 사람들은 부끄러워하세요. 당신들이 지혜로운 현자라면 부끄러운 줄 아십시오."

"또다시 당신의 망상에서 비롯된 말을 하는 겁니다, 그건."

알베르트가 말했네.

"당신은 매사에 지나치게 극단적이에요. 적어도 지금 이 이야기에서 당신이 하는 말은 확실히 부적절합니다. 당신은 지금 우리가 이야기하고 있는 자살 문제를 위대한 행동에 견주어 말하고 있지만, 사람들은 그것을 다름 아닌 나약함으로 간주할 수도 있으니까요. 죽는 것이 고통으로 가득 찬 삶을 의연히 감내하는 것보다 훨씬 쉬운 일이니까 말입니다."

나는 이야기를 중단하려던 참이었다네. 세상에서 그 어떤 논쟁보다도 나를 당황하고 화나게 하는 논쟁이 바로, 나는 진심을 다해 이야기를 하는데 누군가 중요하지도 않은 일반론을 들먹일 때이기 때문이라네. 그래도 나는 그런 식의 말을 진즉부터 자주 접했고, 또 그런 문제에 화를 낸 적도 잦았던 터라 평정을 되찾은 다음, 약간 경쾌한 말투로 그에게 이의를 제기했지.

"나약함이라 했습니까! 제발 부탁이니 외면적으로 보이는 것에 현혹되지 않길 바랍니다. 견디기 힘든 폭정의 굴레에 매여 한숨짓던 백성이 결국 들끓어올라 그들을 옥죄던 사슬을 끊는다면, 그들을 나약하다고 말해도 된다는 것이로군요. 또 화마가 자신의 집을 삼키자, 놀란 나머지 긴장하여 온몸의 힘이 팽팽하게 한 곳으로 몰리는 것을 느끼며, 안정된 상태에선 거의 들지도 못했던 무거운 짐들을 어렵지 않게 옮기는 사람, 모욕을 당하여 횟김에 여섯 명을 상대하여 그들을 제압한 사람, 그들을 나약하다고 할 수 있습니까? 그리고 알베르트 씨, 노력이 강인함이라면, 왜 과도한 긴장은 그것의 반대가 되어야 합니까?"

알베르트가 나를 바라보더니 이렇게 말하더군.

"날 나쁘게 생각하지 마시기 바랍니다. 하지만 당신이 든 예는 지금 이 이야기엔 전혀 들어맞지 않는 것 같군요."

"그럴 수도 있습니다."

나는 말했네.

"사람들은 나의 논리적인 조합 방식이 이따금 허튼 잡설로 채워지곤 한다고 비난할 때가 종종 있으니까요! 그렇다면, 우리 다른 방식으로 생각해 볼 수 있을지 한번 봅시다. 어떻게 해야 다른 때 같으면 부담을 느끼지 않을 삶의 무게에 부담을 느끼고 그것을 벗어 버리기로 결심한 사람에게 용기를 불어넣어 줄 수 있을지 말입니다. 한 가지 사안에 대해 우리가 정서적으로 공감대를 가져야만 그 일을 논할 수 있는 것이니까요."

나는 계속해서 말을 했네.

"인간의 본성에는 저마다 한계가 있습니다. 그래서 기쁨과 고뇌, 아픔을 어느 정도까지는 견딜 수 있지만, 그 한계치를 넘어서는 즉시 몰락하고 마는 겁니다. 따라서 여기서 문제가 되는 것은 그 사람이 나약한가, 강인한가가 아니라, 그 사람이 자신이 겪는 고뇌의 크기를 견뎌낼 수 있는가의 여부입니다. 이때의 고뇌란 도덕적인 것일 수도 있고, 육체적인 것일 수도 있을 겁니다. 그래서 고약한 열병으로 죽은 사람을 비겁한 사람이라고 하는 것이 적합하지 못한 것과 마찬가지로 스스로 목숨을 거둔 사람을 비겁하다고 일컫는 것이 나는 신기할 따름입니다."

"그건 패러독스입니다! 아주 앞뒤가 맞지 않는 모순된 말이로군요!"

알베르트가 소리쳤다네.

"당신이 생각하는 것처럼 그 정도로 모순된 말은 아니지요." 라며 나는 되받아쳤지.

"천연적인 상태의 몸을 공격하여 기력을 소진시키거나 제 기능을 하지 못하게 만들어 해가 서쪽에서 뜬다 해도 그 몸을 다시 일으킬 수도, 또 일상적인 삶을 운행할 수도 없게 만드는 걸 두고 '죽음에 이르게 하는 병'이라 부른다는 데에는 나에게 동의하겠죠.

자, 그럼 이것을 정신에 적용시켜 봅시다. 자신이 제한한 틀속에 갇힌 인간을 살펴보죠. 이런저런 인상들이 그에게 영향을 미칩니다. 여러 사상이 그에게 견고하게 자리를 잡겠지요. 그러다 마침내 열정이 커지면서 흔들림 없던 그의 분별력을 앗아가 버리면, 그는 몰락을 향해 나아가게 되겠지요.

그렇다면 침착하고 이성적인 인간이 그 불행한 자의 상황을 내려다본다한들 무슨 소용이 있으며, 그에게 조언을 한다한들 무슨 소용이 있겠습니까. 병자의 침대 곁에 서 있는 건강한 사람이 병자에게 조언하는 것이 소용이 없듯이요. 그래 봤자 그에게 아무 힘도 발휘할 수 없는데 말입니다."

알베르트에게는 이렇게 말하는 것이 너무 포괄적이었기에 나는 얼마 전 물에 빠져 죽은 채로 발견된 한 처녀를 상기시킨 다음, 그녀의 이야기를 되짚어가며 들려주었다네.

"착하고 어린 아가씨였지요. 집안일과 매주 정해진 일이 반복되는 갑갑한 환경에서 성장한 아가씨였습니다. 즐거운 일이라야 조금씩 조각 천을 덧대어 장식한 드레스를 입고, 일요일마다 또래친구들과 함께 시내를 산책하거나, 큰 축제 때면 한 번씩 춤을 추러 무도회에 가는 것 이상은 아마 기대할 수 없었겠지요. 그것 말곤 고작해야 이웃 여인들과 함께 모여, 말싸움과 남의 악의적인 험담에 시간 가는 줄 모르고 신이 나서 마음껏 수다를 떠는 것이 전부였을 겁니다. 그런데 그녀의 불같이 뜨거운 천성이 드디어 남자들의 사탕발림으로 인해 점점 더 커져가는 내면적인 욕구에 눈을 뜨게 됩니다. 그리하여 이전에 그녀가 느끼던 즐거움은 점점 그녀의 구미에 맞지 않게 되지요. 그러다 마침내 그녀는 한 남자를 만나게 되었고, 이제껏 알지 못했던 주체할 수 없는 감정에 속수무책으로 그 남자에게 마음을 빼앗기고 맙니다. 그리고 이제 그녀는 자신의 모든 희망을 그 남자에게 걸게 되지요. 그리하여 자신을 둘러싼 주변을 망각한 채, 자신이 갈망하는 단 한 사람, 그 남자 외에는 아무것도 눈에 들어오지도, 귀에 들리지도, 또 마음이 가지도 않게 됩니다. 그러나 그녀는 불안정한 허영심에 들뜬, 알맹이 없는 즐거움에 타락하지 않고, 바로 한 가지 목표, 즉 그의 아내가 되어 영원히 그와 결합한 가운데, 이제껏 그녀가 맛보지 못했던 모든 행복과 마주하기를, 그리하여 자신이 갈망하던 모든 기쁨과 함께 하는 삶을 향유하리라는 열망을 갖게 됩니다. 모든 희망이 이뤄지리라는 확신을 갖게 하는 약속의 말이 거듭되고, 갈수록 그녀의 욕구를 키우는 대담한 애무가 결국 그녀의 온 영혼을 사로잡고 말았지요. 그녀는 정신을 차리지 못하고 멍하니 온갖 기쁜 일을 예감하며 둥둥 떠다녔습니다. 그러다 감정이 최고조에 달하여 긴장된 마음으로 자신의 소망을 모두 품에 안고자 두 팔을 뻗었지요. 그런데 그녀의 애인은 그녀를 버리고 맙니다. 그녀는 넋을 잃고 뻣뻣하게 얼어붙은 채 심연 앞에 서게 되었습니다. 주변이 온통 암흑천지로 변하여 미래에 대한 기대도, 그 어떤 위로도, 비난도 할 수 없었지요. 그녀의 존재 이유였던 바로 그 사람이 그녀를 버렸으니까요. 그녀는 그녀의 앞에 놓여 있는 넓은 세상도, 그녀의 상실감을 대체할 수 있는 다른 많은 것들도 눈에 들어오지 않았습니다. 세상 사람들 전부 자신을 떠나고 자신은 오롯이 혼자라는 느낌만 들었지요. 그래서 그녀는 눈먼 사람처럼 아무것도 보지 못한 채, 참담한 마음에 괴로워하다가 결국 물속으로 뛰어들고 맙니다. 죽음으로 자신을 에워싸면서 자신이 안고 있는 모든 고통의 숨통을 끊어 놓게 하려던 것이었지요. 보시다시피 알베르트씨, 이 이야기는 아주 많은 사람들이 품고 있는 사연이기도 합니다. 그럼 말씀해 보시죠, 병이란 바로 이런 경우가 아닐까요? 타고난 천성이 뒤얽히고 모순된 힘들의 미로에 갇혀 출구를 찾지 못하면, 인간은 죽을 수밖에 없는 것입니다.

이것을 지켜보며 '저런 어리석은 아가씨가 있나! 기다렸어야지, 시간이 약인데 말이야. 시간이 지나면 죽을 것 같던 절망감도 누그러들 터인데. 그녀를 위로해 줄 다른 남자도 나타났을 것이고.'라고 말하는 사람은 화를 입을 겁니다!

그런 행동은 마치 '어리석은 사람이로군! 열병에 걸려 죽다니! 기력을 회복하고 혈류가 개선되어 들끓던 피가 누그러질 때까지 기다렸어야지. 그러면 오늘까지 살아 있을 텐데 말이야!'라고 말하는 것과 마찬가지일 겁니다!"

알베르트는 이 비유 역시도 구체적이지 않았던지 몇 가지 이의를 더 제기하였다네. 특히 내가 한 말은 그저 단순한 한 여인에 관한 이야기에 불과하다며, 그도 그럴 것이 분별력 있는 사람은 그런 식으로 틀에 갇혀 있지 않고 여러 가지를 연관 지어 조망하는데, 그런 사람이 용서를 구해야 한다는 건 그로선 이해할 수 없다는 것이었네.

"알베르트씨."

그래서 나는 큰 소리로 말했네.

"인간은 인간일 따름입니다. 인간이 지닌 고작해야 한 줌밖에 안 되는 이성은 열정이 미쳐 날뛸 때, 그리하여 인간성의 한계를 압박해 올 때, 거의— 아니, 어쩌면 전혀 고려할 대상이 아니라는 것입니다. 차라리— 이 문제에 관해선 다음에 이야기하지요."

나는 그렇게 말한 다음 모자를 집어 들었네. 아, 정말이지 가슴이 어찌나 답답하던지. 그렇게 우리는 서로 자신들의 생각을 납득시키지 못한 채 그 길로 헤어졌다네. 다른 사람을 이해하는 것은 이 세상 어느 누구에게도 만만한 일이 아닌 것 같네.

8월 15일

확실히 이 세상에서 인간에게 사랑보다 더 필요한 것은 없는 것 같네. 나는 로테가 나를 잃고 싶어 하지 않는 걸 느낀다네. 그리고 아이들이 아침이면 언제나 내가 다시 올 거라고 생각하는 것도. 오늘은 로테의 피아노를 조율하려고 집을 나섰다네. 하지만 조율은 할 수가 없었다네. 아이들이 나를 졸졸 따라다니며 동화를 들려 달라고 졸라 댔고, 로테마저 아이들의 뜻대로 해 주라고 말했기 때문이었네. 나는 우선 아이들에게 저녁 빵을 잘라 주었네. 이제 아이들은 내가 나눠 주는 빵도 로테가 나눠 줄 때와 똑같이 즐겁게 받아먹는다네. 그런 다음 골방에 갇혀 있다가 천장에서 자라난 손들에게서 먹을 것과 마실 것을 받아먹는 '손들이 모시는 공주님' 이야기의 주요 대목을 들려 주었다네. 아이들에게 이야기를 들려 주다 보면 참 많은 걸 배운다네. 정말이네. 장담할 수 있어. 아이들이 이야기를 들으며 어떤 인상을 받는지를 보면 깜짝깜짝 놀랄 때가 많아. 아이들에게 이야기를 들려줄 때 나는 세세한 항목들을 지어서 말할 때가 많은데, 그래서 같은 이야기를 두 번째 들려줄 때면 그 세부 항목들을 잊어버리곤 하지. 하지만 아이들은 곧바로 그 사실을 알아차리고 이렇게 말할 때가 많거든. "지난번에는 달랐어요."라고. 그래서 이젠 아이들에게 내가 지어낸 부분을 변경하지 않고 술술 풀어놓으려고 노랫말을 읊조리듯 낭송하는 연습을 하고 있다네. 이러는 중에 배운 것이 있지. 작가가 자신이 쓴 이야기를 수정하여 2판을 내놓는 행위를 할 경우 ―문학적으로는 개정판이 더 개선되었다고 할 수 있다하더라도— 그 작가는 자신의 작품을 불가피하게 훼손할 수밖에 없다는 것이네. 우리는 첫인상을 붙잡고 있길 좋아한다네. 인간이란 존재는 가장 신선하고 모험적인 것에 설복되도록 만들어진 존재라 할 수 있지. 그런데 일단 그렇게 설복되고 나면 그 즉시 생각이 그 첫인상에 단단히 고착된다네. 그러니 그것을 다시 긁어내거나, 근절하려 하는 자는 어려움을 당할 수밖에!

8월 18일

꼭 이래야만 하는 걸까? 사람에게 기쁨을 주던 것이, 다시 사람을 비참하게 만드는 근원이 되다니.

생동하는 자연에 대해 가슴 벅차도록 느꼈던 따뜻한 느낌, 내 마음에 환희가 넘쳐흐르게 했고, 나를 둘러싼 세상을 천국으로 만들었던 그 따뜻한 느낌이 이제 나에게 견디기 힘든 고문관이요, 내가 가는 곳마다 나를 쫓아다니며 괴롭히는 유령이 되고 말았다네.

평소 바위에서부터 강물과 저 언덕들에 이르기까지 비옥한 골짜기를 내려다볼 때면, 또 내 주위를 둘러싸고 있는 모든 것이 싹을 틔우고, 샘솟아오르고, 산들이 발치에서부터 산꼭대기까지 굵고 큰 나무들로 뒤덮이고, 사랑스럽기 그지없는 숲속으로 굽이굽이 다양하게 휘어진 골짜기에 그늘이 드리워진 것을 볼 때면, 그리고 바람결에 살랑거리는 갈대숲 사이로 잔잔한 강물이

미끄러지듯 흘러가고, 부드러운 저녁 바람에 일렁이는 사랑스러운 구름이 물 위에 비치고, 내 주위로 새들이 우짖으며 숲에 활력을 더하는가 하면, 헤아릴 수 없이 많은 날벌레들이 마지막 햇살을 받으며 당당하게 춤을 추는 가운데, 마지막으로 던지는 반짝이는 태양의 눈길에 풀숲에 갇혀 있던 딱정벌레들이 자유롭게 붕붕거리며 내 주변을 오르락내리락 날아다니는 것을 볼 때면, 그리하여 땅바닥에 주의를 돌리게 만들고, 딱딱한 바위에서 자양분을 빨아들이는 이끼류와 메마른 모래 언덕에 뿌리를 내리고 자라난 관목에 눈길을 돌리게 하여, 내부에서 이글거리는 성스러운 자연의 삶 일체를 내게 드러내 보일 때면, 나는 따뜻한 마음으로 그 모든 것을 품고, 끝을 알 수 없는 풍요로움 속에서 몸 둘 바를 몰랐다네. 그리고 내 마음속에선 그 끝을 알 수 없는 세계의 수려한 형상들이 아주 생동감 넘치게 움직였지.

내 주위로 거대한 산들이 첩첩이 에워싸고 있었고, 내 앞에는 심연이 놓여 있었네. 냇물이 빗물로 불어나 콸콸콸 흘러내렸고, 내 발아래론 강물이 도도하게 흐르고 있었지. 그리고 숲과 산에선 메아리가 울려 퍼졌어. 그런 다음 나는 그 모든 것들이 땅속 깊은 곳에서 불가해하게 서로 뒤섞이며 온갖 힘을 창조해내는 것을 보았네. 그러고나자 이제 이렇게 창조된 온갖 종(種)의 피조물들이 지상에서, 그리고 공중에서 우글거렸지. 모든 것이, 모든 것이 수천가지 형상과 한데 어울려 활기를 띠는 게 보였고, 그러고나자 인간들이 조그만 집에 모여 안전을 도모하며 둥지를 틀고는, 자기들이 그 드넓은 세상을 다스리고 있다고 생각하는 것이 보였다네! 가엾고 어리석은 자들, 스스로가 보잘것없으니 모든 게 아주 작게만 여겨지는 것이지. 다가가기조차 힘든 험한 산부터 아무도 발을 들여놓지 않은 황야를 거쳐 알려지지 않은 대양의 끝자락에 이르기까지 영원한 창조자의 정신이 바람처럼 휘돌아다녔네. 그러다가 자신의 존재를 인지하며 살아가는 존재를 만날 때면 그 것이 먼지 한 톨이라 할 지라도 기뻐하였다네. 아, 그때 나는 이루 측량할 길 없는 망망대해의 저편 기슭을 동경하며 내 머리 위로 날아가는 한 마리 학의 날개에 마음을 싣고, 저 대해의 거품이 부글부글 이는 술잔에서 삶의 환희를 마시기를, 그리고 단 한순간만이라도 내 가슴의 제한된 힘으로나마 모든 것을 당신 안에서, 또 당신을 통해서 만들어 내시는 분의 축복을 단 한 방울이라도 맛볼 수 있기를 갈망하였다네.

친구여! 이젠 저 시간을 회상하는 것만이 나를 기쁘게 하는군 그래. 저 말로 형언할 수 없는 감정을 다시 불러와, 다시금 말을 걸어 보려는 노력 자체만으로도 내 영혼은 저절로 고양된다네. 그러고나면 지금 나를 둘러싸고 있는 이 불안한 상황이 더더욱 무거워지는 느낌이 들곤 하지.

내 영혼 앞에 드리워져 있던 커튼이 걷혀 버렸네. 그리고 무한한 삶의 무대는 내 눈앞에서 영원히 닫히지 않는 무덤과 같은 심연으로 변하였다네. 그런데도 이렇게 말할 수 있을까. "그런 거야! 삼라만상은 모두 잠시 머물다 가기 마련이지. 변화무쌍한 날씨처럼 빠르게 스쳐 지나가기 마련이라네. 그래서 전력을 다해도 존재하는 것은 거의 모두 버텨내지 못하고, 아, 물살에 휩

쓸리고, 물속에 가라앉아 바위에 부딪혀 산산조각이 나고 마는 것이라네."라고. 단 한순간도 우리와, 그리고 우리 주변의 것들이 쇠락하지 않는 순간은 존재하지 않을 걸세. 단 한순간도 우리가 파괴자가 되지 않는 순간은 없다네. 아무런 악의 없이 떠난 산책길이라도 수천수만의 가여운 벌레들의 목숨을 빼앗고 말지. 발걸음 한번에 공들여 쌓은 개미탑을 파괴하지 않느냔 말일세. 하나의 작은 세상이 우리의 발에 밟히어 보잘것없는 무덤으로 변하는 걸세. 하! 우리가 사는 마을을 깨끗하게 쓸어가는 홍수나, 우리네 도시를 삼켜버리는 지진처럼 드물게 벌어지는 세상의 대형 재난들이 내 마음을 움직이는 게 아니라네. 내 마음을 상하게 하는 것은 모든 자연 속에 숨어 있는 소진시키는 힘이라네. 이웃한 것은 물론이고 자기 스스로를 망가뜨리는 소진력 말이네. 그래서 나는 하늘과 땅, 그리고 약동하는 모든 힘에 둘러싸여 있으면서도 이토록 겁을 먹은 채 비틀거리는 거라네! 내 눈엔 영원히 삼키려 들고, 영원히 되새김질하는 괴물 말고는 아무것도 보이지 않으니.

8월 21일

아침마다 밤새 짓눌리던 꿈에서 어렴풋이 깨어날 때면, 소용없는 일인 줄 알면서도 로테를 향해 두 팔을 뻗어 본다네. 밤이면 풀밭에서 그녀와 나란히 앉아 그녀의 손을 잡고 수천 번도 더 그녀의 손등에 키스하는 행복하고 순수한 꿈이 나를 현혹하고,

그럴 때마다 헛되이 침대 속에서 그녀를 찾곤 한다네. 그러나, 아, 반쯤 잠에 취하여 그녀를 찾아 더듬거리다 문득 잠에서 깰 때면— 내 짓눌린 가슴에선 눈물이 강물처럼 솟구쳐 오른다네. 그러면 나는 어두운 미래와 마주한 채 절망감에 휩싸여 흐느껴 울고 말지.

8월 22일

불행한 일이 아닐 수 없네, 빌헬름! 활동하는 데 쓰던 나의 힘들이 서로 음정을 맞추지 못한 채 불안한 나태함으로 엇나가 버렸네. 그렇다보니 한가하게 있지도 못하고, 그렇다고 뭘 할 수 있는 상태도 아니라네. 이젠 상상력도, 자연에 대한 감흥도 느낄 수 없고, 책이란 책엔 전부 침을 뱉고 싶은 심정이야. 자기 자신을 잃으면 모든 걸 잃는 것이라더니.

가끔 나는 일용직 노동자를 꿈꿀 때가 있다네. 정말이야, 맹세할 수 있네. 그러면 적어도 아침에 잠에서 깨어날 때, 그날 하루에 대한 기대와 열망, 희망이라도 가질 수 있을 테니. 알베르트가 머리 꼭대기까지 쌓여 있는 서류더미에 파묻혀 있는 모습을 볼 때면 부러울 때가 자주 있다네. 그래서 내가 저 사람의 입장이라면 좋겠다, 라는 상상을 하곤 하지. 실은 벌써 몇 번이나 자네와 장관님께 편지를 쓰려고 했네. 공사관에 자리를 얻어 달라고 하려던 참이었거든. 그 자리라면 자네가 단언했듯이 거절당하지 않을 것 같고, 나 역시도 그럴 거라고 믿고 있어서 말일세. 장관님께서도 오래 전부터 나를 마음에 들어 하셨고, 또 전부터 나에게 취직을 하라며 강권해 오셨으니까. 그런데, 그걸 물어볼까 하고 생각하다가도, 한 시간쯤 지나고 나중에 다시 그 생각을 하면, 말을 소재로 한 우화가 하나 떠오르는 걸세. 그 우화에서 말은 주어진 자유에 안절부절 못하여, 도로 안장과 마구를 얹어 달라고 하였지. 그러고는 죽도록 달리다 결딴이 나고 말았다네. 그러니 친애하는 친구여! 현재의 상황을 변화시키고자 하는 내 내면의 열망은 어쩌면 어디를 가나 나를 쫓아다니는 거북한 내 내면의 불안이 아닐까?

8월 28일

내 병을 고칠 수 있는 사람들이 있다면 바로 이 사람들일 걸세. 진짜라네. 오늘은 나의 생일이라네. 그래서 새벽 일찍 알베르트에게서 작은 소포 꾸러미 하나를 받았다네. 소포를 열자 곧장 붉은색 리본이 눈에 들어왔네. 내가 로테를 알게 되었을 때 로테가 달았던 리본이었는데, 그때 이후로 몇 번이나 달라고 졸랐던 적이 있었지. 그리고 작은 문고판 책 두 권도 함께 들어 있더군. 베트슈타인 문고판 〈호메로스〉였는데, 산책길에 무거운 에르네스트판 〈호메로스〉를 끌고 다니기 힘들어 전부터 갖고 싶어 하던 책이었다네. 여보게! 그들이 내가 바라는 걸 미리 알아차리고 친구가 마음에 들어 할 아주 사소한 부분까지 챙겨준 걸세. 주는 사람의 허영이 받는 이의 품위마저 떨어뜨리는 요란

한 선물들에 비하면 천 배는 더 값진 선물이지. 나는 수천 번도 더 리본에 입을 맞추었다네. 그리고 숨을 들이쉴 때마다 저 행복하고 돌이킬 수 없는, 얼마 안 되는 날들 동안 나를 가득 채웠던 그 황홀했던 순간을 되새기며 한 모금씩 추억을 삼킨다네. 빌헬름, 그냥 그렇다는 말이네. 투덜거리는 게 아닐세. 인생의 꽃이란 그저 환영일 뿐! 얼마나 많은 꽃들이 흔적 하나 남기지 못한 채 스러지는가, 열매를 맺는 꽃들은 또 얼마나 적으며, 그렇게 맺은 열매 중에 무르익기까지 남아있는 열매는 또 얼마나 소수에 불과한가. 그러나 그렇게 어렵사리 무르익은 열매들인데, 어딜 가든 널려 있다고 해서, 아, 친구여, 우리들이 그 무르익은 열매들을 귀한 줄 모르고, 무시하며, 맛도 보지 않은 채 시들고 상할 때까지 그냥 두는 건 안 될 일 아닌가?

잘 있게. 참으로 멋진 여름이네. 요즘 나는 로테네 나무숲에 있는 과실나무에 올라가 기다란 장대를 들고 나무 꼭대기에 열린 배를 종종 따곤 한다네. 로테는 나무 아래에 서 있다가 내가 장대를 내려 주면, 장대에 꽂힌 배를 빼내지.

8월 30일

불행한 사람이로고! 너, 멍청이 아니냐? 지금 네 자신을 속이고 있지 않아? 끊임없이 미쳐 날뛰는 이 모든 열정은 대체 무엇이란 말이냐?

이제 나는 그녀에 관한 기도 외엔 아무런 기도도 하지 않아.

아무리 상상력을 동원해도 떠오르는 건 그녀의 모습뿐이고, 나를 둘러싼 세상에 있는 그 어떤 것을 보아도 전부 그녀와 연관되어서 보일 뿐이네. 그러면 나는 잠시나마 진정으로 행복한 시간을 보내곤 하지. 하지만 그것도 그녀를 떨쳐내고 다시 제자리로 돌아와야 할 때까지일 뿐. 아, 빌헬름, 그렇게 하라고 내 마음이 자꾸 다그치니 어쩌겠나! 그녀의 곁에서 두 시간이고, 세 시간이고 그렇게 앉아서, 그녀의 자태와 몸가짐, 훌륭한 말솜씨를 즐거운 마음으로 바라보노라면, 차츰차츰 내 몸의 감각이란 감각이 모조리 팽팽해지며, 눈앞이 침침해지고, 거의 귀가 들리지 않고, 마치 자객이 목을 조르기라도 하듯 목구멍이 조여 온다네. 그러면 내 심장이 가만히 있지 못하고 거칠게 방망이질 치며 가뜩이나 재촉당하고 있는 나의 온 감각에 제 속내를 토로하려는 바람에 가뜩이나 혼란스러운 감각들을 더욱 혼란스럽게 만들고 만다네. 빌헬름, 나는 내가 살아있는 건지 알 수 없을 때마저 종종 있다네! 그리고 때때로 우울한 마음에 짓눌려 휘청거릴 때면, 로테의 손을 부여잡고 나를 짓누르는 불안감을 눈물로 풀어내어 마음의 위안을 얻고 싶은데, 로테가 허락하지 않으면, 나는 더 이상 그곳에 있지 못하고, 그곳을 나올 수밖에 없다네! 그런 다음엔 멀리 떨어진 들판을 이리저리 돌아다니지. 특히 가파른 산을 기어오르는 것이야말로 나의 기쁨이라네. 길도 없는 숲속을 가로질러 길을 내며 가다 보면 생울타리에 긁혀 생채기가 나고, 가시에 찔려 살이 찢어지지! 그러고나면 기분이 조금! 조금은 나아져! 피곤하고 목이 마를 때면, 도중에 잠깐씩 눕기도 한다네. 또 깊은 밤, 머리 위로 휘영청 보름달이 뜬 날엔 구불구불 뒤틀려 자라난 나무 등걸에 앉아 부르튼 발을 잠시나마 쉬게 할 때도 있지. 그러다 지칠 대로 지쳐 새벽녘 여명 속에서 잠이 들기도 한다네. 아, 빌헬름! 고행자의 고독한 독방과, 거친 겉옷과 가시 허리띠가 바로 지금 목이 타들어 가는 내 영혼이 바라는 청량음료가 아닐까 싶네. 잘 지내게. 내가 보기에 이 모든 비참함은 죽어 무덤에 들어가기 전엔 절대로 끝나지 않을 것 같네.

9월 3일

이곳을 떠나야겠네! 빌헬름, 고맙네. 오락가락하던 마음을 자네 덕분에 확실히 결정할 수 있었다네. 벌써 2주 전부터 그녀를 떠나야겠다고 생각하던 참이었거든. 나는 떠날 걸세. 그녀는 다시 시내에 있는 친구네에 있다네. 그리고 알베르트는— 그러니까— 아무튼 나는 이곳을 떠나야겠네.

9월 10일

힘든 밤을 보냈다네! 빌헬름, 힘든 밤을 보내고 나니 이젠 어떤 일이 닥쳐도 다 버틸 수 있을 것 같네. 그녀를 다시는 보지 않을 걸세. 아, 친구여, 자네가 곁에 있었더라면, 내 자네의 목을 끌어안고 수천 번도 더 넋을 놓고 눈물을 쏟으며, 사정없이 내 가슴으로 밀려드는 이 모든 감정의 물결을 전부 끌어낼 수 있었을 텐데! 자네가 없으니 이렇게 여기 앉아서 숨을 헐떡이며 안정을 찾으려 애를 쓸 뿐이네. 내일이 오기를 기다리면서 말일세. 내일 해가 뜨는 대로 마차를 보내라고 주문해 놓았다네.

아아, 그녀는 지금쯤 편히 자고 있겠지. 다시는 나를 보지 못하리라는 생각은 꿈에도 하지 못한 채 말이네. 나는 그곳을 박차고 나왔네. 두 시간 동안이나 대화를 나누었지만, 내 의향을 드러내지 않을 정도로 제법 강단 있게 행동했었지. 세상에, 그 얼마나 멋진 대화였던가!

알베르트가 저녁 식사 후 곧바로 로테와 함께 정원으로 나오겠다고 약속했다네. 나는 높다란 밤나무 아래에 있는 테라스에서, 이제 나에게는 마지막이 될 정든 골짜기와 잔잔한 강물 너머로 뉘엿뉘엿 저무는 태양을 바라보았네. 그녀와 이곳 테라스에 서서 이 멋진 장관을 함께 바라본 적이 참 많았었는데. 그러고 있자니 내가 너무나도 좋아하던 가로수 길을 이리저리 거니는 상념에 빠져들게 되었다네. 그곳은 내가 로테를 알기 전부터 어떤 신비롭고 알 수 없는 이끌림을 따라 자주 갔던 곳이었지. 서로를 알게 된 지 얼마 되지 않았던 초창기에 우리 둘 다 이런 곳을 좋아하는 성향을 지녔다는 걸 알고는 얼마나 기뻐했는지 모른다네. 이곳은 정말이지 살면서 예술 작품에서나 접해왔던, 소설같이 비현실적인 장소 중 한 곳이거든.

우선 양쪽으로 늘어선 밤나무들 사이로 널찍하게 트인 전망이 압권이네. 아, 내가 벌써 자네에게 여러 번 편지로 말했던 — 내 생각엔 그랬던 것 같네만— 기억이 나는군. 키 큰 너도밤나무들이 벽처럼 늘어서 있다가 마침내 한곳으로 휘감아 드는데, 그 지점에서 마주치는 작은 숲 때문에 가로수 길은 갈수록 점점 더 어두워진다네. 그러곤 마지막에는 모든 걸 가둬버리는 좁은 장소에서 끝이 나는데, 그곳은 전율이 일 정도로 사방에 삭막한 기운이 감도는 곳이라네. 어느 환한 대낮 이곳에 첫걸음을 내디뎠을 때, 남몰래 느꼈던 그 느낌이 지금도 생생하네. 그때 당시에 나는 희미하게나마 이곳이 축복과 고통의 무대가 되리라는 것을 예감했던 것 같네.

대략 반 시간쯤 이별과 재회의 애달프고도 달콤한 상념에 빠져 있었을까, 그때 그들이 테라스로 올라오는 소리가 들렸네. 나는 두 사람에게로 달려갔네. 그리고 전율을 느끼며 그녀의 손을 잡고 키스를 하였다네. 우리가 막 위로 올라오려는데, 때마침 관목이 무성한 언덕 너머에서 달이 떠올랐네. 이런저런 이야기를 하며 걷다보니 어느새 가까운 곳에 어슴푸레하게 정자가 서 있는 것이 보이더군. 로테가 정자로 들어가 자리를 잡고 앉았네. 그러자 알베르트가 그녀의 곁에 앉았고, 나도 자리를 잡고 앉았다네. 하지만 불안한 마음 때문에 오래 앉아 있을 수가 없었지. 나는 자리에서 일어나 두 사람의 앞쪽으로 나와선 왔다갔다 서성이다가 다시 자리에 앉았네. 초조하기 짝이 없었다네. 로테가 아름다운 달빛이 빚어낸 효과를 보라며 우리의 주의를 환기시키더군. 이제 달이 길게 늘어선 너도밤나무 벽의 끝자락에 걸터앉아 우리 앞에 놓여 있는 테라스를 환히 비추고 있었네. 정말 멋진 광경이었어. 우리를 둘러싼 주변이 짙은 어스름에 싸여 있어서인가, 그만큼 더 놀라운 광경을 자아냈지. 우리는 한동안 잠자코 있었네. 잠시 후 그녀가 침묵을 깨고 얘기를 시작하였다네.

"달밤에 산책을 할 때면 단 한 번도 돌아가신 분들을 생각하지 않은 적이 없어요. 그리고 죽음과, 내세에 관한 정념에 사로잡히게 되는 상상 역시요. 우리도 그렇게 되겠지요."

이어서 그녀는 더할 나위 없이 호감 어린 목소리로 계속하여 말했다네.

"그러면 베르테르씨, 우리는 다시 만날 수 있을까요? 그리고 서로를 다시 알아볼 수 있을까요? 어떨 것 같으세요? 당신의 생각은 어떠세요?"

나는 두 눈 가득 눈물이 고인 채 그녀에게 손을 내밀고 이렇게 말했다네.

"로테, 우리는 다시 만나게 될 겁니다! 이승에서든 저승에서든 다시 만나게 될 겁니다!"

나는 더 이상 말을 이을 수 없었네. 빌헬름! 그녀는 꼭 그렇게 물어보아야 했을까? 하필이면 내가 그토록 두려운 이별을 마음에 품고 있을 때?

"그리고 사랑하는 선친들은 우리를 알아보실까요?"

곧이어 로테가 또 물었다네.

"우리가 따뜻한 애정을 담아 그분들을 기억하며 잘 살고 있다는 걸 그분들도 느끼실까요? 아아, 조용한 저녁 시간에 어머니의 아이들이자 곧 나의 아이들 사이에 앉아 있을 때, 어머니가 살아 계실 때 어머니를 에워싸고 아이들이 몰려들었던 것처럼 나를 둘러싸고 아이들이 옹기종기 모여 있을 때면, 언제나 어머니의 모습이 내 주위를 떠도는 걸 느낀답니다. 그럴 때면 그리운 마음에 눈물을 흘리며 하늘을 바라보고는 소원을 빌어요. 단 한순간만이라도 어머니께서 이곳을 굽어보실 수 있기를, 그래서 어머니가 임종하실 때 제가 어머니께 아이들의 어머니가 되겠다고 말씀드렸던 대로 그 역할을 얼마나 잘 감당하고 있는지 보실 수 있기를요. 그리고 수백 번도 더 외치지요.

'소중한 어머니, 제가 어머니께서 아이들에게 해 주셨던 것처럼 어머니 역할을 하고 있지 못한다면 용서해 주세요. 아아! 그래도 어머니, 저는 제가 할 수 있는 모든 것을 다 하고 있어요. 아이들에게 옷을 입히고, 바느질도 하지요. 아아, 그러나 그런 것들보다는 아이들을 보살피고 애정을 쏟는 데 더 많은 신경을 쓴답니다. 공경하는 어머니! 우리가 서로 어울려 잘 지내는 모습을 어머니께서 보실 수 있다면 좋으련만! 그러면 어머니께선 아마 뜨거운 감사의 마음으로 하느님을 찬미하실 거예요. 생의 마지막 순간까지 쓰디쓴 눈물을 흘리시며 하느님께 아이들의 안녕을 간구하셨으니까요.'"

이것이 그녀가 한 말이었네! 아아, 빌헬름! 과연 누가 그녀가 했던 말을 되풀이하여 말할 수 있겠나? 죽어 있는 차가운 철자로 어떻게 그녀가 말한 이 숭고한 정신의 꽃을 보여 줄 수 있겠나? 알베르트가 나긋한 말투로 그녀의 말을 가로막으며 말했네.

"이러면 몸이 많이 축나요, 사랑하는 로테. 당신의 마음이 그런 생각들에 많이 기울어져 있다는 것, 나도 알아요. 하지만 로테, 부탁이니."

"아, 알베르트."

로테가 말했네.

"당신도 그때의 그 밤들을 잊지 않았죠. 아버지가 여행을 떠나셨을 때요. 그래서 우리가 밤마다 아이들을 잠자리에 보낸 다음, 조그만 원탁가에 함께 앉아 있었잖아요. 당신은 종종 양서(良書)를 들고 왔었죠. 하지만 그 책을 읽는 일은 아주 드물었죠. 멋진 영혼의 소유자와 만나고 대화하는 것, 그보다 더 나은 건 없었으니까요! 어머니는 아름답고 온화한 데다 항상 경쾌하며 활동적인 여인이셨죠! 하느님께선 제가 잠자리에 들 때 하느님 앞에 꿇어 엎드리고 '어머니와 똑같은 사람이 되게 해 주세요.'라는 기도와 함께 눈물을 흘렸던 것, 그때의 그 눈물들을 잘 알고 계실 거예요."

"로테!"

나는 이렇게 외치며, 그녀 앞에 꿇어 엎드리고는, 그녀의 손을 부여잡은 채, 두 손이 다 젖도록 하염없이 눈물을 흘렸다네.

"로테! 하느님의 은총이 당신과, 그리고 당신 어머니의 영혼 위에 늘 함께 하실 겁니다!"

"선생님이 저의 어머니를 아셨더라면!"

로테가 내 손을 잡으며 말했네.

"어머니는 선생님이 알고 지내시기에 손색이 없는 분이었죠."

이 말을 듣자 나는 감정이 북받쳐 쓰러져 버릴 것만 같았다네. 내 평생 사람들이 나를 두고 언급했던 그 어떤 말도 이보다 더 거창하고 자랑스러운 말은 없었지. 로테는 계속 말을 이어갔다네.

"하지만 어머닌 한창 인생이 꽃을 피우는 나이에 저 세상으로 가셨죠. 막내아들이 생후 6개월도 안 되었을 때에요. 어머니는 그다지 병을 오래 앓으신 편은 아니었어요. 어머니는 차분하셨고, 모든 것을 받아들이셨어요. 다만 아이들에 대한 걱정으로 무척이나 마음 아파하셨지요. 특히나 막내에 대해선 각별하셨답니다. 임종이 다가오자, 어머니가 저에게 아이들을 데리고 오라고 말씀하시더군요. 그래서 아이들을 데리고 어머니께 갔답니다. 어린 동생들은 무슨 일인가 하며 어리둥절해했고, 좀 큰 아이들은 넋이 나간 것처럼 멍하니 있었죠. 아이들이 침대 주변에 빙 둘러 서자 어머니는 손을 들어 아이들의 머리에 대고 기도를 해 주셨어요. 그리고 아이들에게 차례로 입맞춤을 해 주신 다음, 아이들을 돌려보냈죠. 그리고 저에게 말씀하셨죠.

'아이들의 어머니가 되어다오!'

나는 어머니의 손을 꼭 잡아드렸답니다. 그러자 어머니께서 말씀하셨어요.

'우리 딸, 네가 약속해 줄 게 많구나. 어머니의 마음과 어머니의 눈을 가져다오! 이 엄마는 네가 감사의 눈물을 흘리는 걸 종종 보아 왔기 때문에, 이 말이 무슨 말인지 알 거라고 생각해. 네 형제자매를 위해서 그렇게 해 주렴. 그리고 아버지를 위해선

성실하고 순종하는 아내의 마음가짐을 갖길 바란다. 네가 아버지에게 위로가 되어 드리렴.'

이 말이 끝나자 어머니께선 아버지에 대해 물으셨지요. 아버지는 나가고 안 계셨어요. 참을 수 없이 괴로워하는 당신의 모습을 우리들에게 보이고 싶지 않으셨던 것이지요. 아버지는 갈가리 찢겨진 심정이셨으니까요.

알베르트, 그때 당신도 방에 있었잖아요? 어머니는 누군가 걷는 소리를 들으시고는, 누구냐고 물으시곤, 당신을 어머니 곁으로 오라고 하셨지요. 어머니께선 먼저 당신을 바라보고, 그다음에 나를 바라보셨죠. 눈길에서 평온함과 한시름 마음을 놓으시는 것이 보였죠. 그 눈길이 우리가 행복할 거라고, 우리 둘 다 행복하게 살 거라고 말씀하시는 것 같았어요."

알베르트가 갑자기 로테의 목을 끌어안고 그녀에게 키스를 하였다네. 그러곤 큰 소리로 외쳤다네.

"우리는 행복해요! 앞으로도 행복할 거요!"

평소 침착하던 알베르트였는데 완전히 자제력을 잃은 모습이었고, 나 역시도 어떻게 해야 할지 아무 생각도 떠오르지 않았다네.

"베르테르 선생님,"

로테가 다시 말을 시작했네.

"그런데 그런 어머니를 저세상으로 보내 드려야 했던 거예요! 세상에, 저는 살면서 가장 사랑하는 존재를 빼앗기는 것에 관해 가끔 생각해 보곤 해요. 그럴 때면 그 일을 아이들보다 더 예민하게 느끼는 사람은 없다는 생각이 들곤 한답니다. 아이들은 그 후로도 오랫동안 '검은 옷을 입는 남자들이 엄마를 실어 갔어.'라며 슬퍼했으니까요."

로테가 자리에서 일어났네. 나는 그제야 정신이 번쩍 들었지만 충격에서 헤어 나오지 못한 채 그대로 앉아서 여전히 그녀의 손을 잡고 있었다네.

"이제 그만 가요. 시간이 다 되었네요."

그녀가 말했네. 그 말을 한 다음 그녀는 다시 손을 빼내려 했지만, 나는 더 힘껏 그녀의 손을 부여잡고, 이렇게 외쳤다네.

"우리는 다시 만날 겁니다. 제아무리 많은 사람들이 있어도 우리는 서로를 알아볼 겁니다. 이제 나는 갈 겁니다."

이어서 이렇게 말하였다네.

"자진하여 떠날 거란 말입니다. 하지만, 하지만 당신을 떠나 영원히 만나지 못하게 된다면, 도저히 견딜 수 없을 것 같군요. 잘 있어요, 로테! 잘 있어요, 알베르트 씨! 우리, 다시 보게 되겠지요."

"내일 말이죠?"

로테가 농담조로 덧붙여 말했다네. 하지만 내일이라는 말을 듣자 나는 벌써부터 내일 느낄 감정들이 고스란히 느껴졌다네. 아아, 내 손에서 손을 뺄 때에도 그녀는 여전히 아무것도 모르는 것 같았네.

두 사람은 가로수 길로 걸어갔네. 나는 달빛을 받으며 걸어가는 두 사람의 뒷모습을 우두커니 바라보다가 바닥에 쓰러지고 말았다네. 그러곤 실컷 울었지. 그런 다음 다시 벌떡 일어나 테라스로 달려 올라갔다네. 그러자 아직 아래쪽, 키 큰 보리수나무들이 드리운 그림자 속에서 그녀의 하얀 드레스가 희미하게 빛나며 정원의 문 쪽을 향해 움직이는 것이 보였네. 나는 두 팔을 뻗어보았지만, 어느새 희미하게 빛나던 그 빛은 사라지고 없었다네.

제2부

1771년 10월 20일

우리는 어제 이곳에 도착했네. 공사는 몸이 좋지 않다며, 그래서 며칠 동안 집에 있을 것 같다네. 공사가 이렇게 까다롭게 나오지만 않으면 모든 일이 다 잘 풀렸을 텐데. 운명이 나에게 어려운 시험거리를 주려고 작정한 것만 같아, 그런 느낌이 들어. 그래도 용기를 내 봐야지! 가벼운 마음으로 지내면 무슨 일이든 감당할 수 있겠지! 가벼운 마음이라! 내 펜대에서 이런 단어가 다 나오다니, 웃음밖에 안 나오는군. 아아, 내 피 속에 가벼움을 지향하는 피가 조금이라도 섞여 있다면 나는 세상에서 가장 행복한 사람이 되었을 걸세! 대체 이게 무슨 일이란 말인가! 다른 사람들은 내가 보는 앞에서 그들이 갖고 있는 한 줌도되지 않는 능력과 재주에도 맘 편히 자족하며 이곳저곳에서 큰소리를 펑펑 치는데, 나는 늘 나의 능력과 재능에 회의를 품고

있으니. 선하신 하느님! 당신은 이 모든 재능과 능력을 저에게
선사해 주신 선하신 분이십니다. 그런데 어찌하여 그런 분께서
그 능력의 절반을 거두어 가시는 대신, 그 자리에 자신감과 만족
감을 부어 주시지 않으셨습니까!

　참자! 참아야지! 참다 보면 좋아지겠지. 친구! 인정하지, 자
네가 옳았어. 매일같이 서민들의 틈바구니에서 이곳저곳을 배회
하며 그들이 어떤 일을 어떻게 행하는지 알게 된 뒤로 내 스스로
를 좀 더 잘 대하게 되었거든. 우리는 태생부터 모든 것을 우리
자신과, 그리고 우리 자신을 모든 것과 비교하도록 만들어진 것
이 확실한 듯하네. 그렇다보니 행복과 불행도 우리와 관계를 맺
고 있는 대상들에 따라 달라지지. 때문에 외로움보다 더 위험한
것은 아무것도 없다네.

　우리의 상상력은 본질상 고양되려는 성질이 있고, 거기서 그
치지 않고 시문학의 환상적인 상(像)들에서 영양분을 취한다네.
그리하여 일련의 사물들은 한껏 치켜세우고, 우리를 가장 하위
에 둔 채, 우리를 제외한 모든 것은 더더욱 수려해 보이게 하며,
우리와 다른 것들은 무엇이 되었든 우리보다 더 완벽해 보이게
하는 경향이 있다네. 그래서 우리는 종종 우리에게 많은 것들이
결핍되어 있다고 느끼곤 하지 않나. 심지어 우리에게 결핍된 바
로 그것을 어떤 한 사람이 소유하고 있다고 여길 때도 많지. 그
리고 그 사람에게 우리가 가진 모든 것을 몰아주는 것뿐 아니라,
만족감까지 덤으로 주어 버리지. 그 한 사람에게 말일세. 이리
하여 완벽하게 행복한 사람이 완성되지. 우리 자신이 만든 피조

물이 완성되는 거라네.

반면 우리가 온갖 약점을 끌어안고 갖은 고초를 겪으면서도 앞만 보고 계속하여 매진할 때, 우리는 비록 이리저리 흔들리며 힘겹게 바람을 뚫고 나갈지라도, 돛과 노의 힘을 빌려 나아가는 사람들보다도 더 성공적으로 더 멀리 나아왔다는 걸 발견하곤 하지. 그리고 이것이 바로 다른 사람들과 동등하거나 앞설 때 느끼는 진솔한 감정 아니겠나.

11월 10일

지금까지는 이곳에서의 생활을 무난히 잘 하고 있네. 가장 좋은 것은 할 일이 차고 넘친다는 걸세. 그 다음으로 좋은 건 다양한 사람들이, 온갖 종류의 새로운 인물들이 내 마음을 앞에 두고 나에게 보라는 듯이 다채로운 볼거리를 베풀어 주는 것일세.

C백작을 알게 되었는데, 대하면 대할수록 더더욱 존경하게 되는 그런 인물이라네. 폭넓고 풍부한 지식의 소유자이면서도 시야가 넓게 트인 분이라서 차갑지도 않고. 그와 교류하다 보니 그에게서 우정과 사랑에 대한 아주 풍성한 감성이 묻어나오는 걸 느낄 수 있었다네. 내가 백작의 일을 위임 받아 일 처리를 했는데, 그때부터 백작이 나에게 관심을 갖기 시작했다네. 그리고 처음 몇 마디를 나눈 뒤, 그는 다른 사람들과 달리 나와는 서로를 잘 이해하고, 이야기가 통할 수 있다는 걸 알았다네. 또한 백

작이 나에게 보여 준 허심탄회한 태도는 아무리 칭송해도 다할 수 없을 것 같네. 위대한 영혼이 마음을 활짝 열고 사람을 대하는 걸 보는 것만큼 진정성 있고 가슴이 따뜻해지는 기쁨이 이 세상 또 어디에 있겠는가.

12월 24일

공사는 사람을 너무나도 짜증나게 하네. 예견한 일이긴 하네. 공사야말로 세상에 있는 멍청이들 중에 가장 옹졸하고 융통성 없는 인간이니까. 마치 신경질적인 노처녀처럼 하나하나 꼭꼭 밟아 가며 지나칠 정도로 세세하게 따진다네. 절대로 자신에게 만족하는 법이 없고, 그래서인가 그 누구도 그 사람한테 고맙다는 소리를 들을 수가 없는 그런 위인이라네. 나는 쉽게 쉽게 일하기를 좋아하고, 일단 한번 끝난 일은 그걸로 끝인데, 공사는 나한테 문서를 되돌려주면서 이렇게 말할 수 있는 사람이지.

"잘했네. 그래도 샅샅이 훑어보게. 언제든 더 나은 단어, 더 잘 들어맞는 접속사가 생각날 수 있으니까."

그럴 때면 나는 미쳐버릴 것만 같다네. '그리고'나, 그 외에 어떤 접속사도 빠져선 안 되고, 특히, 나도 모르게 가끔씩 '도치법'이라도 쓰면, 그걸 무슨 불구대천의 원수 대하듯이 싫어한다네. 복합 문장을 구사할 때에도 통용되는 어조(語調)에 따르지 않으면, 그 문장에 실린 내용을 아무것도 이해하지 못한다네.

이런 사람을 상대하며 일을 하자니 고역이 따로 없네.

아직까지는 C백작의 신뢰가 공사에게 상처 받은 내 마음을 보상해 주는 유일한 위안이 되고 있네. 최근에 백작은 아주 단도직입적으로 자신이 공사의 느리고 우유부단한 일 처리를 얼마나 못마땅하게 생각하고 있는지 나한테 털어놓았다네. 그런 사람들은 자신뿐 아니라 다른 사람들까지 힘들게 만든다고 하면서 말이네. 그리고 이런 말도 했지.

"그래도 우리는 산을 넘어야 하는 여행자처럼 이런 상황을 받아들이고 체념하는 수밖에 없다네. 물론! 그곳에 산이 없다면 가는 길이 훨씬 편하고 또 빨리 갈 수 있을 걸세. 하지만 지금은 산이 가로막고 있는걸! 그러니 산을 넘어가야 할 밖에!"

공사관 그 노인네가 아마도 백작이 자신보다 내 실력을 더 우수하게 여기는 걸 눈치 챈 모양이야. 그리고 그것 때문에 화가 났는지, 기회가 날 때마다 나를 상대로 백작에 관한 험담을 늘어놓는다네. 나는 자연스럽게 그의 의견에 반대하게 되고, 그러니 점점 일이 꼬이기만 할 뿐이라네. 어제는 그 노인네, 나를 완전히 자극하더군. 이번엔 나까지 한꺼번에 겨냥해서 한 말 때문이었다네. 백작이 세상사를 잘 처리하고, 일도 아주 쉽게 쉽게 하는데다, 펜대를 굴리는 솜씨도 훌륭하지만, 모든 대중 작가들이 그렇듯 기본적인 학식이 부족하다는 말이었다네. 그 말을 듣고 더는 논리적인 말이 통하지 않는 노인네라는 생각에 그와 한판 드잡이라도 하고 싶은 심정이었네. 그러나 이제 와서 그럴 수도 없었기에 나는 상당히 과격하게 그에게 대들었다네.

"인품으로 보나 학식으로 보나, 백작은 존경을 표하지 않을 수 없는 분입니다."

그리고 이어서 이렇게도 말했지.

"제가 알고 지낸 분 중에, 백작처럼 자신의 정신 영역을 확장하는데 힘쓰고, 셀 수 없이 많은 대상들에 두루 정신적으로 관심을 가지면서, 공공의 삶을 위해 그렇게 지속적으로 활발히 활동하는 분은 단 한 사람도 없었습니다."

이 정도로 말했으면 알아들을 법도 하건만, 그의 머리로 이 말을 알아들었을 리가 없지. 그래서 나는 계속해서 이치에 맞지 않는 험담을 듣다가는 공연히 더 화만 돋울 것 같아 작별 인사를 고하고 밖으로 나와 버렸다네.

이렇게 된 건 모두 자네들 탓이네. 자네들 말이야, 나에게 굴레를 쓰라고 지껄여 대며 일을 해야 한다고 내 앞에서 얼마나 노래를 해 댔나. 일이라! 감자를 심고, 말을 몰고 시내로 가, 곡물을 내다 파는 사람이 나보다 일은 더 많이 할 걸세. 만약 그렇지 않다면, 나는 그 말에 책임을 지고 지금 내가 묶여 있는 이 노예선에서 10년은 더 일할 용의가 있네.

그뿐인가. 내 눈엔 다 보이네. 서로 곁눈질만 하는 이곳의 추잡한 사람들 속에 만연한 무료함과 겉만 번지르르하고 실상은 초라한 모습, 그리고 한걸음이라도 더 앞서려고 눈에 불을 켜고 감시하는 출세욕, 치부를 가리지 않고 노골적으로 드러내는 그 보잘것없고 가련하기 이를 데 없는 열정이 말이네! 한 여자를 예로 들겠네. 그 여자는 누구에게나 자신이 귀족이며 토지를 소유하고 있다는 얘기를 하고 다닌다네. 그러니 그녀를 모르는 사람들은 그 말을 듣고 누구든지 이렇게 생각할 걸세. '저 여자, 변변찮은 귀족 혈통과 토지가 무슨 경탄할 일이라도 되는 양 자랑하고 다니다니, 어리석은 여자로군.' 그러나 그보다 더 딱한 것은 바로 이 여자가 고작 이곳 인근에서 나고 자란 서기관의 딸이라는 걸세. 그러니 보게나, 내가 인간 종족에 대해 스스로를 그렇게 천박하고 욕되게 할 정도로 생각이 없는 존재라고 이해할 수밖에 없지 않겠나.

친구여, 나는 사람들이 자신의 기준에 따라 다른 사람들을 파악하는 것이 얼마나 어리석은 건지 날이 갈수록 더더욱 깊이 느낀다네. 그러나 나는 내 자신의 일을 감당하는 것만으로도 할 일이 너무 많고, 또 내 가슴과 의식이 어찌나 격렬하게 요동치는지, 아, 다른 사람들이 어디로 가든 그냥 가던 길을 가라고 내버려 두고 싶을 뿐이라네. 그들 역시 내가 나의 길을 가도록 날 가만히 둔다면 말이네.

나를 가장 성가시게 하는 것이 있다면 바로 번거로운 사회적 관계들이라네. 신분 상의 차이를 두는 것이 필요하고, 그 덕분에 나에게도 많은 이점이 주어졌다는 것은 나 또한 그 누구보다도 잘 알고 있네. 다만, 바로 그런 것이 내가 이 지상에서 약간의 기쁨과 희미한 행복의 빛을 누리려 하는 그 순간에 걸림돌이 되어선 안 되겠지.

최근 산책길에 B라는 한 아가씨를 알게 되었다네. 독한 삶 가운데서도 타고난 성정을 잃지 않은 상냥한 아가씨였네. 대화를 나누는 사이 우리는 서로에게 호감을 느끼게 되었고, 그래서 헤어질 때가 되어 나는 그녀를 만나러 집에 찾아가도 되겠느냐고 허락을 구했다네. 그녀는 꺼리는 기색이라곤 전혀 없이 선뜻 허락했고, 그래서 나는 그녀를 찾아가기에 적당한 때를 기다리느라 힘들었지.

그녀는 이곳 출신의 사람이 아니고, 그래서 지금은 고모네 집에서 지내고 있다네. 연로한 고모님은 인상이 마음에 들지 않더군. 하지만 나는 부인에게 많은 신경을 썼고, 대화도 대부분 부인에게 맞추려고 하였네. 그리고 반 시간도 채 되지 않아 나중에 그 아가씨에게 직접 듣게 될 사연의 꽤 많은 부분을 알게 되었지. 그러니까 그 친애하는 고모라는 분은 이제 그 연세에 재산부터 재능까지 내세울 것이 하나도 없는 분이었네. 그저 대대로 가문을 이어 온 선조들에 기대어 사는 사람, 자신의 신분을 보호막 삼아 그 안에 스스로를 가두어 놓고는 자신이 사는 위층에서 아래쪽을 내려다보며, 지나가는 행인들의 머리 꼭대기나 바라보며 그걸 낙으로 삼고 사는 사람이었다네. 젊었을 때 부인은 미녀였다더군. 그렇다보니 처음엔 멋대로 행동하며 불쌍한 많은 청년들을 괴롭히느라 자신의 삶을 무의미하게 날려 버렸고, 한창 때를 지나 좀 더 완숙기에 들어서서는, 한 늙은 장교에게 굽히고 들어가 순종하였는데, 장교는 이에 대한 보상으로 넘치지도 부족하지도 않는 생계비를 책임지는 대신 그녀와 함께 인생의 청동기 시대를 보내다가 죽었다네. 그리하여 지금 부인은 홀로 외

로이 인생의 철기 시대를 보내고 있지.(†고대 철학자나 시인은 황
금 시대가 지나면 은 시대, 청동기 시대, 철기 시대 순으로 시대의 흐
름의 이어진다고 보았다. 그러나 여기서 말하는 '인생의 청동기 시대'라
는 표현은 인간의 연령대를 표현하기 위해 사용된 것이다.) 상냥한 그
조카딸이 아니었으면 그녀는 아무런 관심도 받지 못하고 쓸쓸한
노년을 보냈을 걸세.

1772년 1월 8일

식탁 자리에서 한 칸이라도 더 올라가려고 몇몇 해를 밤낮으
로 노심초사하며 궁중 예식에 목숨을 걸고 살아가는 사람들이라
니, 대체 뭐하는 인간들인지! 할 일이 그것 밖에 없는 것도 아니
고. 정작 중요하게 요구되는 일 처리는 등한시하고, 오히려 시
시하고 짜증나는 일에 신경을 쓰느라 일거리가 산적해 있는데
말이네. 지난주에는 썰매를 타러 갔다가 언쟁이 붙는 바람에 재
미는커녕 기분만 상하여 돌아왔다네.

본디 자리라는 것은 전혀 중요하지 않다는 것, 그리고 제일
윗자리를 차지한 사람이라도 우두머리 역할을 하는 경우는 아
주 드물다는 것, 그걸 꿰뚫어 보지 못하니 어리석은 사람들인 게
지! 숱한 왕들이 각료들에게 휘둘리고, 또 각료들은 그들의 비서
진에게 휘둘리지 않나. 그렇다면 이들 중 가장 윗자리는 과연 누
구 차지란 말인가? 내가 생각하기에 가장 윗자리를 차지한 자란
바로 다른 사람들을 꿰뚫어 보는 자, 그리고 자신의 계획을 실현

하기 위해 그들이 능력과 열정을 쏟아붓도록 만들 만큼 많은 힘이나 술수에 능한 그런 자라네.

1월 20일

친애하는 로테, 악천후 때문에 잠시 피신하여 들어온 이곳 시골 여인숙의 방 한 켠에 이르러서야 당신에게 편지를 쓰게 되었습니다. 음울한 보금자리인 D시에서 내 마음과는 영 거리가 먼 낯선 사람들 사이를 배회하느라 그동안 단 한순간도 당신에게 편지할 마음을 내지 못했습니다. 한순간도요. 그런데 지금 이렇게 굵은 우박과 눈보라가 오두막의 작은 창문을 사정없이 때리는 걸 보고 있자니, 쓸쓸함과 더불어 세상과 단절된 느낌이 들면서 가장 먼저 당신이 생각나더군요. 이곳에 발을 들여놓는 순간, 당신의 모습과 우리가 함께 했던 추억이 밀려 왔습니다. 오, 로테! 너무나도 성스럽고, 너무나도 따뜻하네요! 세상에! 처음 만났던 행복했던 순간을 다시 맛보다니!

당신이 만약 심심풀이에 그치는 산만한 오락의 파도에 휩싸인 나를 보게 된다면! 내 감각은 말라 비틀어졌고, 내 가슴은 단 한순간도 뿌듯함을 느껴 보지 못하였으며, 행복에 겨워 눈물지은 적도 없습니다. 단 한 번도요! 전혀 말입니다! 나는 마치 요지경 앞에 서서 작은 사람들과 볼품없는 작은 말들이 내 눈앞에서 휙휙 지나가는 걸 들여다보고 있는 것 같습니다. 그래서 종종 내가 지금 보고 있는 것이 눈속임은 아닌지 자문하곤 한답니다.

이 눈속임 놀이에는 나도 함께 참여하지요, 아니, 그보다는 오히려 꼭두각시처럼 실에 묶여 누군가의 손끝에서 놀아나고 있다고 할까요. 그래서인가 가끔은 가까운 이웃의 손을 잡았다가 딱딱한 나무 재질에 몸서리를 치며 뒷걸음질 치곤합니다.

이곳에서 둘도 없이 여성스러운 한 사람을 만났습니다. B라고 하는 아가씨입니다. 친애하는 로테, 그 아가씨는 당신과 비슷하답니다. 당신과 견줄 수 있다면 말이죠. "어머!"라며 당신은 이렇게 말하겠지만요.

"무슨 그런 과찬의 말씀을요!"

아주 틀린 말은 아닌 것 같습니다. 실은 얼마 전부터 내가 아주 점잖아졌거든요. 달리 어쩔 도리가 있어야 말이죠. 위트 있는 말도 많이 하고요. 그래서 여성들에게 이런 말도 들었습니다. "선생님만큼 세련되게 찬사의 말을 하시는 분은 아무도 없을 거예요."라는 말을요. ("그리고 거짓말도요." 당신이 있었다면 이렇게 덧붙여 말하겠지요. "거짓말 없이 찬사가 나올 리 없으니까요. 제 말뜻 아시지요?" 라고요.)

원래 B양에 관해 이야기하려던 것이 이렇게 되었습니다! 그 아가씨는 풍부한 영혼을 지녔어요. 그녀의 푸른 눈동자를 보면 그 풍성한 영혼이 두 눈 가득히 내비치는 것을 볼 수 있습니다. B양에게 자신의 신분은 공연히 짐만 될 뿐입니다. 그녀가 마음에 품은 여러 가지 소망 중 단 한 가지도 충족시켜 주지 못하니까요. 그래서 우리는 상상으로나마 아무런 간섭도 받지 않고 행복하게 시골에서 사는 모습을 그려 보곤 합니다. 시간 가는 줄 모르고요. 아, 그리고 당신에 관한 이야기도 합니다! B양은 매번 당신을 우러러볼 수밖에 없지요. 아, 우러러 '볼 수밖에 없다'라는 말은 맞지 않습니다. 정말로 마음에서 우러나서 그렇게 하니까요. 당신 이야기에 아주 기꺼이 귀를 기울여요, 당신을 좋아하거든요.

아아, 정겹고 친근한 그 방에서 당신의 발치에 앉아 있고 싶은 마음이 굴뚝같군요. 그러면 사랑스러운 우리 꼬마들이 우리를 가운데 두고 서로 정신없이 뛰어다니겠지요. 아이들이 너무 소란스럽게 굴어 당신이 피곤할 것 같으면, 나는 내 주위로 아이들을 동그랗게 모은 다음 무서운 동화를 들려주어 아이들이 얌전히 있게 할 겁니다.

태양이 반짝이는 흰 눈으로 뒤덮인 이 일대를 비추어 장관을 펼치며 저물어 갑니다. 폭풍우가 이제 완전히 물러간 모양입니다. 그리고 나는— 다시 나의 새장에 나를 가둬야겠지요. 잘 있어요! 알베르트는 당신의 집에 있습니까? 그리고 어떻게— 괜한 질문을 하였네요, 용서하십시오!

2월 17일

공사와 더 이상 함께 일을 할 수 없을 것 같아 불안 불안하네. 공사가 일하는 방식이나 일을 처리하는 걸 보노라면 어찌나 우스꽝스러운지, 반론을 제기하지 않을 수 없다네. 그래서 종종 내 생각과 내 방식대로 업무 처리를 하곤 하는데, 당연히 공사의 눈에 그것이 옳게 보일 리 없었겠지. 최근에 공사가 궁정에 가서 이 점을 두고 불평을 토로하였다네. 그리고 장관의 문책이 이어졌네. 경미한 조처이긴 했지만, 문책은 문책이 아닌가. 그래서 막 사직하려던 참이었는데 장관으로부터 사적인 편지 한 통[5]을 받았다네. 나는 그 편지를 앞에 두고 무릎을 꿇었네. 그리고 높고 고결하고 현명한 그분의 뜻을 기리지 않을 수 없었네. 그는 내가 지나치게 감수성이 풍부한 게 흠이라며 나무랐다네. 뒤이어 내가 일 처리에 있어 지나치게 효율성과 다른 사람들에 대한 영향력, 그리고 완벽함을 따지는데 이것은 젊은이다운 훌륭하고 용기 있는 면으로서 칭찬할 일이지 근절할 일은 아니나, 다만 좀 줄일 필요는 있으며, 그런 면들이 진정한 제 역할을 다하고 강력한 효과를 발휘할 수 있는 그런 방향으로 나아가도록 노력해 보라고 하였다네. 편지 덕분에 나는 원기를 회복하여 일주일을 살아갈 힘이 생겼고, 흐트러졌던 생각들이 하나로 정리가 되었다네. 친구여, 마음이 평안하니 정말로 더할 나위 없이 좋군. 기쁨 그 자체도 마찬가지이고. 아름답고 귀한 것일수록 깨어지기 쉬운데, 그렇게 되지 않는다면 그보다 더 좋은 일이 어디 있겠나.

---

5) 이 편지를 보내신 훌륭한 분에 대한 공경의 뜻에서 이 부분에 나오는 편지와 뒤에서 계속해서 언급될 또 다른 한 통의 편지는 이 서간집에 수록하지 않았습니다. 그 편지들을 싣는 것은 독자 분들이 그 어떤 온정 어린 감사를 보내시더라도 용서 받을 수 없는, 예의 없는 행위라고 생각되기 때문입니다.

2월 20일

내 사랑하는 이들이여, 하느님의 은총이 그대들에게 임하시길, 내게서 앗아간 모든 좋은 나날들을 당신들에게 선사해 주시길 빕니다.

알베르트, 당신께 감사 인사를 전해야겠습니다. 나를 속인 것에 대해서요. 사실 당신들이 언제 결혼식을 하게 될지 이제나저제나 소식을 기다리고 있었거든요. 소식이 오면 엄숙하게 로테의 실루엣 그림을 벽에서 거두어, 다른 문서들 사이에 끼워 놓으려고 마음먹었는데 말입니다. 이제 당신들은 한 쌍의 부부가 되었고, 로테의 그림은 이렇게 여전히 벽에 걸려 있군요! 그러니 이제 그냥 이렇게 두렵니다! 안 될 건 또 뭐가 있겠습니까? 내가 지금도 당신들의 곁에 있고, 당신과는 별개로 로테의 마음에 자리 잡고 있는 것 잘 알고 있습니다. 난, 그래요. 나는 그녀의 마음속에서 두 번째 자리를 차지하고 있습니다. 나는 그 자리를 유지할 거고, 또 그 자리를 지켜 내야만 합니다. 그녀가 나를 잊는다면, 나는 미쳐 버릴 겁니다. 알베르트, 생각만으로도 이미 지옥이 따로 없네요. 알베르트! 늘 무탈하게 잘 지내시길 바랍니다. 잘 지내요, 로테, 하늘에서 내려온 천사여, 무탈하게 잘 지내요!

3월 15일

불쾌한 일을 겪었네. 더 이상 이곳에서 버티기 힘들 정도로 말일세. 이가 다 갈리네! 빌어먹을! 어떻게 해도 이 불쾌감이 없어지지 않는군. 이렇게 된 건 오롯이 내 의사와는 상관없는 직위를 맡으라며 나에게 박차를 가하고, 나를 몰아대며 괴롭힌 자네들 탓이네. 자네들이 뭐라고 말할지 알아. 그러니 자네, 이번에도 내가 정도를 넘어선 지나친 생각으로 모든 일을 망친다고 말할 셈이라면 하지 말게. 그럴까봐 친애하는 신사님네들, 이제 연대기 작성자가 사건을 기록하듯 명확하게 있던 사실 그대로를 들려주려 하네.

C백작이 나를 좋아하고 인정해 주는 건 이미 알려진 사실이고, 자네에게도 벌써 골백번은 더 말했을 걸세. 어제는 드디어 백작에게 식사 초대를 받아 갔는데, 때마침 저녁때 상류 사회의 신사 숙녀들이 백작의 집에서 모이기로 한 날이었지 뭔가. 나는 전혀 생각지 못했던 일이었고, 또 우리처럼 직위가 낮은 신하들이 감히 낄 자리가 아니라는 것 역시 꿈에도 몰랐네. 아무튼 거기까진 좋았네. 나는 백작과 식사를 하였고, 식사를 마친 뒤 우리는 큰 홀로 들어가서 이리저리 걸어 다녔다네. 나는 백작과 이야기를 나누다가, 합류한 B대령과도 이야기를 나누었다네. 그러는 사이 파티 시간이 훌쩍 다가왔지. 나는, 내가 어떻게 알겠나, 시간이 다 된 줄은 생각지도 못하였다네. 그때 지나치게 자비로우신 S부인께서 그녀의 주인 양반과 딸을 대동하고 홀로 들어왔다네. 딸은 납작 가슴에 코르셋 드레스를 입고 아직 갓 태어난 거위새끼처럼 솜털이 보송거리는 게 순진해 보였네. 부인은 고위 귀족들이 의례히 그러듯 거만한 눈길을 던지더니, 콧구멍을 벌름거리며 우리 앞을 지나갔지. 나는 세습 귀족만 보면 마음속

에서부터 거부감이 이는 터라, 바로 자리를 뜨리라 마음을 먹고는 백작이 그들의 역겨운 잡설에서 벗어날 때를 기다렸네. 그런데 바로 그때 나의 B양이 홀 안으로 들어오는 걸세. 나는 그녀를 볼 때면 언제나 기운이 나는 편이라서 파티장을 떠나는 대신 그녀의 의자 뒤로 가서 섰다네. 그런데 잠시 뒤, 나는 그녀가 평소 나와 이야기를 나눌 때와는 달리 그다지 솔직하지도 않고, 또 어딘가 당황해 하는 걸 눈치 챘네. 눈에 띄게 그랬거든. 이 아가씨 역시 다른 사람들과 똑같았단 말인가, 그런 생각에 나는 속으로 악담을 했네. 악마에게나 가버리시지! 라고. 그러곤 그녀의 행동에 자극을 받아 곧바로 그곳을 뜨려다가, 그냥 그곳에 있었네. 어찌된 영문인지 자세히 알고 싶은 호기심이 발동했던 거지.

시간이 흐르자 홀 안은 초대 받은 사람들로 가득 찼다네. 프란츠 1세의 대관식 때부터 모은 옷을 모두 걸치고 온 듯한 F남작, 지위를 고려하여 이곳에선 다들 R선생이라고 부르는 R추밀고문관과 귀가 어두운 그의 부인 등등이 보였지. 옹색하게 꾸미고 온 J씨는 쉽게 잊히지 않을 것 같아. 유행에 뒤진 옷에 최신 유행 장식을 덧대어 두 가지가 눈에 띄게 대비되는 옷차림이었거든. 이런 사람들이 모두 모여들었고, 나는 나와 알고 지내는 몇몇 사람들과 이야기를 나누었는데, 모두들 한결같이 냉랭한 것 같다는 생각이 들었네. 그래도 나는 오직 B양에게만 주의를 기울이고 있었지. 그러느라고 다음과 같은 일이 벌어진 사실을 전혀 몰랐다네. 여자들이 홀의 한쪽 끝에서 서로 귓속말로 수군거렸고, 그것이 남자들의 귀에 들어갔으며, S부인이 백작에게 이야기를 한 것도 —이건 전부 B양이 나중에 들려 준 이야기라네.— 말일세. 그리하여 결국 백작이 어쩔 수 없이 내게 와서 나를 창가로 이끌었다는 것도 전혀 몰랐네.

"당신도 아시다시피,"

백작이 말하더군.

"도무지 이해가 되지 않은 상황입니다만, 보아하니 여기 모인 사람들은 당신이 이곳에 있는 것이 불편한가 봅니다. 이거 정말이지 수천 번 용서를 구해도 시원찮을 일이군요."

"각하,"

나는 생각났다는 듯 그의 말을 가로막으며 말했네.

"저야말로 수천 번도 더 용서를 구해야겠습니다. 제가 먼저 그 생각을 했어야 했는데 말입니다. 그리고 앞뒤가 맞지 않는 말씀이긴 하지만, 용서해 주시리라 믿고 말씀 드립니다. 실은 아까부터 물러가려고 했었는데, 그만 고약한 귀신한테 홀렸는지, 이렇게 머물러 있게 되었습니다."

나는 이렇게 덧붙여 말하고는 미소를 지으며 인사를 하였다네. 백작은 모든 말을 대신하는 정감 어린 손길로 내 손을 힘껏 잡았지. 나는 그 고상하신 귀족님네들에게 하직 인사를 하고는 파티장을 나와 이륜마차에 몸을 싣고 M으로 갔다네. 그리고 그곳에 도착하자, 해지는 언덕을 바라보며, 들고 간 〈호메로스〉를 펼쳤네. 그리고 오디세우스가 갸륵한 돼지치기에게 대접 받는 훌륭한 시 한 단락을 읽었다네. 그렇게 했더니 정말 좋더군.

저녁이 되어 나는 식사를 하러 숙소로 다시 돌아왔다네. 식당엔 사람들이 거의 없었고, 몇몇이 구석진 곳에서 탁상보를 걷어 젖히고 주사위 놀이를 하고 있었네. 그때, 솔직한 성격의 A가 식당으로 들어왔다네. 그가 모자를 벗어서 내려놓은 뒤, 나를 보자 와서는 목소리를 죽이고 이렇게 말하는 걸세.

"화 많이 나셨지요?"

나는 "나 말인가?"라고 말하였네.

"백작이 당신한테 파티장을 떠나라고 했다면서요?"

"그 놈의 파티, 악마한테나 줘 버리라지. 밖으로 나와서 자유롭게 공기를 쐬니 좋기만 하더군."

내가 말했네.

"다행이네요."

그가 말했지.

"그 일을 대수롭지 않게 여기다니 말입니다. 하지만 나는 불쾌합니다. 벌써 온 마을에 그 이야기가 떠돌고 있거든요."

그제야 나는 새삼 그 일에 화가 나기 시작했네. 식당으로 들어오는 사람들이 하나같이 나를 쳐다보았지. 그 모습에 나는 '저 사람들이 그래서 날 쳐다보는 게로군!'이라는 생각이 들면서 정말이지 별별 나쁜 마음이 다 들기 시작했다네.

심지어 오늘은 내가 가는 곳마다 사람들이 나를 안쓰럽게 보는 걸세. 그리고 나를 시기 질투하던 사람들이 마치 크게 한 건 건졌다는 듯 이렇게 말하는 것도 들었다네.

"조금 아는 걸 가지고 잘난 체 할 때 알아봤지. 그것만 있으면 모든 신분 관계를 다 초월해도 되는 양 오만방자하기 짝이 없게 굴더니, 그럴 줄 알았다니까."

그러곤 점점 더 말도 안 되는 잡설을 늘어놓더군.

그 말을 듣자니 가슴을 칼로 후벼 파는 것만 같았네. 사람들은 남들이 뭐라 하든 꿋꿋이 버티라고 말들 하겠지. 하지만 고약한 인간말짜들이 자신에게 피해가 될 수 있는 이야기를 해 대는데, 가만히 참고 있을 위인이 있다면 어디 한번 나와 보라고 하게. 그들이 지껄이는 소리가 알맹이 없는 허무맹랑한 말이라면 그야 그냥 가볍게 듣고 넘길 수 있겠지만 말이네.

3월 16일

모든 것이 나를 몰아세우는 것만 같네. 오늘은 가로수 길에서 B양과 마주쳤다네. 나는 도저히 참을 수가 없어 그녀에게 말을 걸었네. 그리고 그녀가 일행에게서 조금 멀어진 틈을 타 곧바로 최근 그녀가 보여준 행실에 대해 내 마음이 어땠는지 그녀에게 가차 없이 드러내고 말았다네.

"아아, 베르테르 선생님,"

그녀가 진심이 묻어나는 말투로 말하더군.

"내 마음을 잘 아시는 분께서 당혹스러워하던 저의 행동을 그렇게 받아들이실 수 있는 건가요. 홀에 들어선 순간부터 선생님 때문에 제가 얼마나 괴로워했는데요. 사실 저는 그 모든 일을 미리 예견하고 있었답니다. 그래서 백번도 더 선생님께 말씀을 드리려고 했지만, 말이 혀끝까지 나왔다 들어가곤 했지요. 저는 S

부인과 T부인이 당신과 함께 파티장에 있느니 차라리 파티장을 떠나겠다고 남편들에게 말하리라는 걸 알고 있었어요. 그리고 백작의 입장에선 그들의 기분을 상하게 할 수 없을 거란 것도 알고 있었죠. 그리고 이제 그 소동이 일어난 거예요."

"방금 뭐라고 말했습니까, 아가씨?"

나는 그렇게 말하면서 놀란 기색을 숨겼네. 그 순간, 엊그제 아델린이 —앞에서 '솔직한 성격의 A'라고 표현한 인물이라네.— 들려주었던 이야기가 한꺼번에 떠오르며 동맥을 돌던 피가 마치 끓는 물처럼 부글부글 끓어오르는 것만 같은 느낌이 들었다네.

"저는 이미 그 값을 톡톡히 치렀답니다."

사랑스러운 여인이 두 눈 가득 눈물을 글썽이며 말하였다네. 나는 더는 내 자신을 통제할 수 없어, 금방이라도 그녀의 발치에 엎어질 듯한 기세로 그녀에게 외쳤다네.

"무슨 말인지 설명을 좀 해 보세요!"

그녀의 볼을 타고 눈물이 흘러내리는데, 나는 당황하여 어찌해야 할지 모르겠더군. 그녀는 굳이 눈물을 숨기려 하지 않았네. 흘러내리는 눈물을 닦아내며 그녀가 이야기를 시작했네.

"저의 고모님이 그 사람들을 알아요. 고모님도 그곳에 계셨답니다. 그리고 그 일을 보셨죠. 아, 고모님이 어떤 눈길로 그 일을 바라보았는지 선생님은 모르실 거예요. 베르테르 선생님, 어젯밤에도 겨우 버텼는데, 오늘 아침 일찍부터 당신과 교제하는 것에 대한 일장 연설이 이어졌답니다. 그런데도 나는 당신을 폄하하고 깎아내리는 걸 가만히 듣고 있어야만 했을 뿐, 당신을 온전히 두둔할 수도, 또 두둔해서도 안 되었답니다."

그녀가 내뱉는 말 한마디 한마디가 비수처럼 내 가슴을 찔렀네. 그녀는 나한테 그 일을 낱낱이 말하는 대신 침묵을 지키는 것이 얼마나 온정 어린 행동일 수 있는지 느끼지 못한 것 같았네. 게다가 이젠 이런 이야기들도 더하여 말했다네. 계속해서 이야기가 돌아, 질 나쁜 남자들은 이 일을 두고 모두들 승전고를 울려댈 것이고, 또 사람들은 오래 전부터 그들이 비난했던 면, 그러니까 내가 다른 사람들에게 거만하게 굴고, 그 사람들을 경시하는 면 때문에 벌을 받게 되었다며, 나를 깎아내리고 여기저기 떠들고 다닐 거라는 말까지 하더군.

빌헬름, 그녀는 참으로 진솔하고 공감하는 목소리로 이 모든 이야기를 들려주었다네. 내 심경은 엉망이 되었지. 그리고 지금도 마음속에선 화가 들끓고 있다네. 누군가 과감하게 내 면전에 대고 나에게 비난을 퍼부어 주었으면 좋겠네. 그래야 내가 그 자의 몸에 단도라도 꽂을 수 있지 않겠나! 피를 보면 억울한 마음이 조금 나아질지도 모를 테니까. 아아, 벌써 수백 번도 더 칼을 잡았다 놓곤 했다네. 갑갑한 내 가슴에 구멍이라도 뚫어 갑갑함을 달래 보려고 말이야. 혈통이 좋은 종(種)의 말은 끔찍하게 열을 받게 하거나 몰아대면, 숨통을 틔우려고 본능적으로 제 혈관을 스스로 물어뜯는다더군. 나도 그러고 싶을 때가 종종 있어. 내 혈관을 끊어서 내 자신에게 영원한 자유를 마련해 주고 싶을 때가 말이네.

3월 24일

궁정에 사직서를 냈다네. 곧 사직서가 수리되리라, 희망을 걸고 있네. 사전에 자네들에게 먼저 허락을 구하지 못한 점, 용서해 주시게나. 이젠 도저히 이곳에 있을 수 없네. 날 이곳에 잡아두려고 자네들이 무슨 말을 할지 전부 다 알고 있네. 그러니, 그저 어머니께 완곡하게 잘 좀 말씀드려 주기만 바랄 뿐이네. 지금은 나도 손써 볼 수 없는 상태이니, 어머니가 나서신다 해도 어쩔 도리가 없다는 것을 아시면 묵묵히 받아들이실 걸세. 물론 마음이 많이 아프시겠지. 아들이 추밀고문관, 그리고 공사의 자리에 오를 수 있는 탄탄대로를 이제 막 달리기 시작했는데, 불현듯 멈추어 서서는 말을 끌고 마구간으로 되돌아오려 하니 그걸 지켜보는 것이 어디 쉬운 일이겠나. 그럼 이제 자네들이 원하는 결론을 내려 보게. 그리고 내가 이곳에 남을 수 있는, 혹은 떠나지 말아야 할 사례로 쓸 만한 것들도, 조합해 보시고. 그러나저러나나는 떠날 거니까. 말이 나온 김에 자네들에게 내가 어디로 갈건지 말해 주지. 이곳에 …라는 후작이 있는데, 나와 교류하는걸 아주 좋아한다네. 그런데 내가 이곳을 떠날 거라는 말을 듣고는 나에게 그의 영지로 함께 가서 아름다운 봄 한철을 같이 나자고 청하였다네. 그리고 아무 방해도 받지 않고 편히 지낼 수 있도록 편의를 봐주겠다는 약조도 하였네. 우리는 어느 정도 서로잘 이해하는 편이라, 나는 모든 것을 운에 맡기고 그의 제안을 받아들이기로 했고, 그래서 조만간 그와 함께 떠날 생각이네.

4월 19일

새 소식을 전하고자 하네.

그간 보내준 두 통의 편지, 고마웠네. 답장이 늦었어. 궁정에서 면직 처리를 다 할 때까지 이 편지를 보내지 않아서 그랬던 걸세. 그전에 편지를 보내면 이 문제를 두고 어머니가 장관과 상의하실 테고, 그러면 내 계획이 틀어질까봐 걱정이 되어서였네. 하지만 이제 일은 계획대로 되었고, 궁정과는 작별을 고하게 되었네.

궁정에서 얼마나 아쉬워하며 사표 수리를 해 주었는지, 그리고 장관님이 나에게 뭐라고 편지에 썼는지는 일일이 말하고 싶지 않네. 말해 보았자 자네들까지 새삼스레 비탄에 빠지게 할 터이니.

황태자는 눈물이 날 정도로 감동스러운 고별사와 더불어 전별금으로 금화 25두카텐을 보내 주었다네. 그러니 어머니께서는 최근에 내가 편지로 부탁드렸던 돈을 보내실 필요가 없게 된 걸세.

5월 5일

내일이면 이곳을 떠나네. 내가 태어난 곳이 여기서 6마일밖에 떨어지지 않은 곳이라, 그곳을 다시 둘러보려고 하네. 행복하게 꿈꾸던 옛 시절을 다시 추억해 보고 싶어서 말이야. 고향땅에 들어가려면 성문을 지나야 되겠지. 아버지가 돌아가신 후 어머니가 나를 데리고 정든 고향땅을 떠나실 때 지나쳐 나온 바로 그 성문으로 다시 들어가게 되겠지. 고향을 등진 후, 어머니는 지금의 그 지긋지긋한 도시로 옮겨와 두문불출하며 지내고 계시지. 잘 있게, 빌헬름, 이동하는 대로 소식 주겠네.

5월 9일

기도하는 순례자의 마음을 가슴 가득 품고, 고향 순례를 마쳤다네. 예기치 않았던 많은 감정들이 밀려오더군. 시내에서 S 지역을 향해 15분쯤 떨어진 곳에 가면 커다란 보리수나무 한 그루가 서 있다네. 그곳에 다다라 마차를 세운 다음, 나는 마차에서 내렸네. 마부에게는 계속 마차를 몰고 가라고 하고, 나는 걸으면서 추억들을 하나하나 아주 새롭고 생생하게 반추해 보고 싶었지. 어린 시절 이 보리수나무는 내 산책길의 목적지인 동시에 산책을 마치는 경계점이었다네. 새삼 나무 아래 서고 보니 참 많이도 변했더군. 그 시절 나는 아무것도 모른 채 행복에 잠겨 미지의 세계를 동경하였고, 그 미지의 세계에 들어가면 내 마음에 줄곧 결핍되어 있다고 느끼던 모든 자양분과 즐거움을 다 찾을 수 있으리라 희망에 부풀었지. 그리고 이제, 나는 그 드넓은 세계에서 돌아온 거라네. 아, 친구여, 꿈꾸었으나 이루지 못한 숱한 희망과, 세웠으나 어그러진 숱한 계획들을 안고 말일세! 나는 눈앞에 펼쳐진 산들을 바라보았네. 그 산들을 마주 보며 수천 번도 더 소원을 빌었었지. 나는 산이 마주 보이는 그곳에 앉아서 몇 시간이고 꿈꾸듯 산 너머를 동경하며, 내 영혼에 친근하고 희미하게 모습을 드러내는 그곳의 숲이며 계곡들을 마음속으로 열심히도 헤매고 다녔다네. 그러다 이제 정해진 시간이 되어 다시 집으로 돌아와야 할 때면, 정말 이지 떨어지지 않는 발걸음을 옮기며 그 애정 어린 장소를 떠나오곤 했지!

시내가 가까워지면서 나는 눈에 익은 오래된 정자들을 지나치며 하나하나 빠짐없이 인사를 건넸다네. 새로 생긴 정자들은 마음에 들지 않더군. 그동안 사람들의 손길을 타 변한 것들 역시 전부 마음에 들지 않았네. 발걸음을 옮겨 성문으로 들어서자, 곧바로 완전히 옛날의 나로 돌아가는 느낌을 받았지. 친구여, 내 일일이 하나하나 다 늘어놓고 싶은 생각은 없네. 매혹적인 인상일수록 이야기로 풀어놓게 되면 아주 단조로워지기 마련이니까. 나는 시장에 있는, 옛날 우리가 살던 집의 바로 옆집에서 묵기로 결정했다네. 그리고 가는 길에 보니까, 호호 늙은 여선생이 우리 어린아이들을 우리에 처넣듯 꽉꽉 채워 넣고 가르치던 교실이 잡화점으로 변한 게 보였네. 그 콧구멍같이 비좁은 교실에서 참고 견뎌야 했던 불안과 눈물, 답답했던 마음, 번민들이 새록새록 떠올랐다네. 발걸음을 떼는 곳곳마다 추억이 서리지 않는 곳이 없더군. 성지를 도는 순례자라 해도 종교적으로 기념할 만한 장소를 이렇게 많이 맞닥뜨리긴 힘들 걸세. 게다가 그 어떤 순례자의 영혼도 이토록 풍성하고 성스러운 감동을 받기란 역시 어려운 일이라 생각되네. 할 말이야 수천 가지도 더 되지만, 이 이야기로 대신하겠네.

나는 강을 따라 어떤 농가 한 채가 나올 때까지 걸어 내려갔네. 예전에도 나는 이 길을 따라 걸었지. 그리고 그곳에 가면,

우리 사내아이들이 물수제비 연습을 하던 좁은 장소가 나온다네. 그곳에서 우리는 납작한 돌멩이를 가지고 한 개라도 더 물수제비를 뜨겠다며 기를 쓰고 연습했었지. 그러고보니 가끔 가만히 서서 흘러가는 물결을 바라보곤 하던 때가 생생하게 기억이 나는군. 어떤 묘한 예감을 품고 물결을 뒤쫓다 보면, 나는 물결이 흘러가는 곳곳을 모험하는 상상을 하곤 했지. 그러다 이내 상상력의 한계에 부딪혔지만, 그래도 나는 멈추지 않고 계속 상상의 나래를 펼 수밖에 없었고, 그렇게 계속 나아가다 보면 결국 아득히 먼, 더 이상 보이지도 않는 먼 곳까지 다다라, 그곳에서 길을 잃고 헤맬 때까지도 생각을 멈출 수가 없었다네. 보게나, 친구. 저 훌륭한 우리 선조들도 바로 이런 감정을 느꼈을 걸세! 오디세우스가 측량할 길 없는 바다와 가도 가도 끝이 없는 대지에 관해 말할 때, 그가 느낀 감정은 제아무리 지금의 학생들이 '지구는 둥글다'라는 사실을 따라 말하며 그 지혜에 놀란다 하여도, 그와는 차원이 다른, 보다 진실되고 인간적이며 친밀한 감정이었을 걸세.

지금 나는 후작의 수렵용 별장에 와 있네. 후작과는 앞으로도 아주 잘 지낼 수 있을 것 같네. 후작은 아주 진솔하고 꾸밈없는 사람이라네. 다만 후작이 가끔 다른 사람에게서 들은 것이나 책에서 읽은 것에 불과한 말을 하는 건 유감스러울 따름이네. 더구나 딴 사람들에게서 들은 것과 관점까지 똑같이 말할 때도 있으니 유감스럽네.

뿐만 아니라 후작은 나의 유일한 자랑이요, 모든 것의 원천,

그러니까 홀로 온전히 모든 힘과 열락, 그리고 모든 비참함의 원천이 되어 주는 이 가슴보다 역시나 나의 지성과 재능을 더 높이 평가한다네. 아아, 내가 아는 지식이야 누구나 알 수 있는 것! 그러나 나의 가슴은 나만의 것인 것을……

5월 25일

염두에 두고는 있던 일인데, 실행에 옮길 때까지 자네들한테는 아무런 언급도 하지 않으려던 일이 있었네. 하지만 이젠 소용없는 일이 되었으니, 오히려 잘되었다 싶기도 해. 사실 나는 전쟁터에 나가려고 했다네! 오래전부터 그 생각이 마음에서 떠나질 않았거든. 그래서 다른 어떤 것보다 우선적으로 바로 그 이유 때문에 후작을 따라 이리로 온 거라네. 후작이 …에서 장군으로 복무 중이거든. 후작과 함께 산책을 하며 나의 계획을 털어놓았더니, 후작은 극구 만류하며 나를 설득하려 하였다네. 후작이 나를 만류하며 들었던 이런저런 이유들에 내가 귀를 기울인 건 아마도 내가 전쟁터에 나가리라 마음먹었던 것이 열정보다는 오히려 헛된 망상에서 비롯된 것 때문이 아니었나 싶네.

6월 11일

자네가 뭐라고 하든지 난 더 이상 이곳에 머물 수가 없네. 후작은 나를 매우 극진하게 대접해 주고 있지만, 여긴 오래 안주할 곳이 못 되네. 따지고 보면, 우리 두 사람 사이에는 아무런 공통점이 없네. 자네가 뭐라고 말하든 나는 더 이상은 이곳에 머무를 수가 없을 것 같네. 무슨 할 일이 있다고 여기에 머물러야 한단 말인가? 시간이 마냥 길게 느껴지는 것이 지루하기 짝이 없네. 후작은 나를 자신과 동등하게 잘 대우해 주지만, 그래도 나는 이곳에 남아 있을 입장이 아닌 것 같네. 그리고 그 다음으로는 우리가 근본적으로 서로 공통된 점이 아무것도 없다는 것이 이유라네. 후작은 지성을 갖춘 사람이긴 하지만 극히 일반적인 수준이어서, 그와 교류하는 것은 잘 쓴 책 한 권을 읽는 것이나 다를 바 없었다네. 당장 떠나는 건 아니고 아직 일주일 정도 더 이곳에 있다가, 다시 이곳저곳 돌아다닐까 하네. 여기서 한 일 가운데 가장 잘한 일이 그림을 그린 걸세. 후작은 예술에 대해 감각이 있는 사람이라네. 그러나 그가 천박하게 학문적인 걸 들먹이거나 평범한 전문 용어를 구사하며 그 감각을 제한하지만 않았어도 훨씬 더 날카로운 예술적 감각을 지닐 수 있었을 걸세. 이따금 내가 따뜻한 마음으로 상상력을 동원하여 후작을 자연과 예술의 세계로 이끌려고 애를 쓸 때, 그가 갑자기 딱딱한 예술용어를 툭 던지며 무례하게 끼어들어 놓고는 아주 잘했다고 생각할 때가 있는데, 그럴 때면 치가 다 떨린다네.

6월 18일
어디로 갈 거냐고? 자네에겐 솔직하니 털어놓아야겠군. 2주일 동안은 이곳에 머물러야 한다네. 그런 다음, 내 말을 믿을지 모르겠지만, …지역에 있는 광산을 찾아가 보려고 하네. 그런데 실은 그럴 마음이 전혀 없네. 나는 단지 로테에게 가까이 가고 싶을 뿐이네. 그게 전부라네. 내가 봐도 내 마음이 우습기만 한데, 그런데도 나는 마음 가는대로 하고 있네.

7월 29일

아니요, 좋습니다! 다 좋아요! 내가 그녀의 남편이라면! 나를 만드신 신이시여, 당신이 나에게 그녀의 남편이 되는 축복을 예비해 주셨다면, 나는 평생 쉬지 않고 기도를 올렸을 겁니다. 지금 시시비비를 따지려는 것이 아닙니다. 흐르는 제 눈물을 용서하십시오. 헛된 소망을 품은 것, 용서해 주십시오. 그녀가 나의 아내라면! 태양 아래에서 가장 아름다운 피조물인 그녀를 내 가슴에 품었겠지요! 빌헬름, 알베르트가 날씬한 그녀의 몸을 얼싸안을 걸 생각하니, 생각만 해도 온몸에 소름이 끼치네.

그리고, 이런 말을 해도 될까? 안 될 것도 없지. 빌헬름, 그녀는 말일세, 알베르트보다 나와 함께하면 더더욱 행복하게 지낼 사람이라네! 아, 알베르트는 그녀가 가슴에 품은 소망들을 모두 채워 주기엔 역부족인 사람이야. 감수성에 모종의 결함이 있다고나 할까. 결함이라는 표현은 자네 좋을 대로 받아들이게나. 아무튼 좋아하는 책을 읽다가 로테와 내가 서로 공감하여 한마음이 되는 그런 대목에서도 그는 전혀 설레지도 공감하지도 못하니까. 뿐만 아니라 제3자의 어떤 행동에 대해 우리가 공감을 표한 경우는 수백 번도 더 될 걸세. 친애하는 빌헬름— 알베르트는 온 마음을 다해 그녀를 사랑하네. 그런 사랑이라면 그녀를 얻을 자격이 없을 리 없겠지.

감당하기 힘든 인간이 찾아와 여기서 편지 쓰기를 중단해야겠네. 눈물은 말랐고, 머리는 멍하군. 잘 있게, 내 귀한 친구여.

8월 4일

나만 이렇게 힘들게 지내는 것이 아니더군. 인간은 누구나 품었던 희망에 실망하고, 걸었던 기대에 배신당하기 마련이 아니던가. 나한테 잘 대해 주던 그 마음씨 좋은, 보리수나무 아래에 사는 아낙을 찾아갔었네. 맏아들 녀석이 내게로 달려왔고, 녀석이 기뻐하며 소리를 지르자 아이의 어머니가 뒤따라 나왔는데, 얼굴이 무척이나 초췌해 보이지 뭔가. 아이의 어머니가 내뱉은 첫마디는 이랬다네.

"선생님, 아이고, 우리 한스가 죽었어요!"

한스는 그 집 막내아들이었지. 나는 아무 말도 못하고 잠자코 있었다네. 그녀가 계속해서 말했네.

"그리고 바깥양반은 스위스에서 돌아왔고요. 한 푼도 받지 못하고 빈털터리로 왔답니다. 마음씨 좋은 사람들이 없었다면, 동냥까지 할 뻔 했답니다. 오는 길에 열병도 앓았고요."

나는 아무 말도 해줄 수가 없었다네. 그래서 아들 녀석에게

몇 푼 쥐어 주었더니, 그 아낙네가 사과 몇 개를 주며 가져가라
고 하더군. 나는 그녀가 하라는 대로 사과를 받아 들고는 슬픈
추억의 장소가 되어 버린 그곳을 떠나왔다네.

8월 21일

마음이 손바닥을 뒤집듯 이랬다저랬다 수시로 바뀌네. 때로
는 삶에 대한 즐거운 전망이 어렴풋하게 다시 눈앞에 펼쳐지는
것 같은데, 아, 그것도 잠시 잠깐일 뿐! 그렇게 꿈속을 헤매 다
니다 보면, '알베르트가 죽으면 어떻게 될까! 그러면 내가─ 그
래, 그녀는 아마도─' 이런 생각이 드네. 이런 생각이 들 때면 나
는 그 헛된 망상을 따라 달려가다 심연에 다다라서야, 그 앞에서
주춤거리며 뒷걸음질 친다네.

성문을 나가, 무도회장에 로테를 데려가려고 처음으로 갔던
그 길을 걷노라니, 모든 것이 그때와 어찌 그리나 다른지! 모든
것이, 모든 것이 다 지나가 버렸더군! 예전의 세상을 짚어볼 수
있는 그 어떤 흔적도 없었고, 그때 내가 느꼈던 심장의 고동 소
리도 사라지고 없었네. 이 모든 것을 대하는 내 심정이라니! 이
건 마치 어떤 영주가 한창때 축성한 성, 그래서 호화로운 것들로
장식한 다음, 죽을 때 희망에 차서 사랑하는 아들에게 남겨 주었
던 성, 그러나 지금은 불에 그슬려, 당혹스러운 몰골을 한 성에
혼령이 되어 돌아온 망자와 같은 심정이라네.

9월 3일

가끔 다른 남자가 그녀를 사랑할 수 있다는 것이, 사랑해도 된다는 것이 납득이 가지 않을 때가 있다네. 내가 이토록 전적으로 진심을 다해, 이토록 열렬히, 그리고 이토록 가슴이 터지도록 벅차게 그녀를 사랑하고 있는데, 그녀 외엔 아무것도 모르고, 그녀만을 알고, 그녀만을 가슴에 품고 있는 내가 있는데.

9월 6일

로테와 처음으로 춤을 추었을 때 입었던 그 밋밋한 푸른색 연미복을 다시 입지 않기로 결심했는데, 여간 어려운 일이 아니었네. 하기야 옷이 이젠 낡아서 볼품없어지기도 했지. 그래서 전의 것과 아주 비슷하게 한 벌을 새로 맞추었다네. 옷깃과 소맷부리를 똑같이 한 것은 물론이고 거기에다 노란 조끼에 바지도 다시 맞추었지.

하지만 옷이 완전히 착착 감기는 맛은 없네. 잘은 모르겠지만, 그래도 시간이 지나면 좀 더 마음에 들지 않을까 싶네.

9월 15일

아직 이 지상에는 소수이긴 하지만 가치 있는 것들이 있지. 그런데 그런 것을 알아보고 느낄 수 있는 지각과 감정을 갖추지 못한 사람들, 신이 지상에서 참고 보아야하는 인간들, 그런 개

만도 못한 인간들을 보면, 빌헬름, 정말이지 속에서 불이 활활 인다네. 자네선 알고 있지? 전에 내가 성⋯ 마을에 있는 성실한 목사님 댁에 갔을 때 로테와 함께 앉았던 그 호두나무 말일세. 신께선 아실 걸세, 그 나무들이 언제나 내 영혼을 만족감으로 가득 채워 주었던 근사한 나무들이었다는 걸. 그 호두나무들이 있어 목사관 앞마당이 얼마나 친근한 분위기를 자아냈는데. 그리고 가지들은 또 얼마나 근사했던가.

그 나무에 얽힌 추억을 짚다 보면 여러 해 전 그곳에 나무들을 심었던 선량한 목사님들 이야기까지 거슬러 올라가곤 했지. 학교 선생님이 한 목사님의 이름을 자주 거론했는데, 선생님의 조부에게서 들었다고 했지. 그 목사님은 아주 점잖은 분이었던 모양이네. 그래서인가 나는 그 나무들 아래에서 그분을 기릴 때면 늘 성스러움이 느껴지곤 했다네. 이 말은 해야겠군. 어제 우리가 나무들이 다 잘려 나간 어이없는 일에 관해 이야기를 할 때였다네. 선생님께서 눈물을 다 보이시더군. 나무들을 다 베어 버리다니! 나는 미치는 줄 알았네. 그 나무에 가장 먼저 도끼질을 한 개 같은 자식을 죽일 수도 있겠다 싶더군. 그런 나무 몇 그루가 우리 집 앞마당에 서 있고, 그중 한 그루가 자연적으로 늙어서 죽는다 해도 나는 슬픔에 무너져 내렸을 걸세. 그런데 그걸 그냥 보고만 있어야 하다니.

사랑하는 친구, 그래도 한 가지 관심이 가는 것이 있다네. 인간의 감정이란 참 묘하기도 하지! 이 일로 온 마을 사람들이 불만을 품게 되었다네. 그래서 나는 목사의 부인이 신도들이 가져다주는 버터와 달걀, 그리고 그밖에 답례로 주는 지역 특산물들을 보고, 자신이 이곳 사람들에게 어떤 상처를 주었는지 부디 알아차리길 바랄 뿐이라네. 나무를 자르게 한 장본인이 바로 목사의 부인이거든. 새로 부임한 목사의 —먼저 계시던 늙은 목사님은 그사이 돌아가셨다네.— 부인이지. 바싹 마르고 병약한 여자인데, 아무도 그녀에 대해 관심을 두지 않으므로, 그걸 이유로 그녀 역시 세상 사람들에게 아무런 관심도 두지 않는 여자라네. 학식이 있는 척 경전 연구에 끼어드는가 하면, 기독교에 대해 도덕적으로 비판하는 개혁적인 신사조(新思潮)에 많은 관심을 기울이면서도, 라바테르(*요한 카스파르 라바테르, 1741-1801. 스위스의 목사이자 인상학자로 관상학의 아버지라고 불린다. 괴테는 관상학에 많은 관심을 가졌으나, 라바테르의 책 출간에 즈음하여 비판적인 기사를 쓰기도 했다.)의 열광적인 신앙에 대해선 무지(無知)하여 어깨만 으쓱해 보이는 여자라네! 또 건강 상태는 완전히 엉망이어서, 신이 창조한 이 지상에서 그 어떤 기쁨도 느끼지 못하는 그런 여자라네! 그런 물건이니 내가 사랑하는 그 호두나무를 몽땅 베어 버리라고 하고도 남을 만했겠지.

보다시피 지금 나는 기가 막혀서 평정을 찾을 수가 없네. 자네, 상상이 가는가? (호두나무가 있으면) 떨어진 낙엽 때문에 목사관 앞마당이 지저분하고 습해진다는 거야. 그리고 호두가 익으면 아이들이 호두나무에 돌멩이를 던져 대는 통에 그녀의 신경을 박박 긁어 놓고. 게다가 케니코트(*벤자민 케니코트, 1718-1783. 영국의 히브리학 학자이자 신학자.)나 세믈러(*요한 살로모 세믈러, 1725-1791. 신학자.), 미하엘리스(*요한 다비드 미하엘리스, 1717-1791. 동양학자.)를 비교하며 저울질하기라도 할 때면, 아이들의 그런 행동 때문에 깊은 사고를 하는데 방해가 된다는 걸세.

마을 사람들, 특히나 나이 든 어른들이 몹시 못마땅해 하는 모습을 본 터라 내가 물어보았다네. "왜 그냥 참고만 계십니까?"라고. 그랬더니 그분들 말씀이, "이곳 시골에선, 면장이 원하면 어쩔 도리가 없다."라는 거였네. 그런데 한 가지, 제대로 사건이 터지고 말았다네. 평소 대접이 시원치 않았던 마누라의 변덕에 마음에 맺힌 것이 있던 목사와 마을 면장이 서로 나무 판돈을 나눠 갖기로 했다더군. 그러나 후작의 재무담당관이 그 사실을 알고는 "나에게 넘기시오."라고 말한 다음, 가격을 가장 높이 부른 사람에게 나무들을 팔아넘겼다네. 이제 그 호두나무들은 전부 쓰러져 있네! 아, 내가 후작이라면 목사 내외와 면장, 그리고 재무담당관을 그냥! 후작은 대체 뭘 하는 게지! 정말이지 내가 후작이라면, 내 땅에 있는 나무들까지 다 신경 썼을 텐데!

10월 10일

그녀의 검은 눈동자를 보는 것만으로도 나는 벌써 행복해진다네! 그런데, 보게나, 나를 짜증나게 하는 건, 알베르트가— 바랐던 것만큼 그렇게— 그러니까 내가 생각하는 것만큼— 행복해 하는 것 같지 않다는 것일세. 만약에— 줄표를 긋는 것을 별로 좋아하는 편이 아니네만, 여기선 달리 표현할 길이 없군. 그리고 줄표만으로 충분한 것 같다는 생각도 들고.

10월 12일

오시안이 내 가슴에 자리하고 있던 호메로스를 밀어내었다네. 그 장엄한 인물에게 이끌려 들어가는 세계는 얼마나 대단한지! 안개가 피어오르고, 희미한 달빛 속에서 죽은 선조들의 혼령을 폭풍이 휘몰고 가며 사방이 우우 울어 대는 가운데, 나는 정처 없이 황야를 떠돈다네. 산에서 들려오는 소리들이 귓전을 스쳐가네. 큰물이 포효하듯 콸콸콸 숲속을 가로지르며 흘러가는 소리, 산속 동굴에서 희미하게 바람에 묻어오는 혼령들의 신음소리, 고귀하게 숨겨 간 연인의 죽음을 애통해하며 무성하게 자라난 풀숲 사이, 이끼에 뒤덮인 네 개의 비석을 휘휘 감고 도는 여인의 통곡소리가 귓전을 스쳐가지. 그러고나면 그, 백발이 성성한 채로 방랑 중인 시인(*켈트의 시인이자 가수. 여기선 오시안을 일컫는다.)을 발견한다네. 드넓은 황야에서 선조들의 발자취를 찾아 헤매다. 아, 이제 그들의 비석을 찾아낸 그 백발의 시인은 비탄에 잠긴 채, 구르는 파도 속에 몸을 감추는 정겨운 저녁별로 눈길을 돌리지. 이제 영웅의 영혼 속에 죽은 듯 숨어 있던 과거의 시간들이 생생하게 되살아난다네. 그땐 햇살이 용사들의 위험한 출정 길을 비춰 주었고, 달님이 개선가를 부르며 화환을 두르고 돌아오는 뱃전에 환한 빛을 밝혀 주었지. 그렇게 시인의 이마에서 깊은 시름에 잠긴 그의 마음을 읽고, 그렇게 마지막 남은 쓸쓸한 영웅이 지칠 대로 지쳐 비틀거리며 무덤을 향해 걸어가는 것을 본다네. 그러면 시인은 이제는 망자가 되어 아무런 힘도 없는 선조들의 그림자 속에서 늘 고통스럽게 타오르는 새로운 기쁨을 온몸으로 빨아들이고, 바람에 일렁이는 키 큰 풀들을 내려다보며 차가운 대지를 향해 이렇게 부르짖는다네.

"나그네가 오겠지. 그리고 묻겠지. 시인들은 어디에, 핑갈(*오시안의 아버지이며 오시안의 시에 등장하는 영웅.)의 그 뛰어난 아들은 어디에 있냐고. 그리고 그는 내 무덤을 밟고 지나리니, 나 있는 곳을 찾아 헛되이 이 지상을 떠돌겠지."

아, 친구여! 나는 당장이라도 기품 있는 무사에게서 칼을 뽑아 경련을 일으키며 천천히 사그라지는 목숨을 감내하는 나의 영주 오시안을 단칼에 고통에서 벗어나게 하고 싶다네. 그리고 내 영혼도 고통에서 해방되어 신인(神人)이 된 그를 뒤따라가고 싶은 심정이라네.

10월 19일

아, 이 허전함을 어쩐다! 여기, 내 가슴 여기저기 느껴지는 이 끔찍한 허전함을! 종종 이런 생각을 하곤 한다네!

'그녀를 단 한 번만, 단 한 번만 내 가슴에 안아 볼 수 있다면, 그럴 수만 있다면 이 허전함이 모두 가시련만.'

10월 26일

그래, 친구여, 나는 확신하네. 피조물의 생존이라는 것이 크게 의미가 없다는 것, 한마디로 아주 별 볼 일 없다는 것을. 점점 더 그런 확신이 든다네. 로테의 친구 한 명이 로테를 찾아 왔었네. 그래서 나는 옆방으로 들어가 책을 집어 들었지. 하지만 책이 읽히질 않았네. 그래서 이번엔 뭔가를 써 볼 요량으로 펜을 들었는데 옆방에서 나직하게 이야기하는 소리가 들리더군. 들리는 소리로는 별로 중요하지 않은 소소한 일들, 이 사람은 결혼을 하고, 저 사람은 아픈데 아주 많이 아프다는 등 시내에서 벌어진 일들에 관해 주거니 받거니 얘기를 나누고 있었네.

"그 부인은 마른기침을 달고 산대. 얼굴까지 뼈만 앙상해져서는 기절할 때도 있다고 하더라. 더 이상 살 가망이 없을 것 같아."

로테의 친구가 말하더군.

"N.N씨도 상태가 그렇게 좋지 않다며."

로테가 말했네.

"그 분은 벌써 몸이 부어올랐대."

친구가 대답했네.

그 말을 듣자 나의 왕성한 상상력은 나를 이 불쌍한 사람들의 침상 곁으로 옮겨 놓았다네. 나는 그들이 얼마나 삶을 등지고 싶어 하지 않는지 보았지. 그들이 얼마나— 그런데 빌헬름, 이 여인네들은 그 이야기를, 꼭 생면부지의 어떤 사람이 죽어가듯 말하는 것이었네. 이제 나는 내 주위를 둘러보았네. 그리고 방 안을 훑어보았지. 내 주변을 빙 둘러 걸려 있는 로테의 드레스, 그곳 조그만 탁자 위에 놓여있는 그녀의 귀걸이들, 그리고 알베르트의 서류들과 심지어 잉크병에 이르기까지 이제는 내게 너무나도 친숙해진 가구들을 바라보았네. 그러자니 이런 생각이 들더군.

'자, 보자고. 너라는 존재가 이 집 식구들에게 이제 어떤 존재인지! 한집 식구나 마찬가지이지. 너의 친구들은 너를 존중해 주지! 너는 그들을 자주 기쁘게 하고, 너도 이들이 없으면 안 될 것 같은 마음이지. 그러나 네가 지금 가 버린다면? 네가 이 사람들을 떠난다면 이들은 어떨까? 너를 잃은 상실감으로 인해 이들의 운명에 듬성듬성 뚫린 틈들을 느끼는 기간이 얼마나 갈까? 얼마나 오래 가겠어?'

아, 인간이란 얼마나 덧없는 존재인가. 원래부터 자신이 명백하게 존재했던 곳, 자신의 현재를 압착하듯 고스란히 흔적으로 남길 유일한 곳, 그곳에서도, 그리고 사랑한 연인의 영혼에 깃든 추억에서도 인간은 소멸하고 사라질 수밖에 없지, 그것도 곧!

10월 27일

사람들끼리 통하기가 이렇게 어려워서야, 원. 내 가슴을 잡아 찢고, 머리통을 으스러지도록 들이박고 싶을 때마저 종종 있다네. 사랑과 기쁨, 온정과 환희는 내가 먼저 주지 않으면 타인 역시 나에게 주지 않으려는 것들이지. 그뿐인가. 제아무리 내 온 가슴이 행복으로 가득 차 있다 해도 내 앞에 서 있는 타인이 냉담하고 무기력하다면, 나는 그를 행복하게 만들지 못하지.

10월 30일

그녀의 목을 얼싸안을 뻔한 적이 벌써 백번도 더 될 걸세. 위대하신 하느님은 아실까, 너무나도 사랑하는 여인이 눈앞에서 이리저리 스쳐 지나는 걸 보고도 손을 뻗어 그녀를 잡을 수 없는 이의 심정을. 무언가를 잡으려고 손을 뻗는 것은 인간이 지닌 가장 자연스러운 충동이지. 아이들을 보면 마음에 드는 건 뭐든 손을 뻗어 잡으려 하지 않는가? 그런데 나는?

11월 3일

참으로, 다시는 깨어나지 않았으면 하는 바람을 안고, 때로는 깨어나지 않겠지, 하는 희망을 품고 자리에 누울 때가 얼마나 많은지 모른다네. 그런데 아침이 되어 눈을 뜨고 다시 태양을 볼 때면 참담한 심정이 되곤 하지. 아, 내가 기분에 따라 움직이는 성격이라면, 날씨나 제삼자, 아니면 어긋난 계획 탓으로 돌릴 수도 있으련만. 그렇게 할 수만 있다면 참을 수 없이 나를 짓누르는 이 불쾌감을 절반이라도 덜어 내었을 텐데. 아아, 나라는 인간은, 모든 것이 다 오로지 내 잘못이라는 걸 이리도 고스란히 느끼고 있으니 슬프기 짝이 없네! 아니, 잘못이랄 수는 없지! 전에는 모든 행복의 원천이 내 속에 있었듯, 지금 이 모든 비참함의 원천 역시 내 마음에서 비롯된 것일 뿐.

지금 나는 감수성이 넘쳐나 이리저리 떠돌던 예전의 나, 걸을 때마다 천국이 뒤돌고 온 세상을 다정하게 감싸 안을 수 있는 심장을 지녔던 그런 예전의 내가 아닐세. 지금은 따뜻하던 심장도 죽어 그 어떤 환희의 감정도 솟구쳐 흐르지 못하고, 두 눈은 말라서 눈물조차 나오지 않네. 그리하여 내 오감은 이제 후련하게 마음을 달래 주던 눈물로도 원기를 회복하지 못하게 되었고, 근심에 차 이맛살만 찌푸리게 되었지.

나는 지금 몹시 괴롭네. 내 삶의 유일한 기쁨, 저 만물을 소생시키는 성스러운 힘을 잃어버렸기 때문이라네. 그 힘이 있어 내 주위의 온갖 세상을 창조해 낼 수 있었는데, 그것이 사라진 것이라네! 창밖으로 멀리 떨어져 있는 언덕을 바라보노라면, 아침 해가 안개를 뚫고 언덕 위로 솟아올라, 고요한 초원을 비추는 모습을 볼 수 있다네. 그러면 잔잔한 강물이 잎이 다 떨어져 나간 버드나무 사이를 굽이굽이 흘러 내게로 다가오네. 아, 이런 자연의 모습이 내 앞에서 마치 니스 칠을 한 작은 그림마냥 뻣뻣이 서 있고, 기쁨에서 얻던 모든 힘이 사라져 단 한 방울의 행복감도 심장에서 뇌로 뿜어 올리지 못하네. 그리하여 이 못난 인간은 신의 얼굴을 앞에 두고 말라 버린 샘물처럼, 금이 간 물동이처럼 서 있을 뿐이라네. 나는 셀 수도 없이 바닥에 몸을 던지고, 하느님께 눈물을 간청하였다네. 대지는 타들어 가는데, 머리 위로 청동처럼 단호한 하늘이 버티고 있을 때, 절절히 비를 간구하는 농부처럼 말일세.

아, 아, 나는 알 것 같네! 하느님은 우리들이 절절하게 간구한다고 해서 비와 햇살을 주시지 않는다는 것을. 그런데 돌이켜 볼수록 괴로운 저 시절이 그땐 왜 그렇게 행복했을까? 그건 내가 참을성을 갖고 하느님의 성령을 고대하였고, 그분이 내게 부어주시는 환희를 마음을 다해 깊이 감사하며 받아들였기 때문이 아닐까.

11월 8일

로테가 나의 무절제를 두고 질책하였다네! 아, 그것도 너무나도 사랑스러운 모습으로 말일세! 나의 무절제라 함은 딱 한 잔만 하겠다며 시작한 포도주를 한 병이 다 빌 때까지 마시는 걸 말하는 걸세.

"그러지 마세요!"

그녀가 말했다네.

"저도 생각해 주셔야죠!"

"생각해 달라니요!"

내가 말했다네.

"나한테 그런 말을 할 필요가 있나요? 당연히 생각하고 있지요. 아니 생각하는 게 아니라, 당신은 늘 내 마음속에 있습니다. 오늘은 전에 당신이 마차에서 내렸던 그곳에 앉아 있었던 걸요."

그녀는 내가 그 이야기에 깊이 빠져들지 못하도록 다른 이야기로 화제를 돌렸다네. 친구여, 이제 나는 영영 글렀네. 이제 난 그녀가 원하는 대로 조종할 수 있는 인간이 되고 말았네.

11월 15일

고맙네, 빌헬름! 자네의 진심에서 우러난 관심과 호의 어린 충고, 모두 고맙네. 그러니 부디 걱정하지 말고 편히 지내시게. 나 혼자 견디어 내게 두게나. 사는 게 힘겹고 지치긴 하지만, 아직은 이것을 뚫고 갈 힘이 충분하다네. 나는 종교를 존중하고 있으니 말일세, 이건 자네도 알고 있지. 나는 종교가 지친 많은 사람들에게 지팡이가 되어 주고, 또 배고픔과 갈증으로 죽어 가는 많은 사람들에게 소생할 힘을 준다고 생각하네. 다만, 그렇게 할 수 있다고 해서 종교가 모든 사람에게 그런 존재로서 역할을 해야 하는 걸까? 자네, 세상을 좀 더 넓게 한번 보게나. 그러면, 설교를 들었든, 듣지 않았든, 종교의 영향을 받지 않고, 또 앞으로도 그럴 수천 수백의 사람들이 보일 걸세. 그런데도 종교가 나에게 꼭 그런 존재여야 한단 말인가? 하느님의 아들이 몸소 말하지 않았던가. "내 아버지께서 보내 주시지 않으면, 나에게로 올 수 없으리라."라고. 그런데 만약 하느님이 나를 그의 아들에게 보내시지 않았다면! 내 마음이 내게 말하고 있는 것처럼, 아버지께서 나를 보내지 않고 붙잡아 두려 한다면! 부탁하건대, 내 말을 곡해하지 말아 주게. 순진하게 내뱉은 말이니 조롱이라고 보지 마시게. 솔직한 내 심정을 털어놓는 것일세. 그렇게 하지 않을 거라면 차라리 입을 다물고 침묵했겠지. 다른 사람들만큼이나 나도 내가 잘 알지 못하는 모든 일에 대해 괜히 나서서 말하길 좋아하지 않으니까.

인간의 운명이란 자신에게 주어진 몫을 견디어 내는 것이요, 자신의 잔을 끝까지 다 마시는 것이라던가. 그러나 하늘에서 내려온 신이요, 인간의 몸을 한 하느님의 아들에게도 그 잔은 입술에 대기 힘들 정도로 쓰디 쓴 것이었거늘, 어찌하여 나는 허세를 부리며 단맛이 나는 양 시치미를 떼어야 한단 말인가. 그러할진대 왜 내가 부끄러워해야 한단 말인가. 사느냐 죽느냐 사이에서 내 존재 전체가 떨고 있고, 과거가 칠흑같은 미래의 심연 위에 번개처럼 번득이며, 나를 둘러싸고 있던 모든 것이 가라앉고, 그리하여 나와 함께 세상이 몰락할 것 같은 이 끔찍한 순간에 말일세.

"나의 하느님! 나의 하느님! 어찌하여 저를 버리시나이까?"

이 목소리는 심연으로 내몰린, 그러나 스스로는 힘이 없어, 걷잡을 수 없이 추락하는 한 피조물이 그 심연을 거슬러 올라오려고 뼈가 으스러질 정도로 애를 썼지만 아무 소용이 없을 때 내지른 소리가 아닐까? 그런데 내가 내 마음을 표출했다고 해서 부끄러워해야 한단 말인가? 두루마리 천처럼 하늘을 두루마리 삼아 둘둘 말아 거둬 가실 수 있는 그 분조차도 피하지 못했던 그 순간을 내가 왜 두려워해야 한단 말인가?

11월 21일

그녀는 보지도, 느끼지도 못하지. 자신이 나와 그녀 자신을 몰락시키게 될 독을 만들고 있다는 걸. 그런데 나는 그녀가 나를 몰락시키려고 내게 건네 준 잔을 기쁘기 그지없게 음미하며 마시지. 그녀가 자주— 자주? 아니, 자주는 아니지, 하지만 그래도 때때로 나를 바라보는 그 온화한 눈길, 나도 모르게 드러내는 내 감정을 받아들이는 그 호의, 내가 괴로워하는 걸 볼 때 그녀의 이마에 어리는 그 연민은 대체 무엇이란 말인가.

어제 그 집을 나서려는데, 그녀가 손을 내밀며 이렇게 말했네.

"잘 가요, 친애하는 베르테르 선생님!"

'친애(親愛)하는' 베르테르 선생님이라네! 그녀가 나에게 '친애하는'이라고 말한 건 처음이었다네. 그 말이 골수에 박혀, 나는 그 말을 백번도 더 되뇌었다네. 그리고 어젯밤, 잠자리에 들려고 할 때였네. 내가 혼잣말을 하다 말고, 갑자기 이렇게 말하는 거였네.

"잘 자요, 친애하는 베르테르 선생님!"

그러곤 내 하는 꼴이 하도 어처구니가 없어, 나도 모르게 웃음을 터트리고 말았다네.

11월 24일

내가 참고 있다는 걸 그녀가 알고 있는 것 같아. 오늘, 나를 보는 그녀의 눈길이 내 마음을 꿰뚫어 보는 것 같았네. 그녀와 단둘이 있었다네. 나는 한마디 말도 하지 않았고, 그녀는 나를 빤히 바라보았지. 그녀의 눈에선 이제 사랑스러운 아름다움도, 훌륭한 정신의 빛도 보이지 않았네. 그런 것들은 모두 내 눈앞에서 사라져 버렸고, 내게는 훨씬 위대해 보이는 그런 눈길이었네. 가장 깊은 내면적 관심이라 할 수 있는, 달콤하기 그지없는 연민을 그대로 드러낸 눈길이었어! 왜 나는 그녀의 발치에 몸을 내던져선 안 되는 건가? 왜 나는 그녀의 목을 감싸 안고 수천 번의 키스로 화답하면 안 되는 건가? 그녀는 나를 피해 슬그머니 피아노로 가서는 나직하고 달콤한 목소리를 숨결에 실어 피아노와 조화를 이루며 연주를 하였다네. 지금껏 그녀의 입술을 그렇게 홀린 듯 바라본 적은 한번도 없었다네. 그녀의 입술은 목이 마른 듯 살짝 벌어져 있었네. 그래서 악기에서 솟아나오는 저 선율은 그녀의 달콤한 입술을 타고 은밀한 메아리가 되어 울려 퍼지는 것만 같았다네. 말로 표현할 수 있는 한은 그랬네! 나는 더 이상 저항하지 못하고, 몸을 숙여 맹세하였다네! '다시는 감히 그녀의 입술을 탐하지 않으리라. 하늘의 성령이 감도는 그 입술을 다시는 탐하지 않으리라.' 그러나 아무리 맹세를 해도— 내 마음은 원하는 걸. 하아, 자네, 보이나, 이 생각이 내 마음 앞에 격벽처럼 서 있는 것이. 물론 곧 무너져 내려 죄를 참회하게 되겠지만— 그건 축복이겠지. 이것이 죄라는 건가?

11월 30일

나는, 도저히, 도저히 정신을 차릴 수가 없네. 발 디디는 곳마다 내 얼을 쏙 빼놓는 사건과 맞닥뜨리니 말일세. 오늘만 해도! 아, 이 무슨 운명인지! 아, 인간이란!

점심 때 강을 따라 산책을 하였네. 요즘은 통 식욕이 없어서 말이야. 모든 것이 그렇게 황량할 수 없더군. 산에선 차갑고 축축한 저녁 바람이 불어오고, 잿빛 비구름이 골짜기로 몰려들고 있었네. 멀리서 남루한 녹색 재킷을 입은 한 사람이 보였는데, 바위 사이를 이리저리 기어 다니는 모양이 약초를 찾고 있는 것 같았네. 내가 다가가자 내 소리에 남자가 두리번거렸는데, 인상이 아주 흥미로웠다네. 전체적인 인상은 잔잔한 슬픔을 뿜어내는데, 그 외에는 착실하고 선량한 심성이 그대로 드러나는 얼굴이었지. 검은 머리카락은 동그랗게 두 단으로 말아 올려 핀으로 고정시켰고, 나머지는 단단하게 땋아서 등 뒤로 늘어뜨렸더군. 옷차림새로 보아 변변찮은 계층의 사람인 것 같아, 나는 그 사람이 하는 일에 내가 관심을 보여도 그가 기분 나쁘게 받아들이지 않을 것 같다는 생각이 들었다네. 그래서 그에게 뭘 찾고 있느냐고 물어보았지.

"뭘 찾고 있냐고요?"

한숨을 푹 내쉬며 그 사람이 대답했네.

"꽃을 찾고 있어요. 그런데 하나도 못 찾았지요."

"꽃 필 철은 아니지요."

나는 웃으면서 말했지.

"꽃도 꽃 나름이지요. 꽃들이 얼마나 많은데요."

남자가 내가 있는 곳으로 내려오면서 말하더군.

"저의 집 정원에 장미와 인동초(忍冬草) 두 종류가 있는데요. 그중 한 종류는 우리 아버지께서 저에게 주신 것인데 둘 다 잡초처럼 무성하게 자라더군요. 벌써 이틀이나 꽃을 찾아보았는데 찾을 수가 없네요. 저곳에도 언제나 꽃이 피어 있었죠. 노란 꽃, 파란 꽃, 빨간 꽃 할 것 없이 말이죠. 그뿐 아니라 용담초도 예쁘게 꽃을 피우지요. 그런데 아무것도 찾을 수가 없네요."

나는 뭔가 섬뜩한 느낌이 들어서, 에둘러 물어보았네.

"꽃으로 대체 뭘 하시려고 그러시는데요?"

그 사람, 묘하게 실룩실룩 웃으며 얼굴을 일그러뜨렸다네.

"아무에게도 말하시지 않으신다면,"

그러고는 남자가 손가락을 입에 갖다 대며 말하더군.

"애인한테 꽃다발을 만들어 주기로 약속했거든요."

"멋진 걸요."

내가 말했지. 그러자 남자가 말하더군.

"아, 그녀는 다른 것도 많아요, 부자거든요."

"그래도 당신이 준 꽃다발은 좋아하겠지요."

나는 다른 의견을 내놓았지. 그러자 남자는 이렇게 말했네.

"아! 그녀는 보석들이랑 왕관도 갖고 있는 걸요."

"그녀의 성함이……?"

"네덜란드 주 의회에서 나에게 돈을 지불해 주었더라면,"

남자가 엉뚱한 소리를 하더군.

"나는 딴 사람이 되었을 겁니다! 저에게도 한때 아주 행복했던 시절이 있었답니다. 하지만 이제는 다 끝난 일이네요. 저는 이제⋯⋯"

그러곤 하늘을 올려다보는데 촉촉한 눈길이 모든 것을 말해주었다네.

"그러니까 전에는 행복했던 거로군요?"

내가 물었다네.

"아아, 다시 예전 같이 지내고 싶습니다! 그때 저는 정말 행복했답니다. 물 만난 물고기처럼 그렇게 즐겁고 활기찼지요."

그때 한 늙은 부인이 "하인리히!"라고 소리치며 우리 쪽으로 걸어왔다네.

"하인리히, 어디 있었니? 온 사방으로 찾아다녔잖니. 밥 먹으러 가야지!"

"아드님인가 봐요?"

나는 부인에게 걸어가며 물었네.

"아이고, 우리 불쌍한 아들,"

부인이 말꼬리를 돌려 대답을 하더군.

"하느님이 저한테 지우신 무거운 십자가이지요."

"이런지 얼마나 되었습니까?"

내가 물었다네.

"이렇게 조용해진 건요,"

부인이 말하였네.

"이제 반년쯤 되었지요. 이렇게만 계속 간다면 감사할 일이지요. 그전엔 꼬박 일 년 동안 미쳐 날뛰어서, 정신 병원에서 사슬에 묶여 있었거든요. 지금은 누구한테도 해코지는 안 해요. 단지 늘 왕비와 왕을 들먹일 뿐이지요. 아주 착하고 조용한 아이였는데. 저를 도와 가족들을 부양하고 글씨도 잘 썼지요. 그런데 갑자기 생각에 잠기더니 신열에 들떠 미친 사람처럼 행동하기 시작했답니다. 그리고 지금은 선생님이 보시다시피 이런 상태가 되었지요. 그 이야기를 하자면요, 선생님."

나는 폭포수처럼 쏟아지는 부인의 이야기를 끊고, 이렇게 물었다네.

"아드님이 아주 행복했고, 아주 좋았던 시절이 있었다고 자랑하던데 언제 적 이야기인지요?"

"못난 녀석 같으니,"

부인이 동정 어린 웃음을 지으며 소리치더군.

"정신이 나갔을 때, 그때를 말하는 겁니다. 항상 그때를 자랑하고 다녀요! 정신 병원에 있던 때이지요. 자기가 어땠는지 아무것도 모르는 때요."

그 이야기에 나는 갑자기 벼락을 맞은 것 같았다네. 그래서 부인의 손에 돈을 한 푼 쥐어 주고는 서둘러 그녀를 떠나왔다네.

"그때가 행복했던 때였다니!"

나는 걸음을 재촉하여 시내로 향하며 외쳤다네.

"그때가 물 만난 물고기처럼 좋았던 때란 말인가! 하느님! 당신은 인간의 운명을 제정신을 차리기 전에, 혹은 다시 정신을 놓고 실성할 때, 그때가 아니면 행복을 느낄 수 없도록, 그렇게 인간의 운명을 만드신 겁니까? 가여운 친구! 그러나 나는 질투가 날 정도로 자네의 침울함, 그리고 자네를 말려 죽이려 드는 그 정신 착란이 부럽기도 하다네! 자네는 —겨울에도— 자네의 여왕님께 꽃을 꺾어 드리리라는 부푼 희망을 안고 겨울에도 집을 나서니까. 그리고 꽃을 찾지 못하면 슬퍼하고, 그러면서도 왜 꽃을 찾을 수 없는지 납득하지 못하지. 하지만 나는 희망도, 목적도 없이 집을 나왔다가, 나올 때와 하나도 달라진 것 없이 그렇게 다시 집으로 돌아가지. 그뿐인가, 자네는 네덜란드 의회에서 돈을 지불한다면, 어떤 인간이 되었을지 헛된 망상이라도 할 수 있지.

복 받은 사람이로다! 자신이 행복하지 못한 것을 이 지상의 장애물 탓으로 돌릴 수라도 있으니. 그대는 느끼지 못하지! 자네는 느끼지 못해! 자네의 불행은 마음이 파괴되고, 정신이 병을 얻은 데서 왔음을, 지상의 그 어떤 왕이라도 자네가 거기서 벗어나게 도와줄 수 없음을."

아픈 사람이 먼 데 떨어진 온천을 여행하는 걸 보고 결과적으로 병을 키우고, 여생을 더 고통스럽게 만들게 될 거라며 비웃는 사람, 양심의 가책을 덜고 심적 고통을 없애고자 그리스도의 성묘로 순례 여행을 떠나는 곤궁한 마음을 멸시하는 자는 쓸쓸하게 죽을 수밖에 없으리니. 개척되지 않은 험한 길에 발바닥이 베이더라도 그 내딛는 발걸음 걸음이 근심에 시달리는 영혼에게는 차라리 고통을 덜어내는 한 방울, 한 방울의 물약이 되지. 고통을 감내하며 여행하는 나날과 더불어 마음의 짐이 가벼워져서

비로소 마음에 휴식이 찾아들게 되는 거라네. 그런데도 그대들, 소파에 앉아 말로 장사를 하는 그대들은 그것을 망상이라 칭할 수 있단 말인가, 망상이라니!

아아, 신이시여! 내 눈물이 보이시지요. 꼭 그래야 하십니까? 인간을 이토록 불쌍하기 짝이 없게 만들어 놓으시고는 그나마 당신에 대해 지니고 있던 그 약간의 믿음, 그 가난한 믿음마저 앗아 가는 형제들을 덤으로 주셔야 하시는 겁니까? 약초 뿌리를, 포도즙을 신뢰했다고 해서 말입니다. 그것에 대한 신뢰가 모든 것을 사랑하시는 당신에 대한 믿음이 아니고 무엇입니까. 당신이 우리를 둘러싼 모든 것 속에 우리가 매 시간마다 필요로 하는 치유와 고통을 덜어내는 힘을 심어 놓으셨음에 대한 믿음이 아니고 무엇입니까. 아버지, 나는 당신을 모르겠습니다! 아버지, 다른 때에는 제 온 영혼을 가득 채워 주시더니, 지금은 제게서 당신의 용안을 돌려버리시다니요! 저를 당신에게로 불러들이십시오! 더 이상 침묵하지 마십시오! 이 목마른 영혼은 당신의 침묵을 견디지 못할 겁니다! 인간이라면, 더욱이 아버지로서 생각지도 않게 돌아온 아들이 자신의 목을 끌어안고 다음과 같이 외치는데, 어떤 인간이, 더군다나 어떤 아버지가 화를 낼 수 있을까요?

"아버지, 제가 돌아왔어요. 아버지가 바라셨던 것처럼 끝까지 견디지 못하고 여행을 중단하고 왔다고 화내지 마세요. 세상은 어딜 가나 한결같더군요. 수고하고 노동하고 보수를 받고 기뻐하는 것이 말입니다. 하지만 그것이 저에게 무슨 의미가 있단 말입니까? 저는 그저 아버지가 계신 곳이면 행복합니다. 괴로워도 아버지의 얼굴을 마주 보고 괴로워하고, 즐거워도 아버지의 얼굴을 마주 보며 즐거워하고 싶습니다."

하물며 사랑하는 하느님 아버지, 당신이 뉘신데 돌아온 아들을 당신 품에서 내치시겠습니까?

12월 1일

빌헬름! 내가 편지에 썼던 그 불행하지만 행복한 남자 말이네. 그 사람, 로테 아버지의 부서에서 일하던 서기였다네. 그런데 불행하게도 로테에게 열정을 품고, 처음엔 그 열정을 숨기고 다가갔다가 나중에 밝혀지면서 결국 직장에서 쫓겨나게 되었다네. 그로 인해 그렇게 미쳐 버리고 만 것이고. 자네, 이 건조한 몇 마디 구절에서 느껴지는가, 이 사연이 얼마나 말도 안 될 정도로 나를 사로잡았을지? 그러나 알베르트는 아주 덤덤하게 이 사연을 들려주었지. 아마 지금 이 사연을 읽고 있을 자네도 마찬가지겠지만.

12월 4일

제발 부탁하네. 보다시피 나는 이제 끝났네. 이제 더는 이 모든 것을 참을 수 없을 것 같아. 오늘은 그녀의 곁에 앉아 있었네. 나는 앉아 있었고, 그녀는 피아노를 쳤지. 다양한 곡조에 모든 감정을 담아서 말일세, 모든 감정을! —그래서 뭘 어쩌자는 거지?— 내 무릎에는 로테의 여동생이 인형을 꾸며 주며 앉아 있었네. 흑하고 눈물이 솟구쳐 오르는 바람에 나는 몸을 숙였네. 그러자 그녀의 결혼반지가 눈에 들어왔지. 눈물이 하염없이 흘러내렸네. 그런데 갑자기 그녀가 천상의 달콤함을 선사하던 예전의 그 멜로디(†1771년 7월 16일자 편지 참조.)를 연주했다네. 아주 뜻밖이었지. 그러자 위로감이, 흘러간 과거의 모든 시간이, 못다 이룬 희망 사이에 끼어 지냈던 음울한 시간들에 대한 기억과 그 불쾌함이 되새겨졌다네. 그런 다음, 나는 자리에서 일어나 서성거리며 방 안을 돌아다녔다네. 그 모든 기억 때문에 심장이 조여 죽을 것만 같았다네.

"제발 좀,"

나는 격하게 버럭 소리치며 그녀를 향해 걸어갔다네.

"제발 그만 하세요!"

그녀는 피아노를 치던 손길을 멈추고 나를 빤히 쳐다보았네. 그러고는 "베르테르 선생님,"이라며 미소 띤 얼굴로 말하였네. 그 미소는 내 영혼 구석구석을 파고들었지.

"베르테르 선생님, 많이 아프신가 봐요. 좋아하시는 음식도 입맛이 없어 밀어내시잖아요. 얼른 가셔야겠어요! 가셔서 부디 안정을 취하시길 바라요."

나는 그녀를 뿌리치고 나왔네. 그리고— 신이시여! 당신은 나의 비참함을 보고 계십니다. 그러니 이제 이 비참함에 작별을 고하게 해 주십시오.

12월 6일

얼마나 줄기차게 그녀의 형상이 나를 쫓아다니는지. 깨어서
도, 꿈속에서도 그 형상이 내 온 영혼을 가득 채우고 있네. 여
기, 눈을 감으면 여기 내 이마에, 내면을 볼 수 있는 시력이 하
나로 집중되는 곳에 그녀의 검은 눈동자가 버티고 서 있는 거야!
여기에 말일세! 이걸 자네한테 어떻게 설명해야 할지 모르겠군.
내가 눈을 감네. 그러면 그녀의 눈동자가 거기 있는 걸세. 마치
바다처럼, 마치 심연처럼 내 앞에, 내 안에서 조용히 누워, 내
이마의 감각들을 가득 채운다네.

인간이란 무엇인가? 반신(半神)이라 칭송받는 존재가 아니던
가! 그런 존재인데 정작 가장 요긴하게 힘이 필요한 순간, 바로
그 순간엔 쏟아부을 힘이 없지 않은가? 기쁨에 겨워 날뛸 때든,
슬픔에 잠겨 헤어 나오지 못할 때이든, 인간은 무한함에 잠겨 스
스로를 잃어버리길 갈망하는 바로 그 순간들조차도 완전히 그
속으로 빠져들지 못하고, 다시금 무디고 냉정한 의식의 편으로
돌려보내지지 않던가?

12월 8일

사랑하는 빌헬름! 지금 나는 사람들이 악령에 사로잡혀 떠돈
다고 믿는 그런 불행한 사람들과 다를 바 없다네. 때때로 뭔가
가 나를 사로잡는데, 불안도 아니고 욕망도 아니라네! 그것은 알
지 못할 내면의 광란, 내 가슴을 갈기갈기 찢을 것처럼 위협하고

내 목을 졸라 대는 광란이라네! 아아, 그 고통이란! 정말이지 참을 수 없을 정도야! 그럴 때면 나는 인간을 적대시하는 이 계절의 끔찍한 밤 풍경 속을 휘휘 돌아다니지.

어젯밤에도 나는 밖으로 나가지 않을 수 없었네. 저녁때 들었는데 강이 범람하여 냇물이란 냇물을 모두 침수시켰다는 것이었네. 발하임부터 내가 좋아하는 아랫녘 골짜기까지 모두 말일세. 밤 11시가 지났을 무렵, 나는 밖으로 뛰쳐나갔네. 정말 무시무시한 광경이 펼쳐져 있더군. 바위에서 내려다보니, 흙을 싣고 내려온 큰물이 달빛 아래에서 소용돌이 치고 있었네. 그 큰물에 농지며 초원, 생울타리 할 것 없이 전부 침수되었고, 넓은 골짜기는 사납게 부는 바람을 맞아 일렁이는 파도가 휘몰아치는 바다를 이루고 있더군. 구름에 숨었던 달이 다시 모습을 드러내며 검은 구름 위에서 잠시 쉬어 가자, 출렁이는 홍수의 물결이 무시무시할 정도로 장엄한 달빛을 반사하며 내 눈앞으로 콸콸콸 흘러갔다네. 그 순간 두려움이 덮쳤고, 두려움이 지나자 이번엔 그리움이 엄습해 왔다네! 아아! 나는 두 팔을 벌리고 심연을 마주하고 서서 아래를 바라보며 숨을 들이마셨다네.

"아래로 떨어져!"

그러자 내 모든 고통, 내 모든 괴로움이 저만치 아래로 떨어져 휩쓸려 내려가, 파도처럼 철썩이리라는 생각이 들며 잠시나마 환희에 잠겼다네.

"아! 이제 바닥에서 발을 떼는 거야, 그러면 모든 고통을 네 손으로 끝낼 수 있어!"

하지만 내 시계는 아직 멈추지 않았네. 아직은 때가 되지 않았음을 느낄 수 있었지! 오, 빌헬름, 저 폭풍의 바람으로 구름을 산산이 흐트러뜨리고 홍수를 휘어잡을 수만 있었다면, 나는 기꺼이 내 인간적인 모든 것을 던졌을 걸세. 하! 어쩌면 감옥에 갇힌 자들도 언젠가 이런 환희를 맛보게 되는 게 아닐까?

그런 다음 나는 우수에 잠겨 좁은 터가 있던 곳을 찾아 아래쪽을 내려다보았네. 어느 몹시 무더운 날, 산책을 나갔다가 로테와 함께 그곳의 버드나무 아래에서 쉬었었지. 그곳 역시도 침수되어, 버드나무는 거의 알아볼 수가 없었네! 그것을 보자니 빌헬름, '로테네 초원은 그럼?' 하는 생각이 들었다네. '로테네 초원, 그리고 로테가 사는 사냥용 별장 주변 일대도 모두 물에 잠겼겠군. 지금쯤이면 우리가 갔던 정자도 격한 물살에 무너졌겠지.' 그 생각을 하자니, 햇살이 지난 시간들을 파고들더군. 감옥에 갇힌 몸으로 가축 떼와 초원, 곡식이 무르익은 들판을 달리는 꿈을 꾸는 사람처럼, 나는 그곳에 한참을 그대로 서 있었네! 내 자신을 책망할 생각은 없네. 죽을 각오가 되어 있으니까. 그때 내가 만약— 그런데 지금 나는 여기에 이렇게 늙은 노파처럼 앉아 있다네. 일말의 기쁨도 남아있지 않은 생을 단 한순간이라도 더 연장하고 조금이라도 더 편히 살아 보겠다고, 울타리 주위에서 땔감을 줍고 집집마다 돌아다니며 빵을 구걸하는 늙은 노파처럼 말일세.

12월 17일

여보게, 이게 어찌된 일일까? 나는 나 자신이 놀라울 따름이라네! 로테를 향한 내 사랑은 지극히 성스럽고, 순수하고, 남매 간의 사랑 같은 것이 아니었던가? 내가 언제 벌을 받을 만한 소망을 마음에 품었던 적이라도 있었던가? 그렇지 않다고 단언하겠다는 건 아니네. 그런데 이제 와서— 꿈들이란! 아, 인간들은 꿈속에 나타나는 너무나도 상반된 결과들을 보고 잘 알지도 못하는 낯선 어떤 힘들에 원인을 돌리지만 그런 것이 과연 얼마나 진정성이 있겠는가. 떨리는 심정으로 내 어젯밤 꿈 이야기를 하려 하네. 꿈에서 나는 그녀를 품에 안고 있었다네. 그녀를 가슴에 꼭 안고서, 속삭이는 그녀의 사랑스러운 입술에 하염없이 키스를 퍼부었다네. 몽롱해진 그녀의 눈동자 속에 내 두 눈이 일렁이고 있었지.

신이시여! 나는 지금도 행복에 들떠, 아주 정감 어린 목소리로 '로테! 로테!'라며 소리치고 싶습니다. 그러니 벌을 받아 마땅하겠지요. 이제 나는 영영 끝장이 난 걸세! 온몸의 감각들이 혼란에 빠져 뒤죽박죽이네. 분별력을 상실한 지도 벌써 일주일, 내 눈엔 눈물만이 가득하네. 그 어디에 있어도 즐겁지 않으나, 또 어디든 그냥 아무 상관없이 좋네. 나는 이제 아무것도 바라는 것이 없고, 아무것도 청하지 않으려네. 내가 떠나는 편이 나에겐 더 좋을 듯하네.

편집자가 독자에게

　나는 우리의 친구 베르테르의 특기할 만한 마지막 며칠간의 이야기를 상세하게 전달하기 위해, 그의 편지를 중단하고, 로테와 알베르트, 베르테르의 하인들 및 다른 증인들의 구술 자료를 통해 모은 이야기를 들려 드릴 필요가 있다고 생각되었습니다.

　베르테르의 열정으로 인해 알베르트와 그의 부인 사이에 흐르던 평화가 점차 무너지게 되었답니다. 알베르트는 반듯한 남자의 차분하고 성실한 태도로 그녀를 사랑했습니다. 그리고 그녀와 다정하게 지내는 것보다 자신의 일을 차츰 우위에 두게 되었지요. 알베르트가 직접 본인 입으로 약혼했던 시절과 결혼한 이후의 차이에 대해 고백한 적은 없었습니다. 그래도 속으로는 베르테르가 로테에 대해 보이는 친절한 언행에 대해 어떤 종류의 반감을 느끼고 있었지요. 알베르트에게 그런 언행은 자신의 권리에 대한 공격으로 보이는 동시에 조용한 비난처럼 보일 수 있었으니까요. 그런가하면 베르테르는 산더미같이 누적되었으나, 넘어야 할 장애는 많고, 그에 비해 대가는 형편없는 업무들에 시달리느라 우울증만 커지던 차에, 마음의 불안까지 더해져 그나마 남아있던 그의 정신력, 그리고 활력과 명민함까지 완전히 잠식당하였고, 그런 베르테르의 상태는 그를 안쓰러운 사교 상대로 만들어버렸지요. 그리하여 결국 일이 터지고 말았습니다. 마침내 로테마저 그런 상황을 견디지 못하고 감염되어 버린 겁니다. 일종의 우울증에 빠진 것이지요. 그 와중에 알베르트는 로테의 연인에 대해 점점 감정이 격앙되는 걸 느꼈고, 베르테르는 또 그녀의 남편이 태도가 변한 것에 대해 무척 불쾌한 마음을 느끼게 되었습니다. 두 친구는 서로를 불신으로 바라보게 되었고, 그런 둘 사이의 불신은 두 사람이 함께 있는 것을 극도로 불편하게 만들고 말았습니다. 알베르트는 베르테르가 로테와 함께 있을 때면 아내의 방에 들어가는 걸 피하였지요. 그리고 그것을 깨달은 베르테르는 그녀를 포기하려고 여러 번 시도했지만, 결국 아무런 결실도 거두지 못한 채 끝이 났지요. 그렇게 되자 그는 그녀의 남편이 일에 잡혀 있을 때, 그 틈을 타 그녀를 만날 기회를 포착하였습니다. 거기서 다시금 새로운 불만이 생겨났고, 서로의 감정은 점점 더 고조되어 결국 알베르트는 아주 무뚝뚝하고 정감 없이 이런 말까지 하게 되었지요.

"당신, 적어도 다른 사람들을 위해서라도 베르테르와 만나는 걸 멀리했으면 좋겠소. 그리고 그가 너무 자주 방문하는 것도 막았으면 하오."

대략 이 즈음에 세상을 하직하리라는 결심이 이 가련한 젊은 이의 가슴에 점점 확고하게 자리를 잡게 되었습니다. 이것은 그 가 예전부터 곧잘 하던 생각이었지만, 특히 로테에게 돌아온 이 후로 줄곧 가슴에 품었던 생각이었습니다.

하지만 너무 성급하게 굴거나, 빨리 행동해서는 안 된다, 라 며 최상의 확신을 갖고, 가능한 침착하고 단호하게 이 일을 결행 하고자 했습니다.

베르테르의 절망, 그리고 자신과의 싸움은 작은 쪽지에 잘 드 러나 있는데, 이 쪽지는 날짜 없이 '빌헬름에게'라고만 적힌 짧 은 편지로, 그의 서류 속에서 찾아낸 것입니다.

그녀의 존재, 그녀의 운명, 내 운명에 그녀가 동참하고 있다 는 사실이 타다 만 내 뇌에서 마지막 눈물방울을 짜내고 있네.

죽음의 장막을 걷어 버리고 장막 너머로 발걸음을 내딛는 것, 그것이면 모든 게 끝나지! 그런데 왜 이렇게 망설이고 겁을 내는 걸까? 장막 뒤편이 어떤 모습일지 알지 못하기 때문에? 다시 돌 아오지 못하는 게 두려워서? 아무것도 확실치 않을 때, 혼란스 러움과 캄캄한 암흑천지부터 예상하는 것, 그런 것이야말로 우 리네 정신의 특징이 아니던가.

베르테르는 공사관에서 겪었던 불쾌한 기억을 잊을 수 없었습니다. 그것에 대해 언급하는 경우는 드물었지만, 아주 우회적으로라도 그 일을 언급할 일이 생기면, 사람들은 베르테르가 그 일로 인해 자신의 명예에 돌이킬 수 없는 손상이 가해졌다고 여기는 걸 알 수 있었다고 합니다. 그리고 그 사건이 그가 모든 업무적인 일과 정치적인 (법률과 외교적인) 활동에 대해 거부감을 갖게 했다는 것도요. 그런 연유로 그는 우리가 그의 편지를 보고 익히 알게 된 놀라운 감수성과 사고방식, 끝 모르는 열정에 자신을 내맡기게 되었지요. 그로 인해 결국에는 활동하는데 필요한 모든 힘을 소진할 수밖에 없었습니다. 그렇게 그는 사랑스러운, 그리고 사랑하는 여인과의 슬픈 관계를 끝없이 단조롭게 이어가며 그녀의 안정된 생활을 방해하였고, 아무런 목적도, 전망도 없이 휘몰아치듯 자신의 능력을 소모하여 마침내 자신을 끔찍한 행동으로 몰아가고 말았던 것이지요.

12월 20일

빌헬름, 내 말을 그렇게 이해해 준 자네의 다정한 마음 씀씀이, 고맙네. 그래, 자네 말이 맞아. 내가 떠나는 편이 더 나을 거야. 하지만 자네들에게 돌아오라고 한 자네의 제안을 전적으로 받아들이긴 힘들 것 같네. 적어도 어딘든 멀리 좀 돌아서 가고 싶은 심정이라네. 무엇보다도 우리가 바랄 것은 언 강이 풀려 길이 막히지 않기를 바라는 것뿐이라네. 자네가 나를 데리러 오겠다니 나로선 아주 감사할 따름이네. 2주만 더 봐주게. 상세한 소식은 편지로 보낼 테니 기다리고 있게. 무엇이든 무르익기 전에 성급히 따서는 안 되지 않은가. 두 주 안팎이면 많은 것을 할 수 있네. 어머니께는 아들을 위해 기도나 해 주시라고 전해 주게. 그리고 나 때문에 심려 끼쳐 드린 것, 용서해 주시기 바란다는 말도. 내가 기쁨을 빚졌던 사람들에게 슬픔을 안겨 주는 것, 이 것이 나의 운명인가 보네. 잘 지내게, 내 귀한 친구. 하늘의 모든 축복이 자네에게 강복하길! 잘 지내게.

이날은 바로 크리스마스를 앞둔 일요일이었지요. 그날 저녁, 그는 로테에게 갔습니다. 그리고 그녀가 혼자 있는 것을 알았습니다. 그녀는 동생들에게 크리스마스 선물을 하려고 손수 꾸민 장난감들을 정리하느라 한창 바빴습니다. 베르테르는 아이들이 만족할 거라는 이야기를 하고는 어린 시절 이야기를 했습니다. 기대하지 않은 순간 문이 열리면서 양초와 과자, 사과로 장식한 트리가 서 있는 광경이 펼쳐져 마치 천국에 온 것 같이 황홀했던 그때 그 시절 이야기를 했지요.

"베르테르 선생님,"

그녀는 당혹스러움을 숨기려고 다정하게 미소를 지으며 말하였습니다.

"당신도 요령껏 가만히 계시면 선물을 받을 거예요, 작은 장식초와 그 외에 다른 것들 말이에요."

"요령껏 가만히 있으면, 이라니 그 게 무슨 말입니까? 어떻게 하라는 말인가요? 어떻게 하는 게 그렇게 하는 겁니까, 로테?"

베르테르가 소리쳤습니다.

"목요일 밤에요." 로테가 말했습니다.

"그날이 크리스마스이브잖아요. 그때 아이들이 와요. 아버지도요. 그날 모두들 각자에게 돌아갈 선물을 받을 거예요. 당신도 그때 오세요. 하지만 그전에는 안 돼요."

베르테르는 순간 놀라서 멈칫하였습니다. 뒤이어 그녀가 말했지요.

"부탁해요. 일이 그렇게 되었어요. 그래야 제 마음이 편할 것 같아서 부탁드리는 거예요. 이런 식으로, 이런 식으로 계속 갈 수는 없어요!"

그는 그녀의 눈길을 외면하고는 방안을 이리저리 오가며 이를 악물고 이 말만 중얼거렸습니다.

"이런 식으로 계속 갈 수는 없다……."

로테는 이 말을 듣고 그의 상태가 엉망이 되었다는 걸 느끼고는 온갖 질문을 던지며 그의 생각을 돌려 보려고 했지만, 소용이 없었습니다.

"아니요, 로테. 앞으로 다시는 당신을 만나지 않겠습니다!"

베르테르가 소리쳐 대답했습니다.

"왜 그런 말씀을 하세요?"

로테가 물었습니다.

"베르테르 선생님, 당신은 우리를 다시 만날 수 있고, 또 만나셔야죠. 다만 절도 있게 행동해 주시기만을 바랄 뿐이에요.

아, 선생님은 왜 한번 관심을 둔 건 무엇이든 주체할 수 없을 정도로 열정을 불사르고 집착하며, 꼭 이렇게 격하게 파고 들어야만 하는 건가요?"

그런 다음 그녀는 이어서 베르테르의 손을 잡고 계속해서 말하였습니다.

"그러니 부탁이에요. 부디 절도 있게 행동해 주세요. 선생님의 정신, 당신의 학식, 당신의 재능이면 얼마든지 여러 가지로 즐겁게 지내실 수 있잖아요! 부디 남자다운 모습, 보여 주시길 바랍니다. 당신을 안쓰럽게 여기는 것 외엔 아무것도 할 수 없는 저 같은 것에 대한 이런 가슴 아픈 애착일랑 이제 끊어 버리시길 바랍니다."

베르테르는 이를 악물고 침울하게 그녀를 바라보았습니다. 그녀는 여전히 그의 손을 잡고 있었지요. 그녀가 말했습니다.

"잠깐만 마음을 진정시켜 보세요. 베르테르 선생님. 당신은 자신을 속이고 스스로 파멸의 길을 향해 가고 있다는 걸 모르세요? 도대체 왜 저인가요? 베르테르 선생님! 하필이면 다른 남자의 소유가 된 저 같은 사람인건가요! 왜 꼭 저여야 했나요? 저는 두려워요, 정말 두려워요. 저를 갖는다는 것이 불가능하다는 바로 그 사실이 당신의 소망을 더욱 자극하고 있는 것 같아서요."

베르테르는 화가 나서 그녀를 뚫어지게 바라보며, 그녀에게 잡혔던 손을 빼내었지요. 그리고 이렇게 소리쳤답니다.

"똑똑해요! 아주 똑똑하시군요! 혹시 방금 한 그 말, 알베르트의 견해가 아닌지요? 정치적이군요! 아주 정치적이네요!"

"이런 견해는 누구나 내놓을 수 있죠."

로테가 그의 말에 반박을 하고 나섰습니다.

"그리고 이 세상에 당신이 가슴에 품은 소망을 충족시켜줄 수 있는 그런 여인 한 명 없겠어요? 용기를 내서 과감하게 찾아보세요. 맹세컨대 분명히 그런 여인을 찾으실 겁니다. 실은 이전부터 주문을 걸듯 당신 자신을 틀 속에 가두어 두는 것이 저로서는 당신을 위해서나 우리를 위해서나 걱정이 되었거든요. 그것도 벌써 오래전부터 말이에요. 한번 용기를 내어 보세요! 여행이 도움이 될 거예요. 당신에겐 기분 전환이 필요해요! 당신의 사랑을 쏟아부을 만한 귀한 사람을 찾아보세요, 그리고 그런 분을 찾으셔서 돌아오세요. 그런 다음 우리 함께 진정한 우정을 누리는 축복을 받았으면 좋겠어요."

"이거 인쇄해서 전국에 있는 모든 가정 교사들에게 보여 주면 좋을 것 같습니다."

베르테르가 냉소를 지으며 말했습니다.

"친애하는 로테, 잠시만 날 이대로 좀 내버려 두시길 바랍니다. 다 잘 될 겁니다."

"부디 그렇게 해 주세요, 베르테르씨! 크리스마스이브 전까지는 오지 말아 주세요!"

베르테르가 대답을 하려는데 알베르트가 방으로 들어왔습니다. 두 사람은 냉랭하게 서로 인사를 나눈 다음 난처해하며 괜스레 방안만 이리저리 나란히 오갔습니다. 베르테르는 별 의미도 없는 대화를 시작했지만, 그것도 곧 시들해졌고, 그러기로는 알베르트도 마찬가지였습니다. 그리하여 그는 아내에게 맡겼던 몇 가지 일에 관해 물었고, 아직 다 처리하지 못했다는 말을 듣자, 그녀에게 쏘아붙이듯 몇 마디 잔소리를 하였지요. 그것이 베르테르의 가슴에 사무치고 말았습니다. 베르테르는 가려고 했지만 그러질 못하고 주춤거리며 여덟 시가 될 때까지 그 집에 있었습니다. 그러다 서로에 대해 괜히 더 짜증과 불쾌감만 키우는 꼴이 되었고, 마침내 저녁 식사를 차리자, 그는 모자와 지팡이를 집어 들고, 식사라도 함께 하지 그러냐며 심드렁하게 겉치레 말을 건네는 알베르트를 뒤로하고 그곳을 떠났습니다.

집으로 돌아온 베르테르는 불을 비추려고 등불을 들고 온 하인에게서 빼앗듯 등불을 채어 들고는 혼자 자신의 방으로 들어갔습니다. 그런 다음 큰 소리로 울음을 터트렸답니다. 그러다가 또 화가 나서 혼잣말을 내뱉기도 하고, 격하게 쿵쾅거리며 방안을 오락가락 하다가 마침내 옷도 벗지 않은 채로 침대에 몸을 던졌습니다.

11시경 용기를 내어 방 안에 들어와 본 하인이 옷을 입은 채로 누워 있는 그를 보고는 신발을 벗겨드릴까요, 라고 물었습니다. 그는 그렇게 하라고 허락하고는 자신이 부를 때까지는 다음 날 아침이 되어도 방에 들어오지 말라고 하였습니다.

아침 일찍, 그러니까 12월 21일 아침 이른 시간에 그는 로테에게 다음과 같은 편지를 씁니다. 이 편지는 그가 죽은 후 그의 책상 위에 봉인된 채 놓여 있는 것을 찾아내어 그녀에게 전하였던 것입니다. 저는 이 편지를 쓰는 동안 베르테르가 처했을 여러 상황들에 비추어 편지 내용을 중간 중간 끊어서 싣고자 합니다.

　결정했습니다, 로테, 나는 죽으려고 합니다. 지금 나는 낭만적 감성에 사로잡혀 지나치게 흥분한 상태가 아니라 차분한 마음으로 당신에게 편지를 씁니다. 당신을 마지막으로 만나러 가는 날 아침이군요. 내 최고의 여인이여, 당신이 이 편지를 읽을 때쯤이면 이미, 불안한 한 남자, 생의 마지막 짧은 순간 동안 당신과 이야기를 나누는 것 이상의 더 큰 감미로움을 알지 못했던 불행한 한 남자가 남긴 뻣뻣한 유물을 차가운 흙이 뒤덮고 있을 것입니다. 아주 끔찍한 밤을 보냈습니다. 그러나 아, 어찌 보면 유익한 밤이기도 했습니다. 오락가락 갈피를 못 잡던 마음을 굳히고 죽기로 결정한 밤이었으니까요. 어제 무지막지한 분노를 느끼며 당신을 뿌리치고 나온 뒤, 그 모든 일이 내 마음을 옥죄어 오며 당신을 곁에 두고도 아무런 희망도 기쁨도 없이 지내야 하는 나의 현실이 소름끼치도록 서늘하게 다가오며 나를 사로잡았습니다. 그리하여 방에 들어오기가 무섭게 나는 얼이 나가 그대로 무릎을 꿇고 말았지요. 아, 신이시여! 당신은 세상에서 가장 쓴 눈물을 제가 가는 마지막 길에 청량제로 선사하시는군요. 곧이어 수천수만 가지의 계획과 전망이 내 영혼을 헤집고 미친 듯 날뛰었지만, 결국 최종적으로 딱 한 가지 생각만이, ‘죽으리라’는 생각만이 아주 확고하게 우뚝 서더군요.
　나는 그대로 몸을 눕혔지요. 그리고 아침이 되어, 아주 평온

하게 잠에서 깨어났습니다. 그런데 그때까지도 그 생각은 여전히 확고하게, 전혀 흔들리지 않고 아주 강하게 마음속에 자리 잡고 있었습니다. '죽으리라!' 이것은 절망이 아닙니다. 이것은 내가 견딜 만큼 견뎠다는 확신, 그러니 이제 당신을 위해 내가 희생하리라는 확신입니다. 그래요, 로테, 이제와 침묵할 이유가 있겠습니까. 우리 셋 중 한 사람은 떠나야 합니다. 그래서 내가 그 한 사람이 되려는 겁니다. 오, 로테, 이 갈기갈기 찢긴 가슴 속을 이리저리 미친 듯 날뛰며 남몰래, 그것도 자주 떠오르던 생각이 있었습니다. 그것은 당신의 남편을 죽여 버리고 싶다! 당신을! 나를 죽이고 싶다! 라는 생각이었지요. 말하자면 그랬다는 것입니다!

어느 아름다운 여름밤, 산에 오르게 된다면, 나를, 내가 이렇게 자주 골짜기에 올랐었다는 것을 기억해 주시기 바랍니다. 그렇게 내 기억이 나거들랑 교회 앞마당 너머에 있는 내 무덤에 눈길을 주십시오. 무덤 위에 자라난 키 큰 풀들이 저무는 저녁 햇살을 받으며 바람에 이리저리 일렁이고 있을 겁니다. 편지를 쓰기 시작할 때는 차분했었는데, 이 모든 것들이 너무도 생생하게 제 눈앞에 펼쳐져 지금 저는 어린 아이처럼 울고 있네요—

열시 경, 베르테르는 하인을 불렀습니다. 그리고 옷을 입으면서 그에게 이렇게 말했지요.

"며칠 내로 여행을 떠날 것이네. 그러니 옷가지를 깨끗이 손

질해 두게. 그리고 짐을 꾸릴 수 있도록 전부 준비해 놓게."

또한 그는 여기저기 다니며 변제할 것이 있으면 모두 변제하고, 빌려줬던 책 몇 권은 가서 받아 오라고 명하였습니다. 그리고 매주 얼마씩 가난한 사람들에게 나눠 주던 돈을 각자 받을 몫만큼 두 달 치를 미리 지불해 주라고 시키기도 했지요.

식사는 방으로 가져오도록 했답니다. 그리고 식사를 마친 후 말을 타고 법무관네 집으로 갔으나, 마침 법무관은 부재중이었고, 베르테르는 깊이 생각에 잠긴 채 그 집의 정원을 거닐었습니다. 마지막으로 모든 우울한 기억들을 마음속에 차곡차곡 쌓아 놓으려는 것 같았지요.

꼬마들이 그가 조용히 있도록 오래 놔둘 리 없었습니다. 아이들은 그의 뒤를 졸졸 쫓아다니, 그에게 뛰어오르며 이야기하였지요. 내일, 그리고 또다시 내일이 지나고 하루만 더 있으면 로테 누나 집에 가서 크리스마스 선물을 가져올 거라고 말입니다. 또 어린 아이들이 상상할 수 있는 놀라운 장면들을 기대하며 그날에 관한 이야기를 하기도 했지요.

"내일이라!"

그는 소리쳐 외쳤습니다.

"그리고 또 내일이 지나고 하루만 더 있으면 말이지!"

그러곤 아이들 모두에게 진심을 담아 뽀뽀를 해 준 다음, 아이들을 떠나오려고 하였습니다. 그때였습니다. 아이들 중 제일 막내가 그의 귀에 대고 뭐라 귓속말을 하였지요. 큰 형들이 멋진 연하장을 썼는데 아주 굉장하다며, 한 장은 아빠에게, 다른 한 장은 로테 누나와 알베르트에게 줄 거라며, 베르테르에게도 편지를 썼다는 비밀을 흘린 겁니다. 그리고 형들이 새해 첫날에 이 연하장을 건넬 거라는 이야기도 전해 주었지요.

이 말을 듣자 베르테르는 마음이 아파왔습니다. 그는 아이들 한 명, 한 명에게 조금씩 용돈을 쥐어 주었지요. 그런 다음 말에 올라타며 "아버지에게 안부 전해 드리렴."이라는 말과 함께 눈물이 그렁그렁 맺힌 눈으로 법무관네 집을 떠나왔지요.

다섯 시 경, 집으로 온 그는 하녀에게 난롯불을 보라고 시키며 한밤중까지 불이 꺼지지 않도록 유의하라고 당부하였습니다. 그리고 하인에게는 아래층에 있는 책과 속옷들을 트렁크에 집어넣고, 양복은 보자기에 싸서 꿰매 놓으라고 일렀습니다. 아마도 그 직후, 곧이어 로테에게 보내는 그의 마지막 편지 중 다음 단락을 쓴 것 같습니다.

당신은 내가 당신에게 가리라고 전혀 예상치 못할 겁니다. 내가 당신의 말을 듣고, 크리스마스이브에야 당신을 찾아가리라고 생각하고 있겠죠. 아, 로테! 오늘이 아니면 다음이란 없습니다. 크리스마스이브에 당신은 이 편지를 받아 들고, 온몸을 떨며, 사랑스러운 당신의 눈물로 이 편지가 다 젖도록 울고 있겠지요! 나는 할 겁니다, 반드시 해내고 말 겁니다! 아, 결심하고 나니 얼마나 좋은지 모르겠습니다.

6시 반에 그는 알베르트의 집으로 갔습니다. 그리고 알베르트는 없고 로테만 있는 것을 보게 되었지요. 로테는 그의 방문에 무척이나 충격을 받았습니다. 남편과 이야기하던 중에 베르테르가 크리스마스이브 전에는 오지 않을 거라 말했던 터였지요. 그 말을 들은 직후 알베르트는 곧이어 말 등에 안장을 얹었습니다. 그런 다음 부인에게 작별 인사를 하고는 이웃 마을에 있는 관리와 업무차 해결할 일이 있어 그의 집에 다녀오겠다고 말하였지요. 그런 다음 좋지 않은 날씨에도 길을 떠났던 겁니다. 로테는 알베르트가 이 일을 벌써 오래전부터 미뤄 두었다는 걸 잘 알고 있었고, 그가 이웃 마을 관리의 집에서 하룻밤 머물게 되리라는 것 역시 잘 알고 있었습니다. 말은 안 했어도 그의 묵언이 뜻하는 바를 너무나도 잘 이해하였기에, 그녀는 이 일로 진심으로 애잔한 기분에 빠져들었지요. 홀로 외롭게 앉아 있자니 그녀는 마음이 부드럽게 풀리어 지난 시간을 돌이켜 보게 되었답니다. 그리고 그 시간들이 정말 소중한 시간들이었음을, 그리고 남편을 향한 사랑도 새삼 느꼈지요. 처음에 행복을 약속했던 것과 달리 남편은 지금 그녀의 인생을 불행하게 만들기 시작했지만요. 그녀는 베르테르에 관해서도 생각하게 되었습니다. 그녀는 그를 책망하였지만 미워할 수는 없었습니다. 두 사람이 처음 알게 된 때부터 알 수 없는 어떤 끌림이 그를 그녀에게 소중한 존재로 만들었고, 그토록 많은 시간이 흐른 지금, 그리고 그토록 많은 상황들을 겪고 난 지금, 그는 그녀의 가슴속에 지워지지 않는 인상으로 남아 있는 것이 분명했으니까요. 결국 그녀는 답답한 가슴을 눈물로 달래며 그 어느 때보다 오래, 그리고 깊은 우울한 기분에 말없이 잠겨 있던 중이었습니다.

그러던 차에 베르테르가 계단을 올라와 하녀에게 그녀가 있는지 묻는 소리가 문밖에서 들려오자 그녀의 가슴은 이루 말할 수 없이 격하게 뛰었지요. 집에 없다고 하기엔 이미 늦은 터라, 그녀는 방 안으로 들어서는 그를 보며 어쩔 줄 모른 채 반쯤 넋이 나가 이렇게 훈계하듯이 외쳤을 뿐이었습니다.

"약속을 지키셨어야죠!"

그러자 그의 대답은 이랬습니다.

"저는 아무것도 약속한 적 없습니다."

"그렇다면 적어도 제 부탁만이라도 들어주셨어야죠!"

그녀가 말했습니다.

"그건 우리 두 사람의 안정을 위해 드린 부탁이었단 말이에요."

그녀는 그 말을 하면서, 그녀의 친구들 중 몇 명을 불러오게 해야겠다고 생각했습니다. 친구들이 오면 베르테르와 그녀가 나누는 담화의 증인이 되어 줄 수 있으리라 생각했던 거죠. 그리고 저녁이 되면 그가 친구들을 집으로 바래다 주어야 하니까 적절한 시간에 자신이 그에게서 벗어나리라 여겼습니다.

베르테르는 그녀에게서 빌린 책 몇 권을 가지고 왔더랍니다. 그러곤 다른 책은 없냐고 그녀에게 물었지요. 로테는 친구들이 오기를 기다리며 일반적인 주제로 대화를 이끌어 가려고 애를 쓰고 있었습니다. 그런데 친구네에 갔다 돌아온 하녀가 하는 말이, 로테의 두 친구 모두 미안하다는 말을 전해 달라고 했다는 것이었습니다. 한 친구는 달갑잖은 친척이 자신의 집에 들렀다고 하고, 다른 한 친구는 옷을 차려입는 것도, 또 그 날씨에 외출하는 것도 내키지 않는다고 했답니다.

그 소식을 듣고 로테는 몇 분간 골똘히 생각하다가, 마침내 자신의 마음이 결백한데 왜 그랬을까 싶어 자존심이 상해 화가 솟구쳐 올랐다지요. 그녀는 알베르트의 망상에 반기를 들었습니다. 그리고 자신의 순수한 감정을 믿고, 단호히 마음을 먹었습니다. 그래서 하녀를 방으로 불러들이려던 계획을 취소하고, 피아노로 미뉴에트 몇 곡을 연주하였습니다. 잠시 쉬면서 혼란스러운 마음을 진정시키려고 말입니다. 그런 다음 마음이 차분해지자, 소파에 있는 베르테르의 곁에 가서 앉았습니다.

"읽을 만한 것이 없나요?"

그녀가 물었습니다. 그는 아무것도 갖고 있지 않았습니다.

"저기 제 서랍 속에요."

그녀가 이야기를 시작했습니다.

"선생님이 번역하신 오시안의 노래 몇 편(†괴테는 맥퍼슨의 시 몇 작품을 번역한 적이 있었다. 이후 이 번역물의 운율을 살려 베르테르를 위한 것으로 이용하였다.)이 들어 있어요. 아직 그 시들을 읽지 못했어요. 실은 이제나저제나 당신이 그 시들을 읽어 주시길 바라고 있었답니다. 하지만 그때 이후로 당신에게 부탁할 기회가 없었거든요."

베르테르는 미소를 지으며 시들을 꺼내 왔습니다. 원고를 펼쳐 들자, 전율이 그의 온몸을 훑고 지나갔습니다. 그리고 원고를 들여다 본 순간, 그의 두 눈은 눈물로 가득 찼습니다. 그는 자리에 앉아 원고를 읽어내려 갔습니다.

땅거미 지는 밤하늘의 별이여,(†〈셀마의 노래〉의 도입부. 이 시 작부에 참조 사항으로 오시안, 핑갈, 울린, 리노와 알핀, 미노나, 잘가르와 콜마, 아르민 등의 인물에 대한 설명과 공간 배경인 로라와 셀마 등에 관한 설명이 기재되어 있다.) 그대 서쪽 하늘을 수놓으며 아름답게 반짝이누나. 구름 속에서 빛을 발하며 몸을 일으킨 그대, 당당하게 그대의 언덕을 거니는 도다. 무엇을 찾아 그대는 이 황야를 내려다보는가? 휘몰아치던 바람이 고요히 잦아든 지금, 먼 데서 졸졸졸 골짜기를 흐르는 시냇물 소리 들리고, 출렁이는 물결이 바위를 철썩이며 노닐다 먼 곳으로 흘러간다. 저녁 날파리들이 윙윙대며 들판 위를 떼 지어 날아가는데, 아름다운 별빛이여, 그대는 정녕 무엇을 보고 있는가?

그러나 그대는 얼굴 가득 미소를 띤 채 지나가 버리는구나. 출렁이는 물결이 그대를 에워싸고 즐거워하며, 사랑스러운 그대의 머릿결을 감겨 주도다. 잘 가거라, 고요한 빛줄기여. 나타나라, 그대 오시안의 영혼에 깃든 웅장한 빛이여!

이제 오시안의 빛이 힘차게 모습을 드러내노라. 헤어진 나의 친구들이 보이는구나. 그들은 지난날 그들이 그랬던 것처럼 모두들 로라에 모여 있다. 핑갈이 다가온다, 축축한 안개 기둥처럼. 그의 용사들이 그를 에워싼다. 보라, 노래하는 음유시인들을! 저 백발 성성한 울린을! 당당한 체구의 리노를! 사랑스러운 가인(歌人) 알핀을! 그리고 그대, 조용히 탄식하는 미노나여! 셀마에서의 축제일 이후, 나의 친구들이여, 그대들은 참 많이도 변했구나! 노래 실력으로 명예를 쟁취하겠노라며 서로 앞다퉈 노래했던 그때, 언덕을 오가는 봄바람에 풀들이 여릿여릿 살랑이며 납작하게 몸을 숙였지.

　그때 아름다운 미노나가 눈물이 그렁그렁한 눈으로 시선을 내리깐 채 나타났네. 언덕에서 불어오는 변덕스러운 바람결에 그녀의 머리카락이 엉클어져 쉬이 풀릴 줄 몰랐지. 그녀가 사랑스러운 목소리로 목청을 높이자, 용사들의 마음에 어둠이 깃들었다네. 수도 없이 잘가르의 무덤을 바라보았고, 가슴이 흰 콜마의 집이 칠흑같이 어둡게 서 있는 것도 수없이 바라보았던 그들이었으니. 너무나도 조화로운 목소리를 지닌 콜마는 홀로 언덕 위에 남겨져 있었네. 잘가르는 돌아오마, 약속하였지만 그녀를 에워싸며 다가오는 건 점점 깊어지는 밤. 저기 언덕 위에 외로이 앉아 부르짖는 콜마의 목소리를 들으라.

콜마

　지금은 밤. 폭풍 치는 언덕 위에 버림받은 채 나 홀로 남아 있네. 산속에선 휘이잉 바람소리 요란하고, 물결은 바위에 부딪혀 울부짖으며 흘러가는데, 이 내 몸은 폭풍우를 막을 오두막 한 채 없이, 버림받은 심정으로 폭풍 치는 언덕 위에 홀로 서 있누나.

　오, 달님이여, 그대 앞을 가로막은 구름에서 어서 나오라! 밤

하늘의 별들이여, 모습을 드러낼지어다! 그 어떤 빛줄기든 내 사랑하는 연인이 사냥의 고단함을 벗고 쉬고 있는 곳으로 나를 이끌어 다오! 그이의 곁엔 시위를 푼 활이 놓여 있고, 사냥개들은 주인 곁을 맴돌며 코를 킁킁거리고 있겠지. 그런데 나는 여기, 무성하게 물풀이 자라난 강가 바위 위에 홀로 앉아 있어야 하는 신세. 강물과 폭풍이 쏴쏴 소리를 내며 사납게 날뛰니 내 사랑하는 이의 목소리 들리지 않네.

나의 잘가르는 무엇 때문에 머뭇거리고 있는 걸까? 자신이 한 말을 잊은 걸까? 저곳엔 바위와 나무들이, 그리고 이곳엔 쏴아아 소리를 내며 흘러가는 강물이 있네. 밤이 되면 이곳에 오겠노라, 그대는 약속했었지. 아아! 나의 잘가르는 어디를 헤매고 있는 걸까? 당신과 함께 도망치려고 했는데! 아버지와 오빠, 자부심으로 똘똘 뭉친 두 사람을 버려두고 말이에요. 우리 두 집안은 오래전부터 서로 원수 지간이었지. 그러나 오, 잘가르, 우리 둘은 원수가 아니지요.

오, 바람아, 잠깐만 잠잠하라! 오, 강물아, 잠시만이라도 침묵하라! 내 목소리가 골짜기 곳곳에 울려 퍼져, 방황하는 내 님의 귀에 들리도록. 잘가르! 소리쳐 외치는 여인은 바로 나랍니다. 여기 이곳 나무와 바위가 있는 곳에 있어요. 잘가르, 내 사랑, 나 여기 있어요. 무엇 때문에 당신은 이곳에 오기를 주저하고 있나요?

보라, 달이 비추나니. 골짜기의 물결에서 광채가 나고, 바위들은 잿빛을 드러내며 언덕 위에 우뚝 섰는데, 언덕 위 어디에도 내 님 모습 보이지 않누나. 앞장서 주인의 도착을 알리던 개들도 침묵하니. 나는 여기 홀로 앉아 있을 수밖에.

그런데 저기 아래 황야에 누워 있는 사람들은 누구지? 사랑하는 내 님인가? 나의 오라버니인가? 오, 나의 친구들이여, 말 좀 해 봐요! 저들은 대답이 없네. 내 영혼이 무섭도록 불안하구나. 아아, 저들은 죽고 말았구나! 격투로 붉게 물든 저들의 칼을 보라. 오, 오라버니, 어찌하여 오라버니는 나의 잘가르를 죽였나요? 오, 나의 잘가르여, 어찌하여 당신은 나의 오라버니를 죽였나요? 그대들 두 사람은 내가 너무나도 사랑하던 이들이었는데! 아, 당신은 언덕에 있던 수천의 용사들 가운데서도 빼어나게 아름다운 사람이었답니다. 전장에서 당신은 참으로 대단했지요. 대답해 보세요! 내 사랑하는 이들이여, 내 목소리 들리나요? 아아, 그러나 그대들은 잠자코 있네요. 영원처럼 잠잠하네요. 그대들의 가슴, 흙처럼 차갑네요.

오, 언덕 위 바위에서든, 폭풍 치는 산 정상에서든, 죽은 자들의 정령은 말하라, 말하라! 나 두려워 않으리! 그대들은 어디로 가서 쉬는가? 산속 어느 무덤으로 가야 그대들을 찾을 수 있는가! 바람결에 귀를 기울여도 목소리는 묘연하고, 언덕에서 날뛰는 폭풍에도 나부껴 우는 대답 한마디 없구나.

나는 비탄에 빠져 이렇게 앉아서, 눈물 속에서 아침이 밝기를 기다리고 있네. 그대들 죽은 자들의 친구들이여, 그대들은 무덤을 파라! 그러나 내가 갈 때까지 그 무덤을 덮지는 마시길. 나의 삶도 꿈처럼 사라지리니, 나 홀로 어찌 남아 있을꼬. 나는 이곳,

부딪히는 물살에 메아리로 화답하는 바위가 우뚝한 강가에서 나의 친구들과 함께 살고 싶구나. 언덕 위로 밤이 깃들고, 황야에 바람이 찾아오면, 나의 정신은 바람을 타고 내 친구들의 죽음을 슬퍼하리라. 움막에 있던 사냥꾼이 내 목소리를 듣고, 마음을 졸이다가 사랑에 빠지리니, 그토록 사랑했던 두 친구를 위해 노래하는 나의 목소리가 달콤한 까닭이라.

이것이 당신의 노래였지, 오, 당신, 토르만의 딸, 여리고 곧잘 얼굴을 붉히던 미노나여! 콜마를 위해 우리는 눈물을 흘렸고, 우리의 영혼은 어두워졌네. 울린이 하프를 들고 나타나 우리에게 알핀의 노래를 들려주었네. 알핀의 목소리는 정겨웠고 리노의 영혼은 번개와도 같았지. 그러나 이미 그들은 저 좁은 집에 누워 영면에 들었고, 셀마에 울려 퍼지던 그들의 목소리 사라지고 없네. 언젠가 용사들이 전사하기 전, 사냥에서 돌아오던 울린은 언덕 위에서 그들이 겨루던 노랫소리 들었다네. 그들의 노래는 부드러웠지만 구슬펐다네. 그들은 저 용사들 가운데 으뜸이던 모라르의 전사를 애도하였다네.

모라르의 영혼은 핑갈의 영혼과 같았고, 그의 검은 오스카르의 검과 같았도다. 그러나 그는 전장에서 죽음을 맞았지. 그의 아버지는 통곡하였고, 누이의 눈엔 눈물이 가득 고였지. 저 위대한 모라르의 누이, 미노나의 두 눈엔 눈물이 가득 고였지. 그녀는 울린의 노래에 뒤로 물러났다네. 마치 서녘 하늘에 뜬 달이 폭풍우를 예견하고 아름다운 제 몸을 구름 속에 감추듯이. 나는 울린과 함께 비탄의 노래에 맞추어 하프를 뜯었다네.

리노

바람과 비가 지나자, 한낮은 더더욱 뜨겁고, 구름은 뿔뿔이 흩어지네. 변덕스러운 해가 도망치듯 지나가며 언덕에 빛을 비추고, 산속에선 계곡의 물줄기 붉게 흐르네. 졸졸졸 흐르는 계곡물, 네 속삭임이 아름답구나. 그러나 내가 듣고 있는 저 목소리, 더욱 아름다우니. 그것은 알핀의 목소리로다. 죽은 자들을 애도하는 알핀의 목소리로다. 그의 머리는 세월 앞에 굽었고, 그의 눈물 젖은 두 눈은 붉게 충혈되었구나. 알핀, 뛰어난 가인(歌人)이여, 어찌하여 그대, 저 침묵하는 언덕 위에 홀로 있는가. 어찌하여 그대, 숲속을 휘몰아치는 돌풍처럼, 먼 해안에서 출렁이는 파도처럼 애통해하는가.

알핀

리노여, 나의 눈물은 죽은 자들을 위함이요, 나의 목소리는 무덤에 사는 자들을 위함이라. 언덕 위에 있는 그대, 호리호리한 몸매에 황야의 아들들 가운데에서도 빼어난 미모를 지녔구나. 그러나 그대도 모라르처럼 전장에서 죽음을 맞을지니, 그리하여 그대의 무덤 위에 슬퍼하는 자 앉게 되리니. 언덕은 그대를 잊을 것이고, 그대의 활은 시위가 풀린 채 놓여 있으리라.

모라르, 그대는 언덕을 달리는 한 마리 사슴처럼 빨랐고, 밤하늘에 타오르는 불길처럼 기세가 대단하였지. 그대의 분노는 폭풍과도 같았고, 전장에서 휘두르는 그대의 검(劍)은 황야에 번득이던 번개와 같았도다. 그대의 목소리는 비 온 뒤 숲속에서 콸콸거리며 흘러내리는 물줄기, 먼 언덕들 위에서 호령하는 천둥소리와 같았다. 그대의 손에 쓰러진 자, 수를 헤아릴 수 없었고, 그대의 타오르는 분노의 불꽃이 그들을 삼켰도다. 그러나 전쟁에서 돌아올 때, 그대의 이마에 깃든 그 평화로움이란! 그대의 용안은 한바탕 뇌우가 지난 뒤 나타난 태양을 닮았고, 고요한 밤하늘에 뜬 달을 닮았지. 그대의 가슴은 출렁이다 잠잠히 잦아든 바다처럼 고요하였도다.

그러나 이제 그대의 거처는 비좁고, 그대가 머무는 곳은 칠흑같이 깜깜하네. 그대의 무덤을 재는 데 세 걸음이면 족하나니, 오, 그대, 예전에 그토록 거대했던 그대였건만! 이끼를 머리에 인 네 개의 비석이 그대를 기념하는 유일한 기념물이로다. 낙엽진 앙상한 한 그루의 나무, 바람결에 바스락대며 속삭이는 무성한 풀들만이 사냥꾼의 눈에 강인했던 모라르의 무덤임을 짐작케 할 뿐. 그대에겐 그대를 위해 울어 줄 어머니도, 사랑하는 이를 위해 눈물 흘릴 단 한 명의 여인도 없구나. 그대를 낳은 여인은 죽었고, 모르글란의 딸들도 스러졌노라. 지팡이에 의지하고 있는 저자는 누구인가? 머리는 늙어 백발이 성성하고, 두 눈은 눈물에 충혈된 이, 저자는 누구인가? 오, 모라르, 저 사람은 그대의 아버지로다! 아들이라곤 오직 그대뿐인 아버지! 그 아버지, 전장에서 호령하던 아들의 소식을 전해 들었지. 그 아버지, 적들이 뿔뿔이 흩어졌다는 소식도 전해 들었지. 그 아버지, 모라르의 명성에 관해 들었지. 아아, 그러나 그의 상처에 관해서는 아무것도 듣지 못하였던가? 울어라, 모라르의 아비여! 울어라! 그러나 그대의 아들은 그대 목소리 듣지 못하니, 죽은 자들의 잠은 깊고, 그들의 베개는 먼지가 되어 낮음이라. 그 아들, 영원히 그대의 목소리에 귀 기울이지 않으리. 그대가 아무리 외쳐 불러도 결코 깨어나지 않으리. 아, 무덤에 아침이 찾아올 날 언제일까? 그리하여 깊이 잠든 자들을 향해 '일어나라!'라고 외치게 될 날이 언제나 올까?

잘 있게, 인간들 중 가장 고귀한 인간, 싸움터의 정복자인 그대여! 그러나 이제 싸움터에서 그대의 모습 영영 볼 수 없으리. 그대 칼날에 어두운 숲이 빛나는 날도 영영 없으리. 그대는 아들 하나 남기지 않았지만, 노래 속에 그대의 이름 울려 퍼질지니, 다가올 세대는 그대에 관해 듣게 되리라. 전사한 모라르의 이야기를 듣게 되리라.

영웅들이 슬퍼하는 소리 커졌으나, 그중에서도 한숨을 토하는 아르민의 소리가 단연 컸도다. 한창 때 전사한 아들의 죽음이 떠오른 까닭이라. 이 영웅과 가까운 곳에 유명한 갈말의 영주 카르모르가 앉아 있었네. 그가 말하였네.

"어찌하여 아르민이 저토록 흐느껴 울며 한숨을 짓고 있단 말인가? 여기 울 일이 무엇이 있는고? 시구와 노랫가락이 영혼을 녹이며 즐겁게 울려 퍼지지 않는가? 마치 바다에서 출발하여 모든 걸 촉촉하게 적시며 계곡으로 올라오는 부드러운 안개처럼. 그 촉촉한 안개에 피어나던 꽃들, 잠시 만족스러워하지만, 다시금 태양이 떠오르면, 안개는 제 힘을 잃고 사라져 버리지. 아르민, 어찌하여 그대는 그리도 처절하게 탄식하고 있는가, 그대 바다로 둘러싸인 고르마의 군주여!"

처절하게 탄식하고 있다 말했나! 그래, 아마 그럴지도 모르지. 그러나 나의 괴로움은 결코 하찮은 이유 때문이 아니라네. 카르모르, 그대는 아들을 잃어 보았나! 한창 피어나는 딸을 잃어본 적 있는가! 용맹한 콜가르도 살아 있고, 소녀들 중 단연 으뜸가는 미모의 아미라도 살아 있지 않은가. 오, 카르모르, 그대 집안의 나뭇가지엔 꽃이 한창이나, 나 아르민은 우리 가문의 마지막 가지라네.

오, 다우라, 네 침대는 어둠에 잠겼구나! 무덤 속에서 너는 숨막히는 먹먹한 잠을 자도다! 네가 노래하며 잠에서 깨는 날은 언제나 올꼬? 너의 아름다운 목소리로 선율을 읊조리며 깨어날 날언제 올꼬? 일어나라, 너희들 가을바람아! 일어나서 깜깜한 황야 위를 폭풍처럼 휘몰아쳐라! 숲속을 흐르는 물줄기들이여, 힘차게 울려 퍼져라! 폭풍우여, 떡갈나무 꼭대기에서 울부짖으라! 오, 달이여, 벌어진 구름 구석구석을 누비고 다니며 간간이 네핏기 없는 얼굴을 보여 줄지니! 나에게 저 끔찍한 밤을 기억하게하라, 나의 자녀가 저세상으로 돌아간 날, 강인했던 아린달이죽고 사랑하는 다우라가 스러진 그 밤을.

다우라, 내 딸! 너는 아름다웠다! 푸라의 언덕 위에 뜬 달처럼아름다웠고, 소복이 쌓인 눈처럼 흰 피부에, 가슴으로 파고드는향긋한 바람처럼 사랑스러웠다. 아린달, 너의 활은 강했고, 전장에서 너의 창은 그 어떤 창보다 날랬으며, 너의 눈길은 물결 위의 안개처럼 잠잠했고, 너의 방패는 폭풍우 속에 번쩍이는 불구름과 같았다.

아르마르는 전쟁터에서 명성을 떨친 영웅이었지. 그런 아르마르가 다우라에게 와서 사랑을 구했지. 다우라는 오래지 않아 그의 구애를 받아들였고, 친구들은 두 사람에게 기분 좋은 일을 기대하였네.

오드갈의 아들 에라트는 자신의 형이 아르마르의 손에 죽은 탓에 아르마르에게 원한을 품고, 뱃사공으로 변장하였지. 물 위에 띄운 그의 조각배는 아름다웠고, 그의 고수머리는 늙은이처럼 백발로 변하였으며, 진지한 그의 얼굴은 평온해 보였다네.

"세상에서 가장 아름다운 아가씨,"

에라트가 말하였네.

"아르민의 사랑스러운 따님! 저기, 여기서 멀리 떨어지지 않은 바다 가운데, 나무에 달린 붉은 과일이 어서 오라고 손짓하는 저 바위 말입니다. 거기서 아르마르가 다우라 양을 기다리고 있답니다. 나는 그의 연인을 저 일렁이는 바다 너머로 건네주려고 왔답니다."

다우라는 에라트를 따라갔다네. 그리고 큰 소리로 아르마르를 불렀지. 그러나 들려오는 건 철썩이는 파도 소리뿐, 아무런 대답도 없었네.

"아르마르, 내 사랑, 내 사랑, 왜 날 이렇게 걱정하게 만드나요? 대답해 보세요, 아르마트의 아드님, 어서 대답해요. 저예요, 저 다우라가 소리치고 있답니다."

배신자 에라트는 껄껄거리며 육지로 도망쳤다네. 다우라는 더욱 목청을 높여 오라버니와 아버지를 외쳐 불렀다네.

"아린달! 아르민! 다우라를 구해 줄 분, 아무도 없나요?"

다우라의 목소리가 바다를 건너왔네. 나의 아들 아린달은 사냥감을 쫓아 울퉁불퉁한 언덕길을 내려오고 있었지. 옆구리에 매달린 살통에선 화살이 덜겅거렸고, 손에는 활이 들려 있었다네. 암회색 개 다섯 마리가 아린달의 주위를 지키고 있었지. 그 아이, 대담무쌍한 에라트가 해변 기슭에 있는 것을 보고 놈을 붙잡아 떡갈나무에 묶었다네. 에라트는 허리를 휘휘 둘러 꽁꽁 묶였고, 그자의 신음 소리, 빈 바람 소리를 채웠다네.

아린달은 다우라를 이편으로 데려오려고 파도에 배를 띄우고 몸을 실었네. 때마침 격분한 아르마르가 왔다가, 회색 깃털을 단 화살을 당겼지. 화살에서 피웅 소리가 나는가 싶더니, 오, 아린달! 내 아들! 화살이 네 가슴에 가서 꽂혔지! 배신자 에라트 대신에 네가 사경을 헤매었다. 배는 바위에 다다랐지만, 아린달은 그대로 쓰러져 죽고 말았네. 오, 다우라, 오라비의 피가 네 발치로 흘렀으니 네 애통함을 무엇에 비하리!

거센 파도에 배는 산산조각 나고, 아르마르는 바다로 뛰어들었지. 그의 다우라를 구하기 위함이던가. 아니면 죽기를 작정함이던가. 순식간에 언덕에서 불어온 돌풍이 파도를 뒤집고, 아르마르는 물속에 잠겨 다시는 떠오르지 않았지.

파도에 씻긴 바위 위에 홀로 남은 나는 딸의 탄식 소리를 들었네. 딸아이의 울부짖는 소리, 끊이지 않고 큰 소리로 들려왔지만, 그 아이의 아비는 딸아이를 구할 수 없었네. 나는 밤이 새도록 기슭에 서서 흐릿한 달빛에 비친 딸의 모습을 보았고, 밤이 새도록 울부짖는 딸아이의 목소리를 들었지. 바람 소리는 거셌고, 빗줄기가 매섭게 산허리를 향해 내리 꽂혔네. 아침이 밝기 전, 그 아이의 목소리가 잦아들었네. 그리고 바위틈에서 자라난 한 줌 풀 사이로 불어왔다 금세 사라지는 저녁 바람처럼 딸아이의 숨결도 사라져 버렸지. 애통함을 이기지 못한 딸아이가 죽고, 이 아르민 혼자 남겨진 거라네! 전쟁터에서 보여 주었던 나의 강인함은 사라졌고, 여인들 사이에서 드높던 나의 콧대도 꺾이고 말았다네.

산에서 폭풍우가 휘몰아치거나 북풍이 거센 파도를 일으킬 때면, 나는 바람 소리 울려 퍼지는 기슭에 앉아 그 끔찍한 바위를 바라본다네. 기울어 가는 달 속에서 반쯤 어슴푸레하게 내 아이들의 혼령을 보곤 하지. 슬픔으로 한마음이 되어 함께 떠돌아다니는 모습을.

로테의 눈에서 눈물이 폭포처럼 터져 나와, 답답하게 눌려 있던 그녀의 가슴에 숨통을 터 주었고, 그 바람에 거침없이 읽어 내려가던 베르테르의 시 낭송이 막히고 말았습니다. 베르테르는 원고를 던져 놓고, 그녀의 손을 꼭 부여잡고는 쓰디쓴 눈물을 흘렸습니다. 로테는 다른 손에 몸을 기대고 두 눈을 손수건에 파묻었습니다. 두 사람이 받은 감동은 어마어마했습니다. 그들은 저

고귀한 영웅들의 운명에서 그들 자신의 불행을 보았고, 그것을 공감하던 차에 눈물이 그들을 하나로 묶어 준 것이지요. 로테의 팔에 대고 있던 베르테르의 입술과 두 눈이 뜨겁게 달아올랐습니다. 로테는 온몸에 소름이 끼쳐 그에게서 벗어나려고 했지만, 고통과 연민이 한달음에 달려와 납덩이처럼 그녀를 짓눌러 온몸이 마비된 것만 같았지요. 그녀는 마음을 가다듬기 위해 심호흡을 한 다음, 울먹이며 시 낭송을 계속 해 달라고 부탁하였습니다, 천상의 목소리로요. 베르테르는 온몸이 덜덜 떨리고 금방이라도 심장이 터질 것 같았지만, 원고를 다시 집어 들고 더듬거리며 읽기 시작했습니다.

봄바람아, 너는 어찌하여 나를 깨우느냐. 너는 사랑 놀이를 하며 속삭이는구나. 내가 하늘의 이슬방울로 적셔줄게요, 라고. 하지만 나는 시들 때가 다가왔다. 내 잎사귀를 흔들어 떨어트릴 폭풍이 가까이 왔단 말이다! 내일이면 나그네가 오리니, 그 옛날 아름다운 나를 보았던 그가 오리니. 들판을 빙 둘러 그의 눈은 나를 찾아 헤매겠지만, 결코 찾을 수 없으리라—

이 구절이 불행한 두 사람을 너무나도 강력한 힘으로 덮쳤습니다. 그는 절망에 사로잡혀 로테의 앞에 몸을 던졌습니다. 그러곤 그녀의 두 손을 꼭 부여잡고는 자신의 두 눈에, 그리고 이마에 지그시 눌렀습니다. 그러자 그녀는 그가 세운 끔찍한 계획이 예감처럼 그녀의 마음을 뚫고 지나가는 것 같은 느낌이 들었지요. 그녀는 분별력이 헝클어져 엉망이 되었습니다. 그녀가 그의 양손을 꼭 잡았습니다. 그러곤 그 손을 가져다 그녀의 가슴에 지그시 누르고, 우수에 찬 몸짓으로 그에게 몸을 숙였습니다. 그러자 뜨겁게 달아오른 두 사람의 뺨이 서로 맞닿았습니다. 이제 세상의 이목은 더 이상 두 사람의 눈에 들어오지 않았습니다. 베르테르는 이제 양팔로 그녀를 감싸 안았습니다. 그러고는 파르르 떨며 무어라 중얼거리는 그녀의 입술에 미친 듯 키스를 퍼부었습니다.

"베르테르 선생님!"

그녀는 짓눌린 목소리로 몸을 돌리며 소리쳤습니다.

"베르테르 선생님!"

그리고 연약한 손을 뻗어 그녀의 가슴을 누르고 있는 그의 가슴을 밀쳤습니다!

"베르테르 선생님!"

그녀는 고결하기 그지없는 감정을 담아 침착한 어조로 외쳤습니다. 그는 저항하지 않고 순순히 그녀를 풀어주었습니다. 그러고는 넋이 나간 듯 그녀의 앞에 꿇어 엎드렸습니다. 그녀는 벌떡 일어나, 사랑인지 분노인지 모를 중간 어디쯤의 감정으로 온몸을 부들부들 떨며, 혼란에 사로잡혀 걱정스럽게 말하였습니다.

"이제 마지막입니다, 베르테르 선생님! 다시는 저를 볼 생각일랑 하지 마세요."

그러곤 애정이 담뿍 담긴 눈길로 이 불행한 남자를 바라보며 서둘러 옆방으로 들어가 안에서 문을 잠가 버렸습니다. 베르테르는 그녀를 향해 팔을 뻗었지만, 감히 그녀를 멈춰 세우지는 못하였지요. 그는 그대로 바닥에 누운 채 소파에 머리를 기대고, 삼십분이 넘게 그 자세로 있다가, 무슨 소리엔가 화들짝 놀라 정신을 차립니다. 식탁을 차리러 들어온 하녀가 낸 소리였지요. 그는 하녀가 식탁을 차리는 동안 방 안에서 서성이다, 다시 혼자 있게 되자 옆방 문 앞으로 가서 목소리를 낮추어 그녀를 불렀습니다.

"로테! 로테! 한마디만 더 하게 해 줘요, 잘 지내라는 인사 정도는 하게 해줘요!"

그녀는 아무 말이 없었습니다. 그는 그녀의 대답을 기다렸습니다. 그리고 다시 부탁하였지요. 그리고 또 기다렸습니다. 그러고난 다음, 그는 누군가 낚아채기라도 한 듯 문에서 떨어져 소리쳤습니다.

"잘 있어요, 로테! 잘 있어요, 영원히!"

그가 성문 가까이 다가오자 자주 보아 그가 눈에 익었던 경비병은 아무 말도 하지 않고 그를 내보내 주었습니다. 비도, 눈도 아닌 것이 흩날리고 있었습니다. 열한시 무렵에야 그는 다시 숙소의 문을 두드렸습니다. 베르테르가 집에 왔을 때, 그의 하인은 주인에게서 모자가 없어진 것을 알아차렸답니다. 그러나 그는 감히 그것을 말하기가 뭣하여 아무 말도 하지 않고 그의 옷을 벗겨 주었습니다. 옷은 전부 젖어 있었습니다. 나중에 모자는 골짜기로 이어지는 경사가 급한 비탈길의 바위 위에서 찾아냈는데, 사람들은 그가 어떻게 그 캄캄하고 축축한 밤에 그곳을 굴러 떨어지지 않고 올라갈 수 있었는지 알다가도 모를 일이라고 했지요.

그는 침대에 몸을 눕힌 뒤 오래도록 잠을 잤습니다. 다음날 아침 하인이 그의 부름을 받고 커피를 가져갔을 때, 하인은 그가 뭔가를 쓰고 있는 것을 보았습니다. 그것은 로테에게 보내는 다음의 편지였지요.

영원히, 영원히 작별입니다. 이렇게 두 눈을 뜨는 것이 말입니다. 이제 이 두 눈은 아아, 다시는 태양을 볼 수 없겠지요. 우중충하고 안개 낀 날이 태양을 가려 버렸군요. 그러니 자연이여, 슬퍼하라. 그대의 아들이자 그대의 친구요, 그대의 연인이 종말을 향해 다가가고 있으니. 자기 자신에게 "이것이 마지막 아침이야."라고 말하는 건 그 무엇과도 비교할 수 없는 참으로 독특한 감정이로군요. 그래도 굳이 비교하자면 어렴풋한 꿈에 비할 수 있을까요? 마지막 아침이라니! 로테, 나는 마지막 아침이라는 이 말에 그 어떤 의미도 두지 않습니다! 나는 온전히 내 힘으로 서 있지 않습니까. 그러나 내일이면 나는 사지를 쭉 뻗은 채로 바닥에 누워 잠들어 있겠지요.

죽는다는 것! 그것은 무엇을 말하는 것입니까? 보세요, 죽음을 이야기할 때면, 우리는 꿈을 꾸는 것 같습니다. 나는 사람이 죽는 것을 많이 보았습니다. 그러나 인간이란 자기 존재가 어디

서 와서 어디로 가는지 그 처음과 끝에 대해 전혀 알지 못할 정
도로 제한된 삶을 살아갑니다. 오, 사랑하는 이여, 아직까지 나
의 삶은 당신의 것입니다! 당신의 것! 그리고 잠시, 어쩌면 영원
히 헤어진 상태로 떨어져 있겠지요. 아니, 로테, 아니에요. 내가
어떻게 사라지겠어요? 당신이 어떻게 사라지겠어요, 우리는 여
기 이렇게 함께 있는데! 사라지다니요! 하지만 이게 무슨 의미가
있을까요? 그것 또한 한마디 말에 불과할 뿐, 내 가슴에는 아무
런 감정도 느껴지지 않는 공허한 울림일 뿐입니다. 로테여, 죽
음이란, 차가운 흙 속에 파묻혀 있는 것입니다. 그것도 너무나
도 비좁게, 너무나도 깜깜하게 파묻혀 있는 것입니다! 잡을 수
없던 나의 청춘에 내 전부였던 여자 친구가 있었습니다. 그녀가
죽고, 나는 그녀의 운구 행렬을 뒤따라갔습니다. 그리고 무덤가
에 섰지요. 사람들이 무덤 속에 관을 내린 다음, 관 아래를 받
쳤던 밧줄을 빼내자 밧줄이 차르륵 되튕겨져 올라왔습니다. 그
런 다음 첫 삽에 담긴 흙이 아래로 쏟아졌고, 관 위에 부딪혀 둔
중한 소리를 냈습니다. 그렇게 점점 더 둔탁해지는 소리가 나면
서 마침내 무덤은 완전히 흙으로 뒤덮였습니다! 나는 무덤을 향
해 돌진하였지요! 무엇인가에 사로잡힌 것처럼, 충격과 공포로
내면의 가장 깊은 곳이 갈기갈기 찢기는 것만 같았습니다. 하지
만 그땐 나에게 무슨 일이 일어난 것인지 —그리고 앞으로 내게
무슨 일이 벌어질지— 몰랐지요. 죽는 것! 무덤! 나는 그 말들을
이해하지 못했습니다!

아아, 용서해 주십시오! 나를 용서해 주십시오! 어제의 일을

용서해 주십시오! 내 생애의 마지막 순간은 마땅히 그래야 했습니다. 아, 그대, 천사여! 내 생애 처음으로, 처음으로 아무런 의심도 없이 내 마음속 가장 깊은 곳까지 '그녀가 나를 사랑하고 있구나, 그녀가 나를 사랑하고 있어.'라며 환희의 감정이 뜨겁게 달아올랐지요. 당신의 입술에서 흘러나온 성스러운 불길은 지금도 내 입술 위에서 타오르고 있습니다. 따뜻한 기쁨이 새롭게 내 가슴속에 번집니다. 나를 용서하십시오, 이런 나를 용서해 주십시오.

나는 당신이 나를 사랑한다는 걸 알고 있었습니다. 당신이 나를 바라보던 그 정감 넘치던 첫 눈길에서, 우리가 처음으로 악수를 나누던 그 손길에서, 나는 이미 알았더랍니다. 그런데도 내가 당신을 다시 떠날 때, 알베르트가 당신 옆에 서 있는 것을 볼 때면, 나는 열병과도 같은 회의에 빠져 다시금 낙담하곤 했지요. 기억하나요, 예의 그 역겨운 사교 모임에서 당신이 나에게 아무 말도 못하고 손조차 내밀 수 없었을 때, 꽃을 보내 주었던 일을? 아아, 나는 밤이 반 토막 날 때까지 그 꽃 앞에 무릎을 꿇고 앉아 있었답니다. 그 꽃들은 나에게 당신의 사랑을 확인하고 봉인까지 하게 했지요. 그러나 아아, 이런 감명들조차 덧없이 지나가 버리더군요. 믿는 자들의 마음에서 은총을 받았을 때의 감정이 차츰차츰 그 힘을 잃어 가는 것처럼 말입니다. 그것도 온전히 하늘의 충만함으로 말미암아 눈에 보이는 성스러운 표식과 함께 내려준 은총이었는데 말입니다.

이 모든 것들은 모두 덧없이 지나가는 것들입니다. 그러나 어제 내가 당신의 입술에서 향유하였고, 지금도 내 가슴을 뜨겁게 달구며 타오르는 이 생명력은 영원히 꺼지지 않을 것입니다. 당신은 나를 사랑하고 있습니다! 이 팔은 당신을 감싸 안았고, 이 입술은 당신의 입술 위에서 떨었으며, 이 입은 당신의 입에 닿는 순간 말을 더듬었습니다. 그녀는 내 사람입니다! 당신은 내 사람이에요! 그래요, 로테, 영원히!

그게 무슨 상관이랍니까? 알베르트가 당신의 남편이라는 것이요! 남편이라고요? 이승에서나 그렇겠지요. 그리고 이승에서는 내가 당신을 사랑하는 것, 내가 당신을 그의 품에서 빼앗아 내 품에 안으려 하는 것이 죄겠지요? 죄라고요? 좋습니다! 그럼 내가 그 죄에 대해 직접 나를 벌하겠습니다. 나는 이 죄를 전부 맛보았습니다. 천상의 황홀경에 이를 때까지요. 그 삶의 진통제와 힘을 내 가슴에 빨아들였습니다. 그리고 그 순간부터 이제 당신은 내 사람이 되었습니다! 오, 로테, 내 사람. 나는 먼저 갑니다. 내 아버지요, 당신의 아버지께로 갑니다. 가서 그분께 내 불만을 하소연하려 합니다, 그러면 그분은 나를 위로해 주시겠지요, 당신이 올 때까지요. 당신이 오면 나는 날개를 단 듯이 당신에게로 달려가, 저 무한하신 분의 용안을 앞에 두고 그대와 포옹한 채 영원히 그대 곁에 머물 겁니다.

나는 지금 꿈을 꾸는 게 아닙니다. 망상에 사로잡혀 있지도 않습니다! 무덤에 가까워 질수록 내 정신은 더욱 또렷해지고 있습니다. 우리는 함께 있게 될 겁니다, 우리는 다시 만나게 될 겁니다! 당신의 어머니도 만나게 되겠군요! 그분을 만나야겠습니다. 찾을 수 있을 겁니다, 그분. 아아, 그러면 그분께 나의 흉금을 모두 털어놓아야겠습니다. 당신의 어머니, 당신과 꼭 닮은 그분께요.

열한시 경, 베르테르는 그의 하인에게 혹시 알베르트가 돌아왔는지 물었습니다. 하인이 "예, 그분이 말을 타고 집으로 가는 걸 보았습니다." 라고 말하자, 곧이어 주인은 봉투도 없이 다음과 같은 내용이 적힌 조그만 쪽지를 하인에게 건넵니다.

여행을 앞두고 있는데, 혹시 권총을 좀 빌려주시겠습니까? 그럼 안녕히, 잘 지내십시오.

저 사랑스러운 여인 로테는 간밤에 거의 한숨도 자지 못하였습니다. 온몸의 피가 열병에 걸린 것처럼 뜨겁게 끓어올랐고, 수천 가지 감정들이 그녀의 마음을 어지럽게 흐트러뜨렸지요. 그녀는 자신의 의지와는 반대로 베르테르의 포옹에 가슴속 깊이 활활 타오르던 불길을 느꼈습니다. 그러면서 동시에 거칠 것 없는 순수함과 마음 편히 스스로를 믿던 지난날들이 지금보다 몇 배는 더 아름답게 보였지요. 그녀는 베르테르가 찾아왔었다는 이야기를 듣게 되었을 때 남편이 어떤 눈길을 보내고, 그리고 반쯤은 짜증난 투로, 또 반쯤은 빈정대는 투로 어떤 질문을 할지 벌써부터 걱정이 되었습니다. 그동안 그녀는 의뭉스럽게 군 적도, 거짓말을 해본 적도 없었습니다. 그런데 지금 처음으로 그녀는 그렇게 하는 것이 불가피하게 필요한 상황에 처하였다는 것을 알았습니다. 그러나 거짓말을 할 때 느낄 혐오감과 당혹스러움을 생각하자 그녀는 거짓말이야말로 더더욱 큰 죄인 것 같다는 생각이 들었지요. 그렇다고 해서 그녀는 이 문제를 일으킨 장본인을 미워할 수도, 또 그를 절대로 다시 보지 않겠노라 약속할 수도 없을 것 같았습니다.

그녀는 아침 무렵까지 울다가 지쳐 잠이 들었습니다. 그리고 가까스로 잠에서 깨어 옷을 입기 무섭게 남편이 집으로 돌아왔지요. 남편이 집에 있다는 사실이 그녀에게 처음으로 견디기 힘들게 다가왔습니다. 부인이 울어서 퉁퉁 부은 눈에 몰골이 말이 아닌 걸 남편이 눈치챌까 봐 벌벌 떨면서 어쩔 줄 모르고 있었으니까요. 그래서 그녀는 격한 포옹으로 남편을 반겼는데, 그것은 격한 기쁨이라기보다 후회와 당혹감에서 우러난 것이라 바로 그 때문에 알베르트의 주의를 불러일으키는 꼴이 되고 말았습니다. 알베르트는 편지 몇 통과 소포 꾸러미들을 펼쳐본 다음, 아주 정감 없는 말투로 별일은 없었는지, 누가 찾아오지는 않았는지 로테에게 물었습니다. 그녀는 말을 더듬으며, 어제 베르테르가 와서 한 시간 동안 있다가 갔다고 대답했습니다.

"시간 한 번 잘도 골랐군."

알베르트는 맥락이 맞지 않는 말을 툭 던지고 그의 방으로 갔습니다. 로테는 15분쯤 혼자 거실에 남아 있었습니다. 그러다 그녀가 사랑하고 존경하는 남편이 있다는 사실에 새삼스레 감명을 받았습니다. 그녀는 남편의 선량함과 넓은 아량, 그리고 그가 그녀에게 준 사랑이 떠올랐습니다. 그리고 자신이 그런 그에게 너무나도 독하게 답하였다는 걸 알게 되었습니다. 알지 못할 어떤 이끌림이 그녀가 남편을 따라가도록 부추겼습니다. 그녀는 자신이 종종 하던 일감을 들고 그의 방으로 가서 필요한 건 없는지 물었지요. 그러자 그는 "아니."라고 대답하고는 설교단처럼 생긴 책상 앞에 서서 편지를 썼고, 그녀는 가만히 앉아 뜨개질을 하였습니다. 그들은 한 시간 동안 그런 식으로 나란히 각자의 일을 하였습니다. 그러다 알베르트가 잠깐 방 안을 서성서성 오가자, 로테는 그에게 몇 마디 말을 걸었지요. 그러나 그는 그녀의 말에 짧게, 혹은 아무런 대꾸도 건네지 않고 다시 책상에 가서 섰습니다. 그리하여 그녀는 서러움에 잠기고 말았고, 섭섭한 마음을 감추고 눈물을 삼키려 할수록 그녀의 마음은 점점 더 심란해질 뿐이었습니다.

그때 베르테르의 하인이 나타났습니다. 로테는 엄청나게 당황하였지요. 하인이 알베르트에게 쪽지를 건네자, 알베르트는 아주 냉담한 표정으로 부인에게로 돌아서서 이렇게 말하였습니다.

"저자에게 총을 좀 가져다 줘요."

그리고 베르테르가 보낸 젊은 하인에게는 "여행 잘 다녀오시길 바란다고 전해 주게."라고 말했습니다. 이 말에 그녀는 마치

벼락을 맞은 것 같았습니다. 그녀는 비틀거리며 자리에서 일어
났습니다. 지금 자신에게 무슨 일이 일어난 건지 알아차릴 경황
도 없었습니다. 그녀는 천천히 벽 쪽으로 가서, 온몸을 덜덜 떨
며 총을 내렸습니다. 그리고 총에 쌓인 먼지를 닦은 다음 머뭇거
리며 가만히 서 있었습니다. 만약 알베르트가 "지금 뭐하는 짓
이요?"라고 묻는 눈길로 그녀를 재촉하지 않았더라면, 그녀는
훨씬 더 오래 머뭇거렸을 겁니다. 그녀는 그 불길한 무기를 하
인에게 건네주면서도, 단 한마디 말조차 입 밖에 낼 수가 없었습
니다. 하인이 집 밖으로 나가자, 그녀는 일감을 주섬주섬 모아
들고는 이루 말로 표현할 수 없이 고통스러운 상태로 그녀의 방
으로 돌아갔습니다. 끔찍한 일들이 벌어질 것 같은 예감이 들었
습니다. 그녀는 당장이라도 남편의 발치에 엎드려 그에게 모든
것을 밝히고 싶었습니다. 어젯밤 벌어진 일, 그녀 자신이 범한
죄, 지금 그녀의 예감까지 모두. 그러나 다음 순간, 그녀는 그렇
게 해 보았자 소용이 없다는 생각이 다시 들었습니다. 남편을 설
득하여 베르테르에게 가 보라고 부탁하는 것 역시 바랄 수 없는
일이었습니다. 식탁이 차려졌고, 마침 물어볼 것이 있다며 잠시
들른 마음씨 좋은 친구 한 명이 로테에게 붙잡혀 함께 식사를 하
게 되었습니다. 그 친구 덕분에 로테는 식탁에서의 대화를 견딜
수 있었습니다. 로테는 억지로 떠들고 말하며 그 일을 잊으려 했
습니다.

하인은 권총을 가지고 베르테르에게로 갔습니다. 베르테르는
로테가 직접 권총을 건네주었다는 하인의 말을 듣자, 뛸 듯이 기

뻐하며 권총을 넘겨받았습니다. 그는 빵과 포도주를 가져오도록 시킨 다음, 하인에게 식탁에 앉아 식사를 하라고 하였습니다. 그리고 본인은 자리에 앉아 편지를 쓰기 시작했지요.

　권총이 직접 당신의 손을 거쳐 왔군요. 당신이 권총에 쌓인 먼지도 닦아 주었다고요. 나는 권총에 수천 번도 더 키스를 하였답니다. 당신의 손길이 스친 권총이니까요. 당신, 살아 있는 천상의 정령인 당신이 나의 결심에 용기를 북돋아 주다니! 그리고 로테, 당신이 나에게 결심을 실행할 도구까지 건네주었네요, 바로 당신이요. 당신에게서 죽음을 건네받길 소망했었는데, 아아, 이제 정말로 그렇게 되었군요. 아아, 하인 녀석에게 꼬치꼬치 캐물어 알게 되었지요. 당신이 녀석에게 권총을 건넬 때 부들부들 떨었다는 것, 그리고 그 어떤 작별 인사도 하지 않았다는 것을요. 슬프군요! 슬퍼요! 작별 인사 한마디 없다니! 당신과 나를 영원히 묶어준 그 순간 때문에 나를 향한 마음을 닫으셔야 했단 말인가요? 로테, 천 년이 지난다 해도 그 순간의 감명은 사라지지 않을 겁니다! 그리고 나는 느낄 수 있습니다. 당신을 위해 그토록 불타올랐던 나라는 사람을 당신이 미워할 리 없다는 것을.

　식사가 끝난 뒤 베르테르는 하인에게 짐을 빠짐없이 완벽하게 싸 놓으라고 시켰습니다. 그리고 많은 서류들을 찢어 버린 뒤, 외출하여 몇 푼 안 되는 빚이라도 정리하였지요. 그런 다음 다시 집으로 왔다가, 또다시 외출을 하였습니다. 비가 오는 데도 아랑곳 않고 다시 성 밖으로 나가, 백작의 정원으로 갔다가, 이어서 그곳 일대를 둘러보고는 밤이 되자 다시 집으로 돌아와 편지를 썼습니다.

빌헬름, 마지막으로 들판과 숲, 하늘을 바라보고 왔네. 자네도 잘 있게나! 사랑하는 어머니, 저를 용서해 주세요! 빌헬름, 나의 어머니를 위로해 드리게. 하느님의 가호가 그대들과 함께하기를! 다시 보세, 지금보다 더 기쁜 마음으로 말일세.

알베르트씨, 당신의 호의를 저버리고 배은망덕하게 행동한 저를 용서하십시오. 나로 인해 당신의 집안에 깃들어 있던 평화가 깨어졌고, 두 분 사이에 불신이 생겼으니까요. 잘 있어요, 나는 이제 이 고리를 끊으려 합니다. 아아, 나의 죽음을 통해 두 분이 행복해지시기를 바랍니다, 알베르트! 알베르트!, 천사 같은 로테를 행복하게 해 주십시오. 그럼, 하느님의 축복이 그대 위에 늘 함께하시길!

베르테르는 그날 밤 계속해서 많은 서류를 뒤적였고, 그중 많은 것을 찢어서 난롯불에 던졌습니다. 몇몇 문서는 소포로 밀봉하고 빌헬름의 주소를 써 놓았지요. 그 소포들엔 그가 쓴 짧은 글들과 서로 연결되지 않는 단편적인 상념을 적은 문서들이 들어 있었는데, 그중 몇 가지 서로 다른 성격의 원고들은 저도 직접 본 적이 있습니다. 열시경 그는 하인에게 난로에 장작을 추가하고 와인 한 잔을 가져오게 한 다음, 잠자리에 들라며 하인을 방으로 보냈습니다. 하인의 방은 집을 관리하는 일꾼들의 숙소와 마찬가지로 집 뒤쪽으로 멀찍이 떨어진 곳에 있었습니다. 그러나 하인은 아침 일찍 서둘러 일어날 요량으로 옷을 입은 채 잠자리에 들었습니다. 주인이 우편 마차가 6시가 되기 전 집 앞으로 오기로 했다고 일러두었기 때문이었습니다.

11시가 지나.

사방 모든 것이 깊은 고요 속에 잠겨 있습니다. 내 영혼도 그렇게 평온합니다. 신이시여, 이 마지막 순간에 이토록 따뜻한 온기와 힘을 선사해 주심에 감사드립니다.

내 소중한 여인이여, 나는 창가로 걸어가 창밖을 내다봅니다. 그리고 폭풍우에 떠밀려 도망치듯 지나가는 구름 사이로 조금씩 모습을 드러내는 영원한 저 하늘의 별들을 보고 또 봅니다.

"그래, 너희 별들은 떨어지지 않으리니! 영원하신 분이 너희를 그분의 가슴에 품으심이라. 그리고 나도……"

큰곰자리의 북두칠성이 보였습니다. 별자리 가운데 내가 가장 좋아하는 별자리이지요. 밤에 내가 당신을 떠나 당신 집의 대문을 나설 때면, 북두칠성이 하늘 저편에 떠 있었지요! 취한 듯 혼망하여 그 별들을 바라본 적이 얼마나 많았던지! 두 손을 높이 든 채 그 별자리를 나에게 주어진 축복의 성스러운 이정표이자 표식으로 삼으려 했던 적도 많았지요. 그리고 또, 아, 로테, 무엇 하나 당신을 떠올리게 하지 않는 것이 없습니다! 당신은 늘 내 주위에 있고, 나는 성스러운 당신의 손길이 닿은 것이면 그 어떤 사소한 것이라도 어린아이처럼 불평하지 않고 그대로 간직하고 있으니 말입니다!

사랑스러운 당신의 실루엣은요, 로테, 당신에게 선물로 남겨두고 가겠습니다. 그러니 부디 잘 간직하여 주십시오. 내가 그 위에 수천 번도 더 키스를 하였고 집을 나설 때나 집으로 돌아왔을 때 수천 번도 더 손 흔들어 인사했던 것입니다.

당신의 아버지께는 쪽지를 써서 부탁하였습니다. 내 시신을 보호해 달라고요. (†기독교에선 자살을 죄악시하므로 교회 묘지는 물론이고, 일반 공동묘지에서도 매장을 거부했던 것이 당시의 관습이었다.) 교회 마당에 보면, 뒤쪽 귀퉁이에 밭으로 향한 곳이 있는데 보리수 두 그루가 우뚝 솟아 있습니다. 그곳에서 영원히 쉬고 싶습니다. 그분은 친구를 위해 그렇게 해주실 수 있는 분이고, 또 그렇게 해 주시리라 믿습니다. 당신도 부친께 그렇게 부탁해 주세요. 나는 경건한 기독교인들이 불행했던 한 불쌍한 인간의 곁에 그들의 몸을 눕히라고 굳이 요구하고 싶지는 않습니다. 아아, 당신들이 도상(途上)에, 아니면 호젓한 골짜기에 저를 묻어 주신다면, 그것도 제가 원하는 바입니다. 그러면 성직자나 레위 지파 사람들이 제 이름이 적힌 비석 앞에 서서 성호를 그으며 지나갈 것이고, 선한 사마리아인은 눈물이라도 한 방울 흘려 줄 테니까요.

여기 보세요, 로테! 나는 죽음으로 취하게 될, 저 차갑고 끔찍한 잔을 잡는 것이 무섭지 않습니다. 당신이 내게 술잔을 건네면, 나는 망설이지 않고 잔을 받을 겁니다. 다 이루었습니다! 다 이루었어요! 내 생애 모든 바람과 소망을 다 이루었습니다! 이토록 냉정하고, 이토록 흔들림 없이 이제 죽음의 청동 문을 두드릴 수 있게 되었으니.

로테, 당신을 위해 죽고, 당신을 위해 헌신하는데 한 몫 할 수 있었다면, 그걸로 나는 행복한 사람입니다! 내가 당신에게 인생의 기쁨과 평온을 다시 마련해 줄 수 있다면 나는 용감하게, 그리고 즐거이 죽을 각오가 되어 있었습니다. 아아, 그러나 자신과 가까운 사람들을 위해 피를 쏟고, 그리하여 죽음을 통해 그들이 백배는 더 새로운 삶을 살도록 부추길 자격이 주어진 사람은 소수의 고귀한 사람들뿐이더군요.

로테, 나는 이 옷을 입고 무덤에 묻히고 싶습니다. 당신이 만졌던, 그래서 성스러워진 옷이니까요. 당신의 아버지께도 이 부분은 부탁을 해 놓았습니다. 나의 영혼은 관 위를 떠돌고 있을 겁니다. 사람들에게 내 주머니를 뒤지지 말라고 일러 주세요. 이 분홍색 리본은 아이들 사이에 둘러싸여 있는 당신을 처음 보았을 때, 당신이 가슴에 달았던 것입니다. 아, 아이들에게 수천 번 키스를 해 주고, 불행했던 친구의 운명에 관해 이야기해 주십시오. 귀여운 아이들! 아이들이 내 주위에 모여들어 북적였었지요. 아, 당신과 내가 얼마나 끈끈하게 맺어져 있었는지 아시나요? 당신을 처음 본 그 순간부터 나는 당신을 벗어날 수 없었습니다! 이 리본은 나와 함께 묻어 주십시오. 내 생일에 당신이 선물한 것이잖아요!

아아, 내가 가야하는 길이 이리로 나 있을 줄이야! 진정하세요, 부디 마음을 편히 가지기를!

총은 이미 장전되어 있습니다. 시계가 열두시를 울리네요! 자, 이제 때가 되었습니다. 로테! 잘 있어요, 로테! 잘 있어요!

이웃에 사는 한 사람이 화약의 섬광을 보았고, 총알이 발사되는 소리를 들었답니다. 그러나 그 후로도 사방은 여전히 고요하였고, 해서 그는 더 이상 그 소리에 신경을 쓰지 않았답니다.

아침 6시에 하인이 등잔불을 들고 방에 들어갔다가, 바닥에 쓰러져 있는 주인과 권총, 그리고 피를 보았습니다. 그는 소리를 지르며 주인을 붙잡아 일으켰으나, 주인은 아무런 대답도 없이 그저 색색거리는 소리만 낼 뿐이었습니다. 하인은 의사를 부른 다음, 알베르트에게로 갔습니다. 로테는 초인종이 울리는 소리가 들리자, 사지가 덜덜 떨리기 시작했습니다. 그녀는 남편을 깨웠습니다. 마침내 두 사람이 문 앞에 나타나자, 하인이 울면서 더듬더듬 소식을 전했습니다. 로테는 기절하여 알베르트의 앞에 쓰러지고 말았습니다.

불행한 베르테르에게 의사가 도착하였을 때, 의사는 그가 살 가망성이 없다는 걸 알았습니다. 맥박이 뛰고는 있었지만 사지가 전부 마비된 데다, 오른쪽 눈 위에 총을 대고 방아쇠를 당겼는지 총알이 머리를 관통하며 뇌수가 밖으로 삐져나와 있었답니다. 불필요한 조처이긴 했지만, 사람들은 그의 오른팔 정맥에서 피를 방혈(防血)시켜 보았습니다. 그러자 피가 흘렀고, 그는 여전히 숨을 쉬고 있었지요.

의자 등받이에도 피가 묻어 있는 것으로 보아 사람들은 이렇게 결론을 내렸습니다. 그가 책상을 앞에 두고 의자에 앉은 채로 방아쇠를 당겼다는 것이지요. 그런 다음 바닥으로 쓰러져 경련을 일으키며 의자 주위를 뒹굴었던 모양이라고요. 그는 탈진하여 바닥에 등을 대고 창문 쪽을 향해 누워 있었습니다. 노란 조끼와 파란 연미복에 장화까지 완벽하게 갖추어 입은 모습으로 말입니다.

그 집은 물론이고 이웃 마을과 온 시내에 난리가 났습니다. 알베르트가 방으로 들어왔습니다. 사람들이 그사이 베르테르를 침대에 눕혀 놓았더랍니다. 이마에는 붕대가 친친 감겨 있고, 얼굴은 이미 죽은 사람과 다름없었지요. 사지는 손끝 하나 움직이지 않았고, 폐에서는 때로는 약하게, 또 때로는 강하게 쌕쌕거리는 소리가 끔찍하게 났습니다. 이제 임종이 다가온 것 같았습니다.

포도주는 딱 한 잔만 마셨더랍니다. 설교대 모양의 책상 위엔

〈에밀리아 갈로티〉(*1772년 발행된 레싱의 희곡. 여주인공이 나중에 아버지에게 자신을 죽여 달라고 부탁하는 내용.)가 펼쳐져 있었습니다.

알베르트가 받은 충격과 로테가 얼마나 애통해 했는지는 여기서 언급하지 않겠습니다.

나이 든 법무관은 소식을 접하고 한달음에 말을 몰아 달려왔습니다. 그는 뜨거운 눈물을 흘리며 죽어가는 베르테르에게 키스를 하였습니다. 곧이어 그의 아이들이 그를 뒤따라 걸어왔습니다. 아이들은 슬픔을 주체하지 못한 채 침대 곁에 털썩 주저앉아 그의 손등과 입술에 키스를 하였습니다. 그리고 베르테르가 가장 예뻐하던 맏아이는 베르테르가 사망하고 사람들이 아이를 완력으로 떼어낼 때까지 그의 입술에 매달려 떨어질 줄 몰랐다고 합니다.

낮 열두 시가 되어 베르테르는 숨을 거두었습니다. 법무관이 그곳에 있으면서 이런저런 일을 처리하여 사람들이 몰려드는 것을 막을 수 있었습니다. 밤 11시경, 그는 베르테르가 언급하였던 그 장소에 그를 묻게 하였습니다. 늙은 법무관은 시신의 뒤를 따라갔고, 그의 아이들도 그렇게 하였습니다. 그러나 알베르트는 그렇게 할 수 없었습니다. 로테의 목숨이 걱정되었기 때문이었습니다. 시신은 일꾼들이 운반하였습니다. 성직자는 아무도 동행하지 않았습니다.

현실이 된 자석 산(山)의 잔혹 동화

(……) 우리 할머니께서 자석 산에 관한 동화를 들려주셨지.
가까이 다가오는 배에서 철로 된 모든 것을 앗아 가 버리는
산 이야기라네. 못이란 못은 모두 그 자석 산으로 날아가고,
가련하고 불쌍한 뱃사람들은 난파당하여 여기저기 부서져 내리
는 널빤지들 사이에서 최후를 맞고 만다지.
-1771년 7월 26일 자 베르테르의 편지 中-

젊음, 청춘. 이 말은 누구에게나 아름다우면서도 가슴 아픈
어떤 사연의 다른 이름, 되돌아가고 싶다가도 돌아가면 새삼스
러울까, 다시 한 번 곱씹으며 서성이는 어떤 시간의 다른 이름이
아닐까. 청춘의 한가운데에 있을 땐 그것이 얼마나 위대한 잠재
력을 보유하고 있는지, 그러면서도 그 힘이 얼마나 위험하고 어
설픈지 잘 보이지 않는다. 마치 숲 한가운데 있으면 나를 둘러싼
굵은 나무들과 수많은 잎들에 가린 햇살의 그림자들만 눈에 들
어오고, 숲을 조망할 수도, 숲의 어디에서 길이 시작되어 어디
로 향하고 있는지 가늠하기 힘든 것처럼 말이다.

'젊은' 베르테르가 끝내 저 청춘의 고뇌를 이겨 내고 '살았더라면', 먼 산을 바라보며 이렇게 추억하진 않았을까. 젊은 날의 자신이 감내해야 했던 그 시간들은, 죽기를 각오할 정도로 열정을 바쳤던 자신의 청춘은 아팠지만 아름다웠고, 위태로웠지만 마음을 다한 사랑이 있었기에 위대했었노라고.

지금『젊은 베르테르의 슬픔』을 앞에 둔 독자라면 청춘이라는 산을 객관적으로 조망할 수 있는 위치보다는 아마도 청춘의 숲 한가운데에서 청춘의 나무 한 그루, 한 그루가 더 소중하고 친숙하게 와 닿는 지점에 서 있는 경우가 대부분일 것이다. 그리고 같은 지점에 서 있는 베르테르의 고통과 번민에 동참하여 베르테르와 자신의 심장이 같은 속도로 뛰고 있음을 격하게 느끼는 이도 있을 것이다.

그렇다면 실로 베르테르와 같이 억누를 길 없는 열망을 느끼는 그대여, 또한 운명 때문이든 혹은 자신의 잘못 때문이든 정붙일 사람이 없어 외롭고 슬픈 그대여, 부디 베르테르의 열정을 통해 그대의 열망을 해소하고, 그의 죽음으로 인해 충격과 슬픔에 빠진 사람들의 비참한 훗날을 기억하길 바란다. 그것을 안타깝게 여기어 반면교사로 삼고, 그리하여 청춘의 숲에 있는 동안 지혜롭게 길을 내어 그대를 사랑하는 주변의 모든 사람들과 '더불어' 기쁘고 행복한 삶으로 나아가길 간절히 바란다.

>>>

『젊은 베르테르의 슬픔』은 독일 문학사를 빛낸 최고의 문호라 할 수 있는 요한 볼프강 폰 괴테(Johann Wolfgang von Goethe, 1749.8.28. 프랑크푸르트–1832.3.22. 바이마르)가 젊은 시절의 열정과 번민의 체험을 살려 생생하게 풀어 놓은 서간문 형식의 문학 작품이다. 그러므로 이 작품의 원문 제목 『Die Leiden des jungen Werthers』는 사실상 '젊은 베르터의 고뇌' 내지 '번민'으로 번역해야 원문의 뜻에 더 충실하다고 볼 수 있다. 그러나 이미 수십 년간 귀에 익고 입에 익은 제목이니만큼 그 친숙도를 고려하여 제목을 기존에 알려진 그대로 『젊은 베르테르의 슬픔』으로 번역하였다.

『젊은 베르테르의 슬픔』은 1774년 바이간트 출판사에서 미하엘 대목장 때 판매할 목적으로 작자를 밝히지 않은 채 처음 세상에 내놓았다. 이후 초판의 오탈자로 인해 두 번의 교정본을 더 내놓았지만, 바이간트 출판사가 내놓은 공식적인 제2판본은 1771년 7월 13일 자 편지에 시구 2연을 더 삽입하여 내놓은 1775년 판본이라고 할 수 있다. 이때 삽입된 시구 중 1연은 '모든 청년은 사랑하기를 갈망하고,/모든 여인들은 사랑 받길 갈망하네./아, 이것이야말로 가장 성스러운 욕망이거늘/끔찍한 고통의 원천이 되는 건 왜일꼬?'라는 내용으로 감정에 충실한 젊은이 베르테르가 앞으로 펼칠 험난한 사랑을 예견케 한다.

책이 출간된 후, 〈베르테르〉의 인기는 날로 더해 갔고, 이 현상을 통해 상업적으로 이득을 보려는 출판사들이 불법 판본들을 내놓으면서 원본의 내용이 부분적으로 바뀌거나 훗날 패러디물(『젊은 베르테르의 기쁨』)까지 나오는, 당시로선 보기 드문 현상을 자아내기도 했다. 1770년대 독일 전체 인구 가운데 글을 읽고 쓸 줄 아는 사람이 17%에 불과했던 점을 상기해 보면 대단한 인기가 아닐 수 없다. 불법 판본, 이른바 해적판 가운데 가장 널리 알려진 것은 베를린 출신의 서적상 크리스티안 프리드리히 힘부르크가 1775년도에 발간한 것으로, 괴테의 작품임을 처음으로 알리고 베를린식의 표현에 맞춰 약간의 변화를 가미하여 내놓은 판본이었다.

이후 이어진 판본들이 계속 오탈자와 더불어 내용에 조금씩 변화를 가하자, 마침내 괴테는 몸소 자신의 작품을 손보아 개정판을 내기로 결심하였다. 그러나 바이마르에선 원래의 판본을 구할 수 없는 상황이어서 괴테는 친밀하게 지냈던 샤를로테 폰 슈타인 부인에게서 힘부르크의 세 번째 판본을 받아 작업을 진행하였다. 이 작업은 주로 편지의 순서를 바꾸거나 새로운 편지를 첨가하고, 초기 여기저기 삽입되었던 '놈, 녀석'과 같은 저급한 구어들을 대폭 축소하는 한편, '편집자가 독자에게' 부분에선 다른 판본과의 차별화를 시도하는 방향으로 진행되었다. 특히

》》》

초판에선 실연으로 인해 파국을 맞는 인물로 물에 빠져 자살한 여인과 미쳐 광인이 된 하인리히만 등장한데 반해, 이 수정 작업으로 여주인을 사랑하다 쫓겨난 하인의 일화가 더 첨가된 점이 이 판본의 특징이라 할 수 있다. 그리하여『젊은 베르테르의 슬픔』은 1787년, 초판이 나온 지 13년 만에 저자의 손을 직접 거쳐 정식 개정판으로 출간되었다. 현재까지 널리 읽히고 있는『젊은 베르테르의 슬픔』대부분이 바로 이 1787년도 괴테가 직접 수정한 판본이고 국내에 번역, 소개된 책들 역시 이 판본을 원본으로 택한 것이 대부분이다.

그러나 이번에 내놓은 '클래식 보물창고'의『젊은 베르테르의 슬픔』판본은 〈베르테르〉의 초판인 1774년도 판이어서 국내에 번역된 다른 〈베르테르〉 번역서들에 익숙한 독자들은 여주인을 사랑한 하인의 에피소드가 빠져 있어 뭔가 비어 있는 듯한(이 에피소드의 분량이 제법 길다.) 느낌을 받는 동시에 '편집자가 독자에게'가 상대적으로 길다고 느낄 수도 있을 것이다. 그러나 작가가 수정 작업을 거치기 전, 독일을 넘어 영국, 프랑스까지 당대 문화 선진국의 국민들을 사로잡았던 판본의 근간이 이 1774년도 판인 점을 고려해 볼 때, 역자의 입장에선 마치 〈춘향전〉을 고어(古語)로 읽는 듯한 느낌까지 들 정도로 까다로웠지만, 주석을 통해 어느 정도의 갈증을 해소하는 가운데 또 그만큼 작품의 원본을 접하는 데서 얻는 기쁨도 컸다.

『젊은 베르테르의 슬픔』은 앞서 이야기했듯이 괴테 자신의 경험이 고스란히 반영된 자전적 소설이다. 젊은 날, 괴테가 열정을 다해 사모했으나 자신의 사람이 될 수 없었던 샤를로테 부프에 대한 사랑이 준 아픈 기억, 상사의 부인을 사랑했지만 사랑을 얻지 못하고 고뇌하다 죽음에서 탈출구를 찾은 친구 카를 빌헬름 예루잘렘의 자살이 1부와 2부에 적절히 혼합되어, 베르테르라는 인물의 스물다섯 인생을 프리즘 삼아 다채롭게 펼쳐져 있다.

1772년, 라이프치히 대학에서 법학을 공부하고 프랑크푸르트에서 일하던 괴테는 변호사 실습을 위해 베츨라로 떠난다. 베츨라 고등법원에서 실습하던 당시 괴테는 샤를로테 부프와 그녀의 약혼자인 요한 크리스티안 케스트너를 알게 되는데,『젊은 베르테르의 슬픔』에 등장하는 로테와 그녀의 약혼자 알베르트는 실존 인물인 샤를로테와 크리스티안의 모습과 상당 부분 닮아 있다. 1부에 묘사된 베르테르는 샤를로테에게 연정을 품은 채 그녀와 그녀의 약혼자 케스트너와 우정을 나누며 속앓이를 하던 젊은 괴테의 모습을 고스란히 반영하였고, 2부에선 자살한 괴테의 친구 예루잘렘의 이야기가 베르테르의 인생에 완연히 녹아들어 괴테의 내적 고뇌가 잘 표출되었다고 볼 수 있다.

실제로 괴테는 작품에 그려진 바와 같이 베츨라 근방의 폴베르츠하우젠에서 열린 무도회에서 샤를로테 부프를 처음으로 만났다. 그러나 작품 속 상황처럼 한참이 지난 뒤에서야 샤를로테의 약혼자와 대면하게 된 것은 아니었다. 오히려 같은 날 괴테는 로테와 케스트너 두 사람을 약간의 시간 차를 두고 무도회에서 함께 만났다고 한다. 케스트너는 사정이 있어 나중에 말을 타고 무도회에 합류하였고, 괴테는 로테를 포함한 다른 사람들과 마차에 동승하여 먼저 무도회에 도착하였다. 나중에 케스트너가 무도회에 도착했을 때, 로테가 약혼한 몸이라는 걸 알지 못했던 괴테는 이미 그녀에게 마음을 빼앗긴 상태였다. 같은 무도회에서 괴테는 자신과 같은 시기에 라이프치히에서 법학을 전공하고 당시 브라운슈바이크에서 공사관 비서로 일하던 카를 빌헬름 예루잘렘도 만나게 되었다.

괴테는 무도회에서 만난 로테에게 격정적으로 빠져들어 헌신했지만, 케스트너의 편지(1772년 케스트너가 친구 아우구스트 폰 헤닝스에게 보낸 편지)에 따르면 로테는 괴테에게 절도 있게 행동하는 지혜를 발휘했던 것 같다. 그러나 1부의 베르테르가 그러했듯 로테에 대한 괴테의 감정은 질풍노도처럼 걷잡을 수 없이 커져만 갔고, 두 사람을 위해 괴테는 1772년 9월, 작별 인사를 할 겨를도 없이 베츨라를 떠나 프랑크푸르트로 돌아갔다. 그러나 프랑크푸르트로 가던 중 머물게 된 여류화가 소피 폰 라 로세의 집에서 괴테는 다시 한 번 마음속에 남아 있던 뜨거운 사랑의 불씨를 다른 여인에게로 옮겨 붙인다. 그 여인은 바로 라 로세 가의 막내딸인, 당시 열여섯 살의 막시밀리아네였다. 그러나 그의 열렬한 구애에도 불구하고 막시밀리아네를 향한 사랑은 이루어지지 않았다. 그리고 그해 10월 말, 괴테는 상관의 부인에 대한 이룰 수 없는 사랑으로 괴로워하던 예루잘렘이 자살했다는 소식을 접한다. 그것도 여행을 빌미로 케스트너에게 빌린 총으로……. 10월 29일 밤 자살을 시도한 예루잘렘은 30일에 사망했고, 단 한 명의 성직자도 참여하지 않은 가운데 사망 당일 그의 장례가 치러졌다. 당시 예루잘렘은 유부녀를 사랑하던 감정을 공공연히 드러냈기 때문에 사교계에서 거의 따돌림을 당하고 있었다. 그런 상황에서 사랑하는 여인이 그와 선을 긋고자 질투심 많은 자기 남편에게 도움을 청하였고, 그런 이유로 예루잘렘은 극심한 심적 고통을 당하다 끝내 시련을 견디지 못하고 죽음으로 사랑을 이루려 자살을 택했던 것이었다. 그는 작중 인물인 베르테르처럼 평소 푸른색 프록코트에 노란 가죽조끼, 승마 바지 스타일의 하의 —당시 북부 독일에서 유행하던 영국풍의 옷차림 — 를 즐겨 입었고, 둥근 얼굴형에 푸른 눈, 금발 머리의 외모에 부드럽고 사색적인 성격의 소유자였다고 한다. 이런 점에서 〈베르테르〉 2부는 괴테가 아닌 예루잘렘의 이야기라고 해도 지나치지 않을 것이다.

괴테는 그때까지도 꾸준히 서신 왕래를 하며 돈독한 관계를 유지하던 케스트너로부터 예루잘렘의 자살 이야기를 자세하게 들을 수 있었다고 한다. 괴테는 같은 아픔을 겪었으나 자신과 달리 죽음으로 생을 마감한 예루잘렘에게 자신의 감정이 덧대어지면서 큰 충격을 받았다. 결국 괴테는 11월 직접 베츨라를 방문하여 예루잘렘이라는 인물과 그의 자살에 관한 자료를 다방면으로 수집하였다.

그러나 괴테가 이 두 가지 사건을 연결시켜 곧바로 작품 집필이라는 행동으로 옮긴 것은 아니었다. 괴테가 자신과 예루잘렘의 이야기를 작품으로 형상화한 결정적인 계기는 그로부터 2년 뒤인 1774년 1월과 2월, 프랑크푸르트의 상인인 페터 브렌타노의 집에 머물며 겪은 일들 때문이었다. 브렌타노는 괴테가 로테 이후 사랑에 빠졌던 막시밀리아네 폰 라 로셰의 남편으로, 막시밀리아네보다 무려 스무 살이나 더 연상인 부유한 상인이었다. 괴테는 막시밀리아네와 페터 브렌타노의 집에 머물며 그와 격렬한 의견 대립을 겪었고, 이것을 계기로 곧바로 2월과 3월, 대략 4주에 걸쳐 두문불출하며 폭발적으로 『젊은 베르테르의 슬픔』을

써 내려갔다고 한다. 미리 작품의 초안을 잡거나 전체적인 구상
을 한 것도 아니고 고백하듯 쓴 글이었다.

특히 보수적이고 고루한 브렌타노와의 의견 충돌과 갈등은
베르테르의 연적이 되어 버린 알베르트와 펼치는 논쟁 곳곳에
반영되었고, 로테의 외모 역시 샤를로테 부프의 모습(금발에 푸
른 눈동자)보다는 막시밀리아네(검은 눈동자)의 모습에 훨씬 가
깝다.

그리하여 1774년, 2년에 걸친 일련의 자전적 체험들이 수많
은 젊은이들 사이에서 베르테르 열풍을 일으키며 베르테르의 패
션뿐 아니라 자살까지 모방하게 만든 베스트셀러의 원고로 탄생
하게 되었다.

괴테는 훗날 1749년에서 1775년까지 바이마르 공국에서의
경험을 다룬 자전적 글 『시와 진실』(1833)에서 『젊은 베르테르의
슬픔』이 거둔 인기를 두고 이렇게 언급하였다.

"그 작은 책의 영향력은 거대했다. 실로 대단했다……. 시기
적으로 아주 적절한 때에 나왔기 때문이었다."

'시기적으로 아주 적절한 때'라는 말에서 책이 나온 시점이 어
떤 맥락에서 '시기적절' 했는지 궁금해진다. 사실 오늘날의 관점
에서 보면 베르테르의 사랑이 자살이라는 극단적 선택을 통해서

〉〉〉

만 영원한 합일을 꿈꿀 수 있을 정도로 불가능한 것이었는지, 베르테르가 서민들과 자신의 위치가 다르다는 걸 인정하면서도 그들과는 정겹게 지내는 데 반해 귀족 사회에 대해서는 왜 그토록 반감 어린 시선으로 바라보았는지 의아하게 생각될 수도 있기 때문이다.

18세기 독일의 사회 전반적인 상황을 보면 그 해답에 근접할 수 있다. 18세기 중후반, 독일은 7년 전쟁(1756-1763)의 여파로 경제적으로 많은 어려움에 봉착한다. 게다가 아직 봉건적 계급 사회 형태가 존속되던 터라 경제적 어려움은 귀족과 영주들의 지배 아래 있던 농민을 비롯하여 천민 계급의 삶에 곧바로 영향을 미쳐 그들의 삶을 더욱 곤궁하게 하였고, 귀족 계급의 착취는 날로 심해져만 갔다. 그러나 그사이 저변을 확대해 가던 시민 사회의 젊은 지식인들은 그런 농민들의 삶을 구제하기에 힘쓰고 프랑스 중농주의를 받아들여 소지주(小地主)제도의 도입을 주장하였다. 이것을 계기로 경제 시스템에 변화가 가속되어 시민 계층은 경제적 기반을 마련하였고, 지식을 쌓을 수 있는 환경이 조성되어 자의식이 급격히 높아지게 되었다. 타고난 신분적 특권 없이 오직 자신들의 능력으로 서서히 부를 쌓아 경제적으로 성장하던 시민 계층은 그로 인해 정치, 경제적으로 불평등한 봉건 제도와 대립된 경향을 띨 수밖에 없었다. 그리고 이러한 성향은 기존의 사상 체계에도 변화를 불러오는데, 그때까지만 해도 독일 전반을 아우르던 사상은 이성으로 모든 것을 밝힐 수 있다는 계몽주의에 입각해 있었다. 이 계몽주의 사상은 이성의 보편타당성과 자연법칙에 관한 무예외성을 주창하며, 학문과 문학까지 모든 것을 이성의 통제 하에 두려는 경향이 강했다. 그러나 이러한 기존 체제에 강하게 저항할 만큼 시민 계층의 저변이 확고하게 형성되지 못했던 시점에서 시민 계층의 정치 참여는 높은 신분의 벽에 부딪혀 쉽사리 이루어지지 않았다. 결국 젊은 시민계층은 높아진 지적 능력을 바탕으로 문학과 예술을 통해 그들의 갈증을 해소하고자 하였고, 이것이 기존의 이성적이고 합리적인 것을 우위에 두던 문학이나 사회 통념, 종교적 규제 등에 반하는 움직임으로 나아가게 되었다.

『젊은 베르테르의 슬픔』은 바로 이런 시점에 발간되어 시민계층의 바람과 의도를 곳곳에 실어 나른 작품이라고 할 수 있으며, 그 점에 힘입어 짧은 서간문 형식의 글임에도 불구하고 큰 인기를 오래도록 누릴 수 있었다.

이런 시각에서 작품을 보면 많은 면에서 기존 질서에 반하는 모습을 찾을 수 있다. 우선 감정을 우위에 두고 사회 통념에 충실한 인재상에 반기를 드는 면이 그렇고, 사회적으로 허용된 애정관을 파기하고 객관적이고 합리적인 거리를 유지하려던 자연

»

관에 대해서조차 자연 현상과 주관적 감정의 합일을 도모하는 면도 그렇다.

이렇게 행마다 사회 곳곳에 스민 기존 체제와는 다른 색채를 띠는 이 작품이 인기를 끌게 한 견인차 역할을 한 요소는 이미 약혼자가 있거나 남편이 있는 여인을 사랑하는 것은 사회적 규칙을 범하는 일종의 '죄'로서 각인되던 사회적인 분위기 속에서, 사회적인 매장을 당하기 전에 때로는 정신을 놓음으로써(하인리히), 때로는 강물에 몸을 던짐으로써(순진한 처녀의 일화), 또는 총으로 자살함으로써(베르테르) 순수한 스스로의 사랑을 지키려 극단적인 결단을 내린 등장인물들에게서 현실의 벽을 넘지 못한 많은 이들이 대리 만족을 느꼈기 때문인 것으로 생각된다.

그러나 스스로 목숨을 끊은 행위 그 자체는 —제아무리 사회적인 시각에 초점을 맞춰 사회적 약자의 극단적 저항 방식이라고 평가할 수 있다고 해도— 사실상 너무나도 잔혹하고 무책임한 행동임에는 틀림없다. '죽는 것이 고통으로 가득 찬 삶을 의연히 감내하는 것보다 훨씬 쉬운 일이라며 자살을 나약한 행위로 단정 짓는 무리에 대해 감정 없는 자의 이성적인 판단'이라고 비난하는 베르테르의 항변도, 또 자살이 '자기가 감내할 수 있는 고통의 척도를 넘어선 긴장의 결과'라는 강력한 반론도 주변인에게 어둠의 긴 꼬리를 남기고 남은 자의 삶을 평생 옥죈다는 사실로부터 자유로울 수 없다.

그러므로 아쉬운 것은 베르테르가 자꾸만 로테에게로 향하는 자신의 마음을 느끼고 그 불안한 설렘의 순간에 자석 산의 동화를 떠올렸을 때, 그의 마음에 경종을 울리고, 그리하여 그 자신뿐 아니라 주변 사람 모두 로테의 바람대로 언젠간 서로 쌍쌍이 만나 사이좋은 친구로 여생을 위하고 아껴 주는 삶을 살았더라면 얼마나 좋았을까 하는 점이다. 그러나 우리네 인생에서 청춘은 늘 변수요, 미래에 큰일을 행할 수 있는 잠재성의 시기이니만큼 그 아쉬움은 각자 해결할 일인지도 모르겠다. 아무튼 그런 점에서 강력한 자력을 갖춘 자석 산과도 같은 청춘기, 그 강력하고 — 다채롭고— 밝고— 어둡고— 축축한 기운을 이겨 내고 지나온 한 사람으로서 지금 청춘의 한가운데에서 베르테르처럼 번민하는 모든 이들에게 자석 산의 '즐거운' 동화를 쓸 수 있는 기회를 놓치지 말라고 권하고 싶다.

청춘들이여!
그대의 청춘이 자석 산보다 더 강력하고 다채롭고 아름답기를!

— 옮긴이 함미라

《요한 볼프강 폰 괴테 연보》

1749년 8월 28일 프랑크푸르트에서 황실 고문관 요한 카르파르 괴테와 카타리나 엘리자베트 괴테의 아들로 출생.

1765년 라이프치히 대학교에서 법학을 전공.

1768년 폐결핵을 앓아 학업을 중단하고 프랑크푸르트로 귀향함.

1770년 슈트라스부르크 대학교에 입학하여 법학 공부를 계속함.

1771년 대학교를 졸업하고 프랑크푸르트에서 변호사로 활동.

1772년 부친의 소개로 베츨라르의 고등 법원에서 견습생 생활을 함. 약혼자가 있는 샤를로테 부프를 연모함. 훗날 이 경험은 소설 『젊은 베르테르의 슬픔』의 토대가 됨.

1773년 희곡 『파우스트』 집필.

1774년 소설 『젊은 베르테르의 슬픔』 출간.

1775년 카를 아우구스트 대공이 초청하여 바이마르 공화국을 방문함.

1776년 바이마르 공국의 추밀원 고문관으로 임명되어 본격적으로 공국의 정사에 참여함.

1782년 아버지 요한 카스테르 괴테가 71세의 나이로 사망.

1787년 이탈리아를 여행하며 희곡 『에그몬트』 완성.

1788년 바이마르로 돌아와 스물세 살의 크리스티아네 불피우스와 동거 생활을 시작. 그녀는 훗날 괴테의 정식 부인이 됨.

고전주의 문학가인 요한 크리스토프 프리드리히 폰 실러와 만남.

1794년『빌헬름 마이스터의 수업시대』집필.

　실러와 함께 문학잡지 〈호렌〉을 발간하며 깊은 우정을 나눔.

1797년 실러의 찬사와 격려를 바탕으로 미완성 상태였던『파우스트』의
집필을 다시 시작함.

1805년 46세의 나이로 실러가 사망하고, 이후 괴테는 신체적, 정신적
으로 쇠약해짐.

1808년 어머니 카타리나 엘리자베트 괴테가 사망.

　희곡『파우스트』1부 출간.

1809년 소설『친화력』발표.

1815년 바이마르 공국의 재상으로 임명됨.

1816년 부인 크리스티아네가 사망.

　여행기『이탈리아 기행』을 집필하고 잡지 〈예술과 고대〉를 발간.

1819년 시집『서동시집』출간.

1823년 연애시「마리엔바트의 비가」집필.

1829년 소설『빌헬름 마이스터의 편력시대』출간.

1831년 희곡『파우스트』2부 완성.

　『시와 진실』4부작의 집필을 마무리하며 자서전을 완성함.

1832년 3월 22일 바이마르에서 사망. 바이마르의 한 묘지에 실러와 함
께 안장됨.

요한 볼프강 폰 괴테 1749년 8월 28일 마인 강변의 프랑크푸르트에서 태어났다. 16세에 라이프치히 대학에 입학했으나 흥미를 갖지 못하고 오히려 문학과 예술을 즐겨 공부했다. 19세에 첫 희곡 『연인의 변덕』을 쓴 뒤, 1770년에는 다시 슈트라스부르크 대학에 입학하여 법학 공부를 계속했다. 자신의 체험을 형상화한 소설 『젊은 베르테르의 슬픔』은 1774년에 출판되자마자 젊은 세대들에게 큰 공감을 불러일으키며 유럽 사회를 폭풍처럼 강타했다. 또한 이 무렵 괴테는 희곡 『파우스트』의 집필을 시작했고, 그 외에도 시 「프로메테우스」와 희곡 「클라비고」, 「스텔라」, 「에그몬트」 등 수많은 작품을 탄생시켰다. 66세의 나이에 재상에 임명된 괴테는 국정에 힘을 쏟는 동시에 여행기 『이탈리아 기행』을 집필하고 잡지 〈예술과 고대〉를 발간하기도 하며 폭넓은 문학 활동을 펼쳤다. 인생 전반에 걸쳐 집필한 희곡 『파우스트』를 완성한 다음 해인 1832년 3월 22일, 바이마르에서 83세의 나이로 생을 마감했다. 80년 넘는 생애 동안 시와 소설, 희곡과 산문, 그리고 방대한 양의 서한을 남긴 괴테는 문학뿐 아니라 신학, 철학, 과학 등 여러 분야에서 다재다능함을 보였고, 유능한 관료이자 탁월한 인격자로도 존경을 받았다.

함미라 1966년 강릉에서 태어났으며, 동덕여자대학교와 서강대학교 대학원에서 독어독문학을 전공했다. 1994년부터 8년간 독일에 머무르며 방송 활동과 더불어 재외동포교육기관에서 일했으며, 현재 번역 및 외서 기획을 함께하고 있다. 옮긴 책으로는 『핵폭발 뒤 최후 아이들』, 『수레바퀴 아래서』, 『모네, 순간을 그린 화가들』, 『레크리스』, 『8월의 7번째 일요일』, 『이토록 달콤한 재앙』 등이 있다.

클래식 보물창고에는
오랜 세월의 침식을 견뎌 낸
위대한 세계 문학 고전들이 총망라되어 있습니다.
세대와 시대를 초월하여 평생을 동반할 '내 인생의 책'을
〈클래식 보물창고〉에서 만나 보세요.

1. 이상한 나라의 앨리스 루이스 캐럴 지음 | 황윤영 옮김

특유의 유쾌한 상상력과 말놀이, 시적인 묘사와 개성적인 캐릭터, 재치 넘치는 패러디와 날카로운 사회 풍자로 아동청소년문학사와 영문학사에 큰 획을 그은 루이스 캐럴의 환상동화.

★ BBC 선정 영국인 애독서 100선   ★ 학교도서관사서협의회 추천도서

2. 키다리 아저씨 진 웹스터 지음 | 원지인 옮김

서간문이라는 독특한 형식과 소녀적 감성이 결합된 성장기이자 로맨스 소설! 20세기 초 사회의 모순을 고발하고 개혁을 주장했던 진보적인 사상은 페미니즘 문학으로서의 의미를 더한다.

★ 학교도서관사서협의회 추천도서

3. 보물섬 로버트 루이스 스티븐슨 지음 | 민예령 옮김

인간이 가진 절대적인 선과 악을 그린 세계 최초의 해양모험소설. 영국 빅토리아 시대의 흥미진진한 꿈과 낭만을 대변하는 동시에 선악의 경계를 아슬아슬하게 줄타기하는 인간의 욕망을 고찰한다.

★ BBC 선정 영국인 애독서 100선

4. 노인과 바다 어니스트 헤밍웨이 지음 | 민예령 옮김

헤밍웨이가 문학의 총 결산이자 미국 현대문학의 중추로 일컬어지는 걸작. 생애의 모든 역경을 불굴의 투지로 부딪쳐 이겨 내는 인간의 모습을 하드보일드한 서사 기법과 절제미가 돋보이는 문체로 형상화했다.

★ 노벨 문학상 수상작가   ★ 퓰리처상 수상작   ★ 노벨연구소 선정 세계문학 100선
★ 대학수학능력시험 출제 작품

5. 하늘과 바람과 별과 시 윤동주 지음 | 신형건 엮음

우리나라 사람들이 가장 많이 애송하는 '민족 시인' 윤동주의 문학 세계를 엿볼 수 있는 시와 산문을 한데 모았다. 시대의 아픔을 성찰하며 정면으로 돌파하려 한 저항 정신은 물론이고 인간 윤동주의 맨얼굴을 만날 수 있다.

★ 연세대 필독도서 200선

6. 봄봄 동백꽃 김유정 지음

어려운 현실을 풍자와 해학으로 극복한 한국 근대소설의 정수, 김유정의 대표작을 모았다. 원전을 충실하게 살려 아름다운 우리말을 풍요롭게 담고, 토속적 어휘는 풀이말을 달아 이해를 도왔다.

7. 거울 나라의 앨리스 루이스 캐럴 지음 | 황윤영 옮김

『이상한 나라의 앨리스』보다 한층 탄탄해진 구성과 논리적인 비유를 통해 보다 깊고 넓어진 재미와 감동을 선사하는 후속작. 현실 속의 정상과 비정상, 논리와 비논리, 의미와 무의미의 경계를 고찰한다.

★ BBC 선정 영국인 애독서 100선   ★ 명사 101명이 추천한 파워클래식   ★ 학교도서관사서협의회 추천도서

8. 변신 프란츠 카프카 지음 | 이옥용 옮김

현대인의 고독과 불안을 그림으로써 20세기 실존주의 문학의 발전에 커다란 영향을 끼친, 20세기 문학계에서 가장 난해한 '문제작가'로 꼽히는 프란츠 카프카의 대표작을 모았다. 원전에 충실한 번역으로 특유의 문체가 지닌 묘미를 만끽할 수 있다.

★ 서울대 권장도서 100선   ★ 연세대 필독도서 200선   ★ 미국대학위원회 SAT 권장도서

9. 오즈의 마법사 L. 프랭크 바움 지음 | 최지현 옮김

영화, 뮤지컬, 온라인 게임 등 다양한 장르로 재생산되어 지구촌 대중문화를 견인함으로써 문화 콘텐츠가 가지는 파급력의 정도를 생생하게 보여 주는 세기의 고전. 짜릿한 모험담 속에 담긴 치유의 기운이 마법 같은 순간을 선물한다.

★ 학교도서관사서협의회 추천도서

10. 위대한 개츠비 F. 스콧 피츠제럴드 지음 | 민예령 옮김

미국 현대 문학의 거장으로 꼽히는 F. 스콧 피츠제럴드의 대표작. 미국에서만 한 해 30만 부 이상 팔리는 스테디셀러로, 재즈 시대를 살았던 젊은이들의 욕망과 물질문명의 싸늘한 이면을 담아 낸 명실공히 미국 현대 문학의 최고작.

★ 〈타임〉지 선정 100대 영문 소설 ★ 미국대학위원회 SAT 권장도서
★ 〈뉴스위크〉지 선정 100대 명저 ★ BBC 선정 꼭 읽어야 할 책

11. 오 헨리 단편선 오 헨리 지음 | 전하림 옮김

평범한 소시민의 일상과 삶의 애환을 따뜻한 시선으로 그린 오 헨리 문학의 정수로 손꼽히는 작품을 모았다. 인도주의적 가치관 위에 부조된 작가적 개성의 특출함을 만끽할 수 있다.

12. 셜록 홈즈 걸작선 아서 코난 도일 지음 | 민예령 옮김

세기의 캐릭터와 함께 펼치는 짜릿한 두뇌 게임. 치밀한 구성과 개연성 있는 전개, 호기심을 자극하는 독특한 설정이 포진되어 있음은 물론, 추리의 과정부터 카타르시스가 느껴지는 결말이 펼쳐져 있는 매력적인 소설.

13. 소공자 프랜시스 호즈슨 버넷 지음 | 원지인 옮김

사랑의 입자를 뭉쳐 만들어 놓은 것 같은 캐릭터를 통해 사랑의 선순환을 형상화한 소설. 순수한 직관과 무한한 잠재력을 지닌 동심의 세계를 느낄 수 있다.

14. 왕자와 거지 마크 트웨인 지음 | 황윤영 옮김

대중성과 작품성을 겸비해 '미국 현대문학의 아버지'로 평가받는 마크 트웨인의 대표작으로 '뒤바뀐 신분'이라는 숱한 드라마의 원조 격인 소설. 부조리하고 불합리한 사회상에 대한 날카로운 비판과 통쾌한 풍자 속에 역사적 지식과 상상력을 담아 냈다.

15. 데미안 헤르만 헤세 지음 | 이옥용 옮김

자신의 내면세계를 향해 고집스럽게 걸음을 옮긴 주인공 싱클레어의 성장을 그린 영원한 청춘의 성서. 철학, 종교, 인간을 끊임없이 탐구했던 작가의 깊이 있는 시선과 인간 내면의 양면성에 대한 치밀한 묘사가 시선을 사로잡는다.

★ 노벨 문학상 수상작가

16. 말괄량이와 철학자들 F. 스콧 피츠제럴드 지음 | 김율희 옮김

재즈 시대의 자유분방한 젊은이들의 풍속도를 그린 F. 스콧 피츠제럴드의 소설집. 1920년대 고동치는 젊은이의 맥박을 생생하게 전달했다는 평가를 받는 작품들을 모았다.

17. 벤자민 버튼의 시간은 거꾸로 간다 F. 스콧 피츠제럴드 지음 | 김율희 옮김

70세의 노인으로 태어나 결국 태아 상태가 되어 삶을 마감하는 벤자민 버튼의 일생을 그린 환상소설을 비롯해 『위대한 개츠비』의 전신이라고 할 수 있는 F. 스콧 피츠제럴드의 작품들을 모았다. 실험적이고 혁신적인 화법으로 생생하게 형상화한 재즈 시대를 만끽할 수 있다.

18. 이방인 알베르 카뮈 지음 | 이휘숙 옮김

출간과 동시에 하나의 사회적 사건으로까지 이야기된 알베르 카뮈의 대표작. 부조리하고 기계적인 시스템 속에서 인간이 부딪치게 되는 절망적 상황을 짧고 거친 문장 속에 상징적으로 담아낸, 작품 자체가 '이방인'인 소설.
★ 노벨 문학상 수상작가   ★ 노벨연구소 선정 세계문학 100선

19. 크리스마스 캐럴 찰스 디킨스 지음 | 김율희 옮김

영국의 대문호 찰스 디킨스의 작가 정신과 개성이 고스란히 담겨 있는 대표작. 19세기 영국 사회의 구조적 모순과 크리스마스 정신, 인간성의 회복을 그린 영원한 고전이자 크리스마스의 상징이 되어 버린 소설.
★ BBC 선정 영국인 애독서 100선   ★ 학교도서관사서협의회 추천도서

20. 이솝 우화 이솝 지음 | 민예령 옮김

2,500년 동안 이어져 온 삶의 지혜와 철학을 담은 인생 지침서이자 최고(最古)의 고전! 오랜 세월 인류가 축적해 온 지식과 철학이 함축되어 있으며 남녀노소 누구나 읽을 수 있는 인류의 고전이라 할 수 있다.

21. 수레바퀴 아래서 헤르만 헤세 지음 | 함미라 옮김

작가의 자전적 경험이 녹아들어 있는 헤르만 헤세의 대표적인 성장소설. 총명한 한 소년이 개인의 자유와 개성을 억압하는 딱딱한 교육 제도와 권위적인 기성 사회의 벽에 부딪혀 비극으로 치닫는 이야기를 섬세하게 그리고 있다.
★ 노벨 문학상 수상작가   ★ 서울대 선정 고전 200선   ★ 국립중앙도서관 청소년 권장도서

22. 너새니얼 호손 단편선 너새니얼 호손 지음 | 한지윤 옮김

『주홍 글자』로 유명한 호손은 에드거 앨런 포, 허먼 멜빌과 더불어 미국 낭만주의 문학의 3대 거장으로 꼽힌다. 이 책은 45년간 우리나라 교과서에 실리기도 했던 『큰 바위 얼굴』을 비롯해 호손 문학의 대표 단편소설 11편을 실었다.

23. 에드거 앨런 포 단편선 에드거 앨런 포 지음 | 황윤영 옮김

『검은 고양이』, 『모르그 거리의 살인 사건』 등으로 유명한 에드거 앨런 포는 미국 낭만주의 문학의 거장이자 단편문학의 시조이며 추리 소설의 창시자이기도 하다. 기괴하고 환상적인 소재를 통해 인간 내면의 광기와 복잡한 심리를 치밀하게 형상화했다.
★ 미국대학위원회 SAT 권장도서   ★ 노벨연구소 선정 세계문학 100선

24. 필경사 바틀비 허먼 멜빌 지음 | 한지윤 옮김

장편소설 『모비 딕』의 작가 허먼 멜빌은 에드거 앨런 포, 너새니얼 호손과 함께 미국 낭만주의 문학의 3대 거장으로 꼽힌다. 정체불명의 필경사 바틀비의 '선호하지 않는' 태도와 철학은 갑갑한 현실 속에서 우리에게 깊은 공감과 위로를 이끌어 낸다.

25. 1984 조지 오웰 지음 | 전하림 옮김

『멋진 신세계』, 『우리들』과 더불어 세계 3대 디스토피아 소설로 불리는 걸작으로, 가공의 국가 오세아니아의 전체주의 지배하에서 인간의 존엄을 지키고자 했던 한 인물이 파멸되어 가는 과정을 그렸다. 오늘날에도 여전히 유효한 이 작품 속 경고는 시간이 지날수록 그 힘이 더욱 강력해지고 있다.
★ 뉴스위크 선정 세계 100대 명저   ★ 〈타임〉 선정 '20세기 최고의 책 100선'
★ 노벨연구소 선정 세계문학 100선   ★ 〈모던 라이브러리〉 선정 '20세기 100대 영문학'

26. 걸리버 여행기 조너선 스위프트 지음 | 김율희 옮김

풍자 문학의 거장 조너선 스위프트의 『걸리버 여행기』는 결코 온순하지 않다. 이 작품의 원문은 18세기 영국의 정치와 사회뿐만 아니라 인간의 본성을 신랄하게 풍자하고 있기 때문이다. 이 완역본에는 스위프트가 고찰한 인간과 사회를 관통하는 통렬한 아이러니가 고스란히 담겨 있다.

★ 서울대 선정 고전 200선   ★ 미국대학위원회 SAT 권장도서
★〈뉴스위크〉지 선정 100대 명저   ★ 노벨연구소 선정 세계문학 100선

27. 헤르만 헤세 환상동화집 헤르만 헤세 지음 | 이옥용 옮김

헤세의 대표적인 동화 16편이 실린 작품집으로, 내면으로 이르는 길, 자기 발견과 자아실현을 위한 갈등과 모색을 독창적이면서도 환상적으로 표현했다. 또한 난쟁이, 마법사, 시인 등 신비로운 인물들과 천일야화, 중국과 인도의 민담, 신화 등의 요소가 어우러져 초자연적이면서도 경이로운 이야기들이 다채롭게 펼쳐진다.

★ 노벨 문학상 수상 작가

28. 별 마지막 수업 알퐁스 도데 지음 | 이효숙 옮김

특유의 시적 서정성과 감수성으로 19세기 말 프랑스의 정취를 그려 낸 작가 알퐁스 도데의 단편 소설을 모았다. 그의 대표작 『별』부터 전쟁의 비극을 감동적으로 풀어 낸 『마지막 수업』까지 알퐁스 도데의 진면목을 만끽할 수 있는 작품 15편이 들어 있다.

29. 피터 팬 제임스 매튜 배리 지음 | 원지인 옮김

연극, 뮤지컬, 영화 등으로 재탄생되며 100년이 넘는 세월 동안 전 세계 사람들의 사랑을 받아 온 '영원히 늙지 않는' 고전! 어른이 되지 않는 '피터 팬'과 어른이 없는 나라 '네버랜드'를 탄생시킴과 동시에 '피터 팬 신드롬'이라는 말을 낳으며 동심의 상징이 되었다.

30. 제인 에어 샬럿 브론테 지음 | 한지윤 옮김

『폭풍의 언덕』과 함께 '브론테 자매'의 걸작으로 손꼽히는 샬럿 브론테의 대표작으로, 어린 나이에 홀로 고난과 역경을 이겨 내고 오로지 '열정'으로 나이와 신분을 뛰어 넘어 사랑을 쟁취하는 여성, 제인 에어의 삶과 사랑을 자서전 형식으로 그려 냈다.

★미국대학위원회 SAT 권장도서   ★BBC 선정 영국인 애독서 100선   ★연세대 필독도서 200선

31. 폭풍의 언덕 에밀리 브론테 지음 | 황윤영 옮김

에밀리 브론테가 남긴 유일한 소설로, 주인공의 광기 어린 사랑과 복수를 통해 인간 내면의 세계와 본질을 그려 냄으로써 오늘날 세계 10대 소설, 영문학 3대 비극으로 꼽히며 세계문학사의 걸작으로 남은 작품이다.

★미국대학위원회 SAT 권장도서

32. 젊은 베르테르의 슬픔 요한 볼프강 폰 괴테 지음 | 함미라 옮김

독일 문학사를 일게에 드높였다는 평을 받는 세계적인 문호 요한 볼프강 폰 괴테가 젊은 시절의 체험을 바탕으로 써 내려간 자전적 소설. 찬란하지만 위태로운 젊음의 이면성을 격정적인 한 젊은이를 통해 그려 냈다.

★피터 박스올 〈죽기 전에 읽어야 할 100권의 책〉 선정도서

*'클래식 보물창고'는 끝없이 이어집니다.